Wilhelm Meinhold

Maria Schweidler die Bernsteinhexe

Wilhelm Meinhold

Maria Schweidler die Bernsteinhexe

ISBN/EAN: 9783743317222

Hergestellt in Europa, USA, Kanada, Australien, Japan

Cover: Foto ©Andreas Hilbeck / pixelio.de

Manufactured and distributed by brebook publishing software (www.brebook.com)

Wilhelm Meinhold

Maria Schweidler die Bernsteinhexe

Maria Schweidler

die

Bernsteinhexe.

Novelle

in der

Sprache des siebenzehnten Jahrhunderts

von

Wilhelm Meinhold.

Dritte, verbesserte Auflage.

Leipzig
Verlagsbuchhandlung von J. J. Weber.
1872.

Vorrede zur erſten Auflage.

Indem ich dem Publicum hiemit dieſen tiefrühren=
den und faſt romanartigen Hexenproceß über=
gebe, den ich wohl nicht mit Unrecht auf dem
vorſtehenden Titelblatte [der erſten Auflage] den
intereſſanteſten aller bis jetzt bekannten genannt
habe, ertheile ich zuvörderſt über die Geſchichte des
Manuſcriptes die folgende Auskunft:

In Coſerow auf der Inſel Uſedom auf meiner
vorigen Pfarre, und derſelben, welcher unſer ehr=
würdiger Verfaſſer vor länger als 200 Jahren
vorſtand, befand ſich unter einem Chorgeſtühl der
dortigen Kirche und faſt zu ebner Erde eine Art
Niſche, in welcher ich zwar ſchon öfters einige Scrip=
turen liegen geſehen, die ich jedoch wegen meiner

Kurzsichtigkeit und der Dunkelheit des Ortes für verlesene Gesangbücher hielt, wie denn in der That auch deren eine Menge hier umherlag. Eines Tages jedoch, als ich mit Unterricht in der Kirche beschäftigt, ein Papierzeichen in den Katechismus eines Knaben suchte und es nicht sogleich finden konnte, trat mein alter, mehr als achtzigjähriger Küster (der auch Appelmann hieß, aber seinem Namensverwandten in unserer Lebensgeschichte durchaus unähnlich und ein zwar beschränkter, aber sehr braver Mann war) unter jenes Chorgestühl und kehrte mit einem Folianten zurück, der mir nie zu Gesicht gekommen war, und aus dem er ohne Weiteres einen geeigneten Papierstreifen riß und ihn mir überreichte. Ich griff sogleich nach dem Buche und weiß nicht, ob ich schon nach wenigen Minuten erstaunter oder entrüsteter über meinen köstlichen Fund war. Das in Schweinsleder gebundene Manuscript war nicht blos vorn und hinten defect, sondern leider waren auch aus der Mitte hin und wieder mehrere Blätter gerissen. Ich fuhr den Alten an, wie nie in meinem Leben; er entschuldigte sich aber dahin: daß einer meiner Vorgänger ihm das Manuscript zum Zerreißen gegeben, da es hier seit Menschengedenken umhergelegen, und er öfter in Papier-Verlegenheit gewesen sei, beim Umwickeln der Altarlichte u. s. w. Der greise, halb blinde Pastor hätte es für alte

Kirchenrechnungen gehalten, die doch nicht mehr zu gebrauchen seien*).

Kaum zu Hause angekommen machte ich mich über meinen Fund her, und nachdem ich mit vieler Mühe mich ein= und durchgelesen, regten mich die darin mitgetheilten Sachen mächtig an.

Ich fühlte bald das Bedürfniß, mich über die Art und Weise dieser Hexenprocesse, über das Ver= fahren, ja über die ganze Periode, in welche diese Erscheinungen fallen, näher aufzuklären. Doch je mehr dieser bewundernswürdigen Geschichten ich las, je mehr wurde ich verwirrt, und weder der triviale Becker (in der bezauberten Welt), noch der vorsichtigere Horst (in seiner Zauberbibliothek) und andere Werke der Art, zu welchen ich gegriffen hatte, konnten meine Verwirrung heben, sondern dienten nur dazu, sie zu vermehren.

Es geht nicht blos ein so tiefer dämonischer Zug durch die meisten dieser Schaudergeschichten, daß den aufmerksamen Leser Grausen und Entsetzen an= wandelt, sondern die ewigen und unveränderlichen Gesetze der menschlichen Empfindungs= und Hand= lungsweise werden auch oft auf eine so gewaltsame

---

*) Und in der That kommen im Original einige Rech= nungen vor, die wohl beim ersten Anblick zu diesem Irrthum verleiten konnten, und außerdem ist die Handschrift schwer zu lesen und an einigen Stellen vergilbt und verrottet.

Weise unterbrochen, daß der Verstand im eigentlichen Sinne des Wortes stille steht; wie denn z. B. in einem der Originalprocesse, die einer meiner juristischen Freunde in unserer Provinz aufgestöbert, sich die Relation findet, daß eine Mutter, nachdem sie bereits die Folter überstanden, das heilige Abendmahl genossen und im Begriff ist, den Scheiterhaufen zu besteigen, so sehr alles mütterliche Gefühl bei Seite setzt, daß sie ihre einzige, zärtlich geliebte Tochter, ein Mädchen von fünfzehn Jahren, gegen welche Niemand einen Verdacht hegt, sich in ihrem Gewissen gedrungen fühlt, gleichfalls als Hexe anzuklagen, um, wie sie sagt, die arme Seele derselben zu retten. Das Gericht, mit Recht erstaunt über diesen, vielleicht nie wieder vorgekommenen Fall, ließ ihren Gesundheitszustand von Predigern und Aerzten untersuchen, deren Original=Zeugnisse den Acten noch beiliegen und durchaus günstig lauten. Die unglückliche Tochter, welche merkwürdiger Weise Elisabeth Hegel hieß, wurde in Folge dieser mütterlichen Aussage denn auch wirklich hingerichtet*).

Die gewöhnliche Auffassung der neuesten Zeit, diese Erscheinungen aus dem Wesen des thierischen

---

*) Auch diesen Proceß gedenke ich noch herauszugeben, da er ein ungemeines psychologisches Interesse hat.

Magnetismus zu begreifen, reicht durchaus nicht hin. Wie will man z. B. die tiefe, dämonische Natur der alten Lise Kolken in dem vorliegenden Werke daraus ableiten, die unbegreiflich ist und es ganz erklärlich macht, daß der alte Pfarrer, trotz des ihm mit seiner Tochter gespielten entsetzlichen Betruges, so fest in seinem Glauben an das Hexenwesen wie in dem an das Evangelium bleibt?

Hiezu kommt: Die früheren Jahrhunderte des Mittelalters wußten wenig oder nichts von Hexen. Das Verbrechen der Zauberei, wo es einmal vorkam, wurde milde bestraft. So z. B. setzte das Concilium zu Ancyra (314) die ganze Strafe dieser Weiber in ein bloßes Verbannen aus der christlichen Gemeinschaft; die Westgothen bestraften sie mit Prügeln, und Carl der Große ließ sie auf den Rath seiner Bischöfe so lange in gefänglicher Haft, bis sie aufrichtige Buße thaten*). Erst kurz vor der Reformation klagt Innocentius VIII., daß die Be= schwerden der ganzen Christenheit über das Unwesen dieser Weiber so allgemein und in einem solchen Grade laut würden, daß dagegen auf das Ent= schiedenste eingegriffen werden müsse, und ließ zu dem Ende 1489 den berüchtigten Hexenhammer (malleus maleficarum) anfertigen, nach welchem

---

*) Horst, „Zauberbibliothek", VI, 231.

nicht blos in der ganzen katholischen, sondern merk=
würdiger Weise auch in der protestantischen Christen=
heit, die doch sonst alles Katholische verabscheute,
von jetzt an, und zwar mit solchem fanatischen
Eifer inquirirt wurde, daß die Protestanten es bei=
nahe den Katholiken noch an Grausamkeit zuvor
thaten, bis katholischerseits der edle Jesuit J. Spee
und protestantischer=, obgleich erst siebzig Jahre später,
der treffliche Thomasius dem Unwesen allmälig
Einhalt thaten.

Nachdem ich mich so auf das Eifrigste mit dem
Hexenwesen beschäftigt hatte, sah ich bald ein, daß
unter allen diesen, zum Theil so abenteuerlichen
Geschichten keine einzige an lebendigem Interesse von
meiner „Bernsteinhexe" übertroffen würde, und ich
nahm mir vor, ihre Schicksale in die Gestalt einer
Novelle zu bringen. Doch glücklicher Weise sagte
ich mir bald: aber wie, ist ihre Geschichte denn
nicht schon an und für sich die interessanteste Novelle?
Laß sie ganz in ihrer ursprünglichen Gestalt; laß
fort daraus, was für den gegenwärtigen Leser von
keinem Interesse mehr oder sonst allgemein bekannt
ist, und wenn du auch den fehlenden Anfang und
das fehlende Ende nicht wiederherstellen kannst, so
siehe zu, ob der Zusammenhang es dir nicht möglich
macht, die fehlenden Blätter aus der Mitte zu
ergänzen, und fahre dann ganz in dem Ton und

der Sprache deines alten Biographen fort, so daß wenigstens der Unterschied der Darstellung und die gemachten Einschiebsel nicht gerade ins Auge fallen.

Dies habe ich denn mit vieler Mühe und nach mancherlei vergeblichen Versuchen gethan, verschweige aber, an welchen Orten es geschehen ist, um das historische Interesse der größten Anzahl meiner Leser nicht zu trüben. Für die Kritik jedoch, welche nie eine bewundernswürdigere Höhe als in unserer Zeit erreicht hat, wäre ein solches Geständniß hier vollends überflüssig, da sie auch ohne dasselbe gar leichtlich unterscheiden wird, wo der Pastor Schweidler, oder wo der Pastor Meinhold spricht*).

Von dem jedoch, was ich fortgelassen, bin ich dem Publicum noch eine nähere Nachricht schuldig. Dahin gehören:

1) lange Gebete, insofern sie nicht durch christliche Salbung ausgezeichnet waren;

2) allgemein bekannte Geschichten aus dem dreißig= jährigen Kriege;

3) Wunderzeichen in den Wolken, die hie und da sollten geschehen sein, und die auch andere pommersche Schriftsteller dieser Schreckenszeit berichten, wie z. B. Micrälius**); standen jedoch

---

*) Vorläufige Proben des Ganzen befanden sich bereits in der Christoterpe von 1841 und 42.

**) „Vom alten Pommerlande", Buch V.

solche Angaben in Verbindung mit dem Ganzen, z. B. das Kreuz auf dem Streckelberge, so habe ich sie natürlich stehen lassen;

4) die Specification der ganzen Einnahme der Coserower Kirche vor und während der Schreckenszeit des dreißigjährigen Krieges;

5) die Aufzählung der Wohnungen, die nach den Verheerungen des Feindes in jedem Dorf der Parochie stehen geblieben;

6) die Angabe der Oerter, wohin dieses oder jenes Mitglied der Gemeine ausgewandert sei;

7) ein Grundriß und eine Beschreibung des alten Pfarrhauses u. s. w.

Auch mit der Sprache habe ich mir hin und wieder einige Veränderungen erlaubt, wie denn auch mein Autor in Sprache und Orthographie, wie alle Alten, sich nicht gleichbleibend ist.

Und somit übergebe ich denn dies vom Feuer des Himmels wie der Hölle glühende Werk dem geneigten Leser.

Meinhold.

Vorrede zur zweiten Auflage.

Indem ich die zweite Auflage meiner „Bernsteinhexe" hiemit dem Publicum übergebe, scheint es mir nothwendig, um nicht gezwungen zu sein, eine Unzahl unrichtiger Journal-Artikel zu widerlegen, hier einleitend die Geschichte meines Buches und zwar ausführlicher zu geben, als dies begreiflicher Weise in der Augsburger Allgemeinen Zeitung vom 23. Januar 1844 geschah und geschehen konnte.

Das Dasein dieses Buches nämlich ist einzig aus dem Gange meiner Bildung, und zwar meiner theologischen insonderheit, zu erklären. Als ein zweiter Caspar Hauser bin ich auf der einsamen Insel Usedom aufgewachsen, ohne bis zu meinem Abgange zur Universität Greifswald weder einen Mitschüler gehabt, noch auch nur jemals bis dahin einen jungen Mann von Bildung gesehen zu haben. Meine Kenntnisse waren und blieben dürftig, bis ich als Pfarrer in Coserow auf derselben Insel angestellt und in dieselbe Einsamkeit zurück=versetzt wurde, in der ich geboren war, und in welcher ich, nach mehrfacher Veränderung meiner

Lage, mich auch bis zu diesem Augenblicke noch befinde*).

Doch legte ich eben in Coserow und seiner groß= artigen Naturumgebung den ersten Grund zu meiner wissenschaftlichen und ästhetischen Bildung. Insonder= heit warf ich mich nach der Aufforderung Jean Pauls, welcher eine Tragödie von mir mit liebevoller Nach= sicht aufgenommen hatte, mit großem Eifer auf die philologischen und kritischen Studien, wobei ich jedoch einen Widerwillen gegen alle weitschweifigen Com= mentare hatte, welcher noch wuchs, als ich nach Aristoteles, Cicero, Quintilianus, Home, Lessing u. a. meinen Geschmack zu bilden und zu vervollkommnen suchte. Diese Bemühungen hatten denn gleichzeitig auch den besten Erfolg auf meine theologische Rich= tung. Ich war bis dahin ein gewöhnlicher Ratio= nalist gewesen, aber sobald ich die gewonnenen An= schauungen auf die heilige Schrift übertrug, erstaunte ich und überzeugte mich bald, daß sie nur allein

---

*) Der Verfasser, am 27. Februar 1797 zu Netzelkow auf Usedom geboren, studirte von 1813 bis 1815 zu Greifswald Theologie, ward 1820 Rector in Usedom, 1821 Pastor in Coserow, 1826 in Crummin (gleichfalls auf Usedom belegen), 1840 Doctor der Theologie und 1844 Pastor in Rehewinkel und Ball bei Stargard in Pommern. Mehreres über sich hat er mitgetheilt in seinen humoristischen Reisebildern von Usedom. Stralsund bei Loeffler 1837.

von dem antiken Standpunkte aus recht verstanden und gewürdigt werden könne. Auf Vocabeln war es mir nie angekommen, nie auf die Form, sondern stets auf den Inhalt. So kam es denn, daß Ausdrücke, als: „und er gab ihn seiner Mutter" Lucas 7, 15; „und daselbst kreuzigten sie ihn" Cap. 23, 33 ff. mir die Thränen in die Augen jagten durch die unaussprechlich erhabene Einfalt, welcher ich darin zu begegnen glaubte. Himmel, dachte ich, wenn diese Beschreibungen ein moderner Schriftsteller, vielleicht sogar ein Zeuge der geschilderten Thatsache gegeben hätte oder hätte geben können, welche Bogen langen Exclamationen würden wir lesen. Dies ist keine menschliche, dies ist eine göttliche Ruhe, welche den heiligen Schriftstellern die Worte dictirt, und sie weiter nichts sagen läßt, als die Hinrichtung ihres angebeteten Meisters beginnt, als: daselbst kreuzigten sie ihn*).

---

*) Ich habe später gesehen, daß es dem berühmten französischen Geschichtschreiber Rollin eben so ergangen ist. Er sagt von den Worten: daselbst kreuzigten sie ihn: „jemehr man auf den nicht nachzuahmenden Charakter der Evangelisten achtet, desto mehr erkennt man, daß sie ein ganz anderer Geist leitet, als der menschliche. Sie begnügen sich mit einem Worte zu sagen, daß ihr Herr gekreuzigt sei, ohne irgend Erstaunen oder Mitleid zu zeigen: Wer würde von einem Freunde so reden, der sein Leben für uns gelassen hätte? Allein hierin sieht man den Finger des Herrn offenbar. Und je weniger

Natürlich wandte ich nun meine gewonnenen Anschauungen auch auf die Personen der heiligen Geschichte an, und da war es mir allmälig klar, daß mein Kutscher eher einen Goethe'schen „Faust" schreiben, als daß diese beschränkten Fischer und Handwerker, die Apostel, jemals den Charakter eines Christus hätten durchführen, geschweige erfinden können, den Charakter eines Christus, wovon die größten Geister Roms und Griechenlands niemals eine Vorstellung, ja nicht einmal eine Ahnung gehabt hatten. So galt mir denn bald die psychologische Erklärung der heiligen Schrift, worin aber bis auf den heutigen Tag leider so wenig geschehen ist, als die höchste, und wenn auch nicht tausend äußere Zeugnisse mir die Wahrheit des Evangeliums verbürgt hätten, die inneren würden es allein gethan haben*).

----

der Mensch in einem so wenig menschlichen Betragen vorkommt, desto klarer ist die Wirkung Gottes". (De la maniére d'enseigner et d'étudier les belles lettres.)

*) Und — dieser felsenfesten Ueberzeugung bin ich noch, nachdem Schleiermacher und später Twesten die Grundlage meines Glaubens vollendet haben. Es vergeht seit geraumen Jahren kein Tag meines Lebens, an welchem ich wenigstens nicht einige Verse der heiligen Schrift des N. T. im Originale lese, und so oft ich sie auch schon ganz durchlesen, so finde ich in diesem Urquell aller Wahrheit doch immer neue Goldkörner und neue Befestigung.

Deßhalb war und ist mir nichts verhaßter als die von den Philologen bis auf den heutigen Tag einzig aus dem sprachlichen Ausdruck entlehnten Beweisgründe so mancher Theologen für die Aecht= heit oder Unächtheit dieses oder jenes biblischen Buches, welche allenfalls nur noch mit einigen leicht aufzufindenden historischen Notizen verbrämt sind. Ist doch diese Tollheit so weit getrieben, daß es fast kein einzelnes Buch in der ganzen heiligen Schrift giebt, an welchem man nicht versucht hätte, sich auf diese leichte Weise die Rittersporen zu verdienen.

Allein welche Irrthümer bei dieser Kritik vor= gehen können, zeigte mir die ältere und neuere Zeit an Männern, welchen diese Herren nicht werth sind die Schuhriemen aufzulösen. Ich wußte aus Bayle*), daß schon Muretus dem gelehrten Scaliger einige selbstgemachte Verse für antike und zwar für Verse des Trabea mit unerwartetem Glücke aufgedrängt hatte, und daß Erasmus, doch einer der größten Gelehrten aller Zeiten, in einen ähnlichen Irrthum gefallen war. Ebenso hielten einst die größten Kritiker des Reformations=Zeitalters den unter= geschobenen Dichter Apollonius Collatius für ächt**).

---

*) Dictionnaire IV, sub voce Trabea.

**) ut antiquus a summis saeculi hujus viris passim laudatur sagt Vossius de historia latina pag. 811. Ich führe nur einige an: Casaubonus, Joseph Scaliger und Meursius.

Auch unsere, sich so überaus klug dünkende Zeit war nicht frei von ähnlichem Irrthume.

Der längst wieder aufgegebenen Homeriden-Hypothese des berühmten F. A. Wolf, welche nach meinem Dafürhalten allein schon zeugt, daß ihr Erfinder weiter nichts, als ein Schulmeister oder Vocabelstecher, kurz ein Mensch war, der keinen Begriff vom dichterischen Schaffen hatte, erwähne ich nur im Vorbeigehen, und erinnere dagegen an den weit größeren Bock, welchen er schoß, als er einen Brief des Cicero nach Stil und Sprache für unächt erklärte, blos weil ein altes Manuscript ihn an einer andern Stelle hatte, als sämmtliche bisherige Ausgaben, in welchen unser Held aber vorher nachzulesen sich nicht die Mühe gegeben hatte. Dies war bekanntlich der Tod seiner Analekten nicht blos, sondern fast auch seiner ganzen kritischen Auctorität*).

Ich legte und lege daher auf dergleichen Spiegelfechtereien, wie sie auch auf die heilige Schrift angewendet worden sind und noch angewendet werden, nicht das allergeringste Gewicht, sondern bin ganz der Meinung des großen Bayle, welcher von dem kritischen Irrthum des Erasmus sagt: es erhellt hieraus, daß die allergeschicktesten Leute

---

*) Tholuck, „Die Glaubwürdigkeit der evangelischen Geschichte“. S. 120 ff.

fehlen, wenn sie diesem oder jenem Schrift=
steller Bücher zueignen, und da Erasmus,
welcher die Freundlichkeit und Bedachtsam=
keit selbst war, eine so falsche Entscheidung
gethan hat, so darf man auf dasjenige gar
kein Gewicht legen, was hochmüthige Geister,
die von Temperament hitzig, eigensinnig
und schwärmerisch sind, mit einer herrischen
Stimme über eine solche Materie aus=
sprechen*).

Wie sehr er Recht hat, zeigt eben die Geschichte
meiner Bernsteinhexe, auf welche ich endlich zurück=
komme. Es schien mir nämlich eine wohl zu ent=
schuldigende Mystification, wenn ich unsrer klugen
Zeit auch einmal eine Nase drehen könnte, wie
weiland Muretus der seinigen, um sie schlagend zu
überführen, was von der Vocabel=Kritik zu halten
sei. Dies glaubte ich in der besten Weise thun zu
können, wenn ich bei meiner Bekanntschaft mit dem
alten deutschen Chronikenstil einer reinen Dichtung
ganz das Gewand der historischen Wahrheit um=
hinge und sie für solche in die Welt sendete. Denn
ich sah ja ein, daß ich bei dieser kurzen Täuschung
Niemand schadete (denn dann wäre sie allerdings
verwerflich gewesen), sondern Vielen, welche die Kritik

---

*) Bayle sub voce Erasmus.

unserer Zeit und namentlich die biblische, als wahre
Orakelsprüche betrachten, offenbar nutzen würde.
So entstand denn die Geschichte meiner Bernstein=
heze, wozu ich eine kurze Novelle erweiterte, welche
unter dem Titel: „Die Pfarrerstochter von Coserow"
von der Wiener Censur im Jahre 1826 zurück=
gewiesen war und später in Nr. 1 der in Leipzig
erscheinenden Novellen=Zeitung zum ersten Male
wörtlich abgedruckt ist.

Doch hielt es, trotz der Empfehlung, womit
der Herr Oberhelfer Knapp die Proben daraus in
der Christoterpe von 1840 und 41 begleitete, bei
meiner isolirten Lage sehr schwer, einen Verleger
für das Ganze zu finden. Kein Buchhändler nahm
Rücksicht darauf, wohl aber ein König, und mit
hoher Freude sage ich es, mein eigener, angeborner
König. Ich wurde nämlich anderweitig unterm
16. April 1842 aufgefordert: „über die historische
Grundlage und die Quellen meiner Erzählung,
wenn ich deren anders hätte, Auskunft zu geben,
da Se. Majestät jene Proben mit dem allergrößten
Interesse hätte vorlesen hören".

Ich erwiederte hierauf dem Herrn Fragesteller,
dessen Namen zu nennen ich nicht befugt bin, unter
Anderem wörtlich Folgendes, was ich zu beachten
bitte, da später einige Journale die Unwahrheit
ausgebreitet haben: ich hätte mich unterstanden,

auch meinem Könige die „Bernsteinhexe" für ächt auszugeben*):

„Das verehrliche Schreiben Ew. vom 16. d. zwingt mich, schon jetzt eine ästhetische Täuschung zu heben, welche ich mir aus theologischen Gründen in erster Auflage mit dem Publicum rücksichtlich meiner „Bernsteinhexe" erlauben wollte. An der ganzen Sache ist nämlich kein einziges Wörtlein wahr, als daß es während des 30jährigen Krieges einen Amtshauptmann Appelmann in Pudagla gab, welcher von einem alten Prediger in Coserow mit drei Worten als sehr tyrannisch geschildert wird. Alles Uebrige ist reine Dichtung u. s. w."

Hierauf erfolgte schon nach acht Tagen durch denselben Herrn eine höchst schmeichelhafte Antwort, welcher der Befehl hinzugefügt war, das Manuscript einzusenden. Es geschah; aber es vergingen Jahr und Tag, ehe ich von seinem Schicksal das Geringste erfuhr, bis ich zu meiner großen Ueberraschung das

---

*) An diese Unwahrheit hatten sich dann zugleich mehrere andere geknüpft, welche zu widerlegen ich jedoch unter meiner Würde halte. Ich weiß am besten, was des Königs Majestät mir einige Monate später über die „Bernsteinhexe", wie über meine übrigen Dichtungen persönlich zu sagen geruhten, und schon die Anerkennung eines so hochgebildeten Mannes würde mich hinlänglich für derlei Klatschereien entschuldigen, wenn es auch nicht die eines so hochgebildeten Königs wäre.

Werk gedruckt und mit einem entsprechenden Honorar begleitet unterm 1. Juni 1843 zurückerhielt. Durch die Königliche Verwendung nämlich hatte der Buch=händler Duncker in Berlin sich endlich entschlossen, es unter seine Verlagsartikel aufzunehmen.

Nun ging es bald in alle Welt und der Erfolg war weit über mein Erwarten. Nicht blos Doctoren und Professoren der Theologie und Philologen ersten Ranges hielten die ganz und gar bis in ihre ein=zelnsten Theile hinab unächte Schrift für ächt (doch nomina sunt odiosa); sondern wer sich die Mühe geben will, die Zeitschriften von 1843 und von dem ersten Viertel des Jahres 1844 nachzulesen, wird finden, daß auch unter ihnen die allermeisten kaum eine Ahnung hatten, die „Bernsteinhexe" sei keine Geschichte. Nur ein unbekannter Freund und, wie es scheint, ein Jurist trat in der Augsburger All=gemeinen Zeitung vom 17. Decbr. 1843 auf und glaubte an meiner Schrift Spuren der Unächtheit zu erkennen. Leicht wäre es mir gewesen, ihn zu=frieden zu stellen, zumal mehrere seiner Beweise gerade nicht stichhaltig sind, und z. B. der Ausdruck „hochnothpeinliches" Halsgericht (welchen er rügt) statt „nothpeinliches" sich wer weiß wie oft in den Hexenprocessen, wenigstens den pommerschen, findet; allein ich hatte bereits meine Absicht erreicht, und einen solchen Freund ferner zu täuschen, hielt ich für eben so unrecht, als auch jetzt noch das Publicum länger zu mystificiren. Ich erklärte also in derselben Zeitung schon unterm 23. Januar 1844 durch einen andern Freund, was ich hier nur ausführlicher wiederhole. Aber nun brach der Scandal auch in allen Journalen los, und gerade diejenigen, welche nicht die leiseste Ahnung einer Mystification gehabt hatten, schrieen am allerlautesten, ja wollten, trotz meiner Erklärung des Gegentheils, behaupten: die „Bernsteinhexe" sei dennoch ächt und hätte ich blos diese Erklärung gegeben, um mir Ruhm zu erwerben.

Da es nun nicht möglich ist, daß dem Dichter ein größeres Compliment gemacht werden kann, so begnügte ich mich, dies Geschwätz von Leuten, welche Kritiker sein wollen, dankbar zu überhören und statt aller Erwiderung in der schon erwähnten Novellen-Zeitung die erste hochdeutsche Recension der „Bernsteinhexe" abdrucken zu lassen und dieser ein Zeugniß der Synode Usedom hinzuzufügen, folgenden Inhalts:

Wir, Superintendent, Senior und mitunterzeichnete Prediger der Synode Usedom bezeugen hiedurch dem Dr. theol. Meinhold in Crummin auf Verlangen und nach unserer wahrhaftigen Ueberzeugung:

1) daß seine 1843 bei Duncker und Humblot erschienene „Bernsteinhexe" eine reine Erdichtung ist, die nirgend wie und wo auf

einem historischen Grunde fußt, sondern die
er, wie er uns, seinen nähern Freunden gleich
anvertraute, als Reaction gegen die neuere
Bibelkritik schreiben wollte, und wirklich ge=
schrieben hat; ferner

2) daß die erste bedeutend kürzer gefaßte Bear=
beitung der Novelle sich schon aus den Jahren
1826—1827 herschreibt und uns, dem Super=
intendenten und Senior, schon damals von
ihm vorgelesen wurde, wie wir uns sehr wohl
noch erinnern. Dies zur Steuer der Wahrheit
in seinem angeregten Streit.

(Folgen die Unterschriften.)

Was ist nun die Lehre, welche aus der Geschichte
meiner „Bernsteinhexe" hervorgeht? Offenbar diese:
daß einer der größten Kritiker aller Zeiten, daß Bayle
Recht hatte, wenn er sagt: auch die allergeschicktesten
Leute fehlen, wenn sie diesem oder jenem Schrift=
steller Bücher zueignen.

Mithin darf sich auch Niemand, er sei so geschickt
als er wolle, befremden lassen, daß er meine Dich=
tung für historische Wahrheit gehalten (ich selbst
möchte es gethan haben, wenn ich nicht der Verfasser
wäre); wohl aber sollte er stille stehen und sich bei
dem hohen Ernste der Ewigkeit fragen, welcher er
wie ich mit jedem Pulsschlage des Herzens ent=
gegen geht, ob er, wie er einmal geirrt, indem er

die mit Nichts verbürgte Fabel des Dr. Meinhold
für Geschichte hielt, nun auch nicht in einem weit
schwereren Irrthume sich befinden könne, wenn er
die, durch das Zeugniß des gesammten classischen
Alterthums, durch das Blut so vieler tausend Märtyrer und durch den jahrtausendlangen Fortbestand
der christlichen Kirche mehr, als irgend welche Thatsache der Vorzeit verbürgte Geschichte Jesu Christi,
mit einigen sogenannten Kritikern, für eine Fabel
zu halten sich hingezogen fühlen sollte? — Ja,
jedem Nachdenkenden muß dies einleuchten, und
darum glaube ich der Evangelien-Kritik durch die
Geschichte meiner Bernsteinhexe einen mittelbaren
Dienst geleistet zu haben, der von der Art ist, daß
er Gelehrt wie Ungelehrt im ersten Augenblicke
einleuchtet. Leider haben dies, soviel ich weiß, die
deutschen Theologen noch nicht anerkannt; in Eng-
land dagegen ist es schon mehrfach ausgesprochen*).

Aber — wird man sagen und haben meine
näheren Freunde bereits gesagt: wenn es so
leicht ist, daß auch die allergeschicktesten Leute, wie
Bayle behauptet, durch untergeschobene Schriften
getäuscht werden können, so war ja nichts leichter,

---

*) Die „Bernsteinhexe" ist nämlich bereits ins Englische
und, wie ich höre, auch ins Französische übersetzt. Man sehe
die gründlichen Recensionen im Quarterly Review und im
Athenaeum.

als daß die wenig geschickte Vorzeit durch das
untergeschobene Leben Jesu Christi getäuscht werden
konnte? — Um diese Frage gründlich zu beant=
worten, müßte ich freilich eine Apologie des Christen=
thums oder wenigstens der christlichen Religions=
quellen schreiben und nicht, wie jetzt geschieht, nur
eine Apologie meines Buches.

Ich erwidere daher hier in der Kürze nur Fol=
gendes: Wenn die Geschichte Jesu Christi, wie sie
in den Evangelien vorliegt, schon vor der Gründung
der christlichen Kirche dagewesen wäre, so ließe sich
ein Betrug der Art, wenn auch nicht psychologisch
(denn darauf kommt es unserer Zeit nicht mehr an,
die für das gesammte Alterthum nur die Logik eines
Kindes präsumirt), so doch dialektisch rechtfertigen.
Da jedoch bekanntlich, und von der nihilistischen
Kritik selbst zugestanden, der umgekehrte Fall statt=
fand und die Evangelien erst nach der Gründung
der christlichen Kirche entstanden, so würde jene
Annahme eben so viel sein, als wenn heut zu Tage
die Statuten eine Gesellschaft und nicht umgekehrt
eine Gesellschaft die Statuten gründen wollte, was
doch gegen alle Erfahrung und alle gesunde Vernunft
ist. — Man erlaube mir in diesem passenden Bilde
fortzufahren. Denke dir, lieber Leser, in unserer
rein materialistischen Zeit z. B. eine Eisenbahn=
Actien=Gesellschaft, in welche A. 100, B. 1000 und

C. 10,000 Thlr. gezahlt haben. Würde derjenige nun nicht für toll gehalten werden, welcher behauptete, weil er nie eine Eisenbahn gesehen: diese Einrichtung fände durchaus nicht in der beschriebenen fabelhaften und unglaublichen Art statt, und A., B., C. hätten ihr Geld blos hineingesteckt, um sich breit zu machen oder sich einen Namen zu gewinnen? Eben so und durchaus nicht anders schließen diejenigen, welche, wie gesagt, dem ganzen Alterthume nur die Logik eines Kindes zutrauen und den gesunden Menschenverstand für eine funkelnagelneue Erfindung halten (nicht wahr, etwa so mit der Erfindung des Branntweins gleichzeitig?), wenn sie annehmen: die Geschichte Jesu Christi habe durchaus nicht in der beschriebenen fabelhaften und unglaublichen Weise stattgefunden, sondern die heiligen Märtyrer, d. i. jene Zeugen, auf die er sich selbst beruft, Apostelgesch. 1, 18, vergl. Matth. 10, 17. 18; Marci 13, 9; Lucas 21, 12. 13; Johannes 16, 2 hätten Nase, Augen, Ohren, ja das Leben selbst, wie A., B., C. ihr Geld, für eine bloße Chimäre hingegeben, etwa blos um sich breit zu machen oder sich einen Namen zu gewinnen?

Denn saget doch um Alles in der Welt, wie wollt ihr nur die eine Frage beantworten, ihr verblendeten Mythenfreunde, welche schon Lactantius aufwirft: (inst. divin. lib. V, cap. 2: cur, o

delirum caput, nemo Apollonium pro deo colit?),
warum, o Wahnsinniger, verehrt kein Mensch Apollo=
nius für einen Gott? Ich weiß es nicht, ihr habt
euch selbst den Weg versperrt, indem ihr ganz gegen
die Geschichte (doch was geht euch die Geschichte
an?) die Entstehung der Evangelien so spät wie
möglich ansetzt, blos um die gehörige Zeit für die
Ausbrütung des Mytheneies zu gewinnen. Denn
sehet her: Christus wurde unter dem Augustus
geboren, Apollonius auch oder wenig später*);
Christus in Palästina, Apollonius in dem benach=
barten Syrus**); Christus verrichtete viele Wunder,
Apollonius dem Vorgeben nach auch***); Christus
erkannte die Gedanken der Menschen, Apollonius
dem Vorgeben nach auch†); Christus gab sich für
den Sohn Gottes aus, Apollonius ließ sich des=
gleichen für einen Gott verehren††); Christus zog
lehrend im jüdischen Lande umher, Apollonius
gleichfalls lehrend durch die ganze damals bekannte
Welt†††), und wir begegnen ihm bald in Indien,

---

*) Tillemont hist. des Emper. T. II, p. 200.

**) Photius in bibliotheca cod. XLIV, Andere jedoch
halten ihn für einen Kappadocier, Eusebius für einen Athenienser.

***) Philostratus in vita Apollonii an unzähligen Orten.

†) Philostratus, lib. I, cap. 19.

††) Ebend. lib. VIII, cap. 2, VII, 10. I, 13.

†††) Hieronymus epist. CIII.

bald in Cadix*); Christus fand vier Lebensbeschreiber, Matthäus, Marcus, Lucas und Johannes, Apollonius desgleichen, nämlich Damis, Maximus, Möragenes und Philostratus**); unter den Lebensbeschreibern Christi war Einer unzweifelhaft ein Jünger des Herrn, nämlich Johannes, unter den Lebensbeschrei=bern des Apollonius auch Einer, nämlich Damis***); die Lebensbeschreiber Christi haben keinen geglätteten griechischen Stil, die Lebensbeschreiber des Apollonius mit Ausnahme des einzigen Philostratus auch nicht, und endlich: die Lebensbeschreibungen Christi ent=standen sämmtlich erst geraume Zeit nach seinem Tode, die Lebensbeschreibungen des Apollonius auch †). Warum wurde nun der vielgewanderte

---

*) Philostr. 1, 18. V. cap. III und XII.

**) a. a. O. 1, 3. Später traten noch mehrere auf. Bayle sub voce Apollonius Lit. 7.

***) a. a. O.

†) Gerhard Vossius nimmt de hist. graec. lib. 2 pag. 208 für die letzteren das Zeitalter des Domitian an, also etwa das Jahr 90. Schon aus dieser kurzen Zusammenstellung, die leicht weiter geführt werden könnte, wenn es hier der Ort wäre, erhellt, wie sehr man Recht hat, wenn man behauptet, daß Phi=lostratus geradezu die polemische Absicht gehabt habe, dem Christenthum dadurch zu schaden, daß er dem Erlöser einen erdichteten heidnischen Wunderthäter entgegensetzte. S. auch den Aufsatz über den Apollonius von Baur in der Tübinger Zeitschrift 1834, Heft 4, der mir jedoch leider nicht zur Hand gewesen ist.

Apollonius, frage ich, für keinen Gott gehalten, wohl aber der auf die Grenzen Palästinas sich beschränkende Christus? — Um die evangelischen Geschichtschreiber auszustechen, mußte vielleicht der mehrbewährte Philostratus auf Befehl der Julia Domna, der Gemahlin des Severus, die drei ersten Lebensbeschreiber unsers Helden überarbeiten, alle Mythen über ihn sammeln, und er that es so, daß sich kein Evangelist im griechischen Ausdruck mit ihm messen könnte. Denn schon Photius legt ihm Süßigkeit, Anmuth, gefällige Abwechselung und Wahl im Ausdruck bei*). Nun hätte man denken sollen würde doch unter solchem Protectorat alle Welt von Jesu, dem armen jüdischen Rabbi, abgefallen und dem Apollonius zugeströmt sein, da auch der berüchtigte Christenfeind Hierocles · sich öffentlich so vernehmen ließ: die Wunderthaten Jesu sind von Petrus, Paulus und etlichen ähnlichen Leuten, lügenhaften und ungebildeten und der Zauberei ergebenen Menschen erzählt, die des Apollonius aber von Maximus von Aegae, Damis dem Philosophen, der mit ihm umgegangen ist, und Philostratus von Athen, welche sämmtlich**) einen hohen Grad von Bildung besaßen und die Wahrheit in Ehren hielten und aus Menschenliebe nicht wollten, daß die Thaten

---

*) Bibl. CCXLI und an andern Stellen.

**) Das Gegentheil behauptet Philostratus selbst I, 3.

des edlen und von den Göttern geliebten Mannes verborgen blieben*). Und in der That traf man alle Anstalten zur Vergötterung unseres Helden. Schon Caracalla hatte ihm einen Tempel erbaut**). Der Herr Gemahl der protegirenden Julia, Alexander Severus, ließ sein Bildniß an einen besondern Ort seines Palastes stellen und betete alle Morgen davor, sobald sie ihn die Nacht in Ruhe gelassen hatte***), und dem Aurelian, der Thana zerstören wollte, soll dieser philosophische Gott sogar auf ähnliche Weise erschienen sein, wie einst Christus dem Paulus, und ihn von dem freveln Unternehmen abgemahnt haben, weßhalb der bestürzte Kaiser ihm Bildnisse und Tempel gelobte†). Aber wie kurz war diese Apotheose! Im Anfange des vierten Jahrhunderts, sagt Tillemont, ehrte Niemand, wer es auch sein mochte, den Apollonius als einen Gott, obgleich man vorgiebt, daß die Ephesier sein Götzenbild noch verehrten, welches aber unter dem Namen des Hercules und nicht unter dem seinigen geschah, weil es offenbar war, daß er nichts als ein Mensch und Betrüger gewesen. Eusebius versichert gleichfalls, daß damals Niemand den Apollonius mehr gekannt habe,

---

*) Eusebius in Hieroclem, p. 476.
**) Dio Cassius LXXVII, S. 878.
***) Lampridius in Alexandro Severo, cap. XXIX.
†) Vopiscus in Aureliano, cap. XXIV.

nicht etwa als einen Gott oder als einen außer=
ordentlichen und bewundernswürdigen Menschen, son=
dern auch nicht einmal als einen bloßen Philosophen*).

Also noch einmal die Frage des Lactantius:
warum verehrt Niemand den Apollonius für einen
Gott? — denn wäre jene Zeit wirklich so, wie soll
ich sagen? — kindisch=einfältig gewesen, daß sie
jedem Ammen=Märchen als Wahrheit geglaubt hätte,
so konnte unter solchen Protectoren, als der syrische
oder kappadocische Philosoph sie hatte, die eminenteste
Wirkung nicht ausbleiben; doch während für Christus
allein in der diokletianischen Verfolgung nur in der
einzigen Provinz Aegypten über 144,000 Märtyrer
geblutet haben sollen, ist für Apollonius kein Hund
gestorben und mit nichts Anderem für ihn gezeugt
worden, als womit unsere Zeit zeugt — mit hohlen,
leeren und wohlfeilen Worten**).

---

*) a. a. O. S. 220.

**) Leider hat es sich diese Zeit auch vielfach einreden lassen:
die Märtyrer wären nichts als religiöse Schwärmer gewesen
und mithin auf ihr Zeugniß wenig zu geben. Der große
Unterschied aber ist der, daß ein Schwärmer allenfalls zwar
auch sein Leben hingiebt, aber nur für Ideen, während jene
es für Thatsachen hingaben. „Was wir gehöret haben,
was wir gesehen haben mit unsern Augen, was wir be=
schauet und unsere Hände betastet haben, das verkündigen
wir Euch", sagt Johannes Brief 1, Cap. 1, V. 1, und der
ehrwürdige Märtyrer und Bischof Ignatius im Briefe an die

Die außerordentlichste aller historischen Wirkungen
zeugt also von der außerordentlichsten aller historischen

Smyrnaer Cap. 2: „denn auch ich sah Christum (der Tradition
nach war er der Knabe, den Christus auf die Arme nahm und
seinen Jüngern als Beispiel der Demuth vorstellte) nach seiner
Auferstehung im Fleische und glaube, daß er ist. Denn, als
er zu denen kam, die um den Petrus waren, sprach er zu
ihnen: nehmet mich, betastet mich und sehet, daß ich kein körper=
loser Dämon bin (δαιμόνιον ἀσώματον). Und sogleich be=
rührten sie ihn und vertrauten seinem Fleische und seinem
Athem (πνεύματι). Deßhalb (hört, hört!) verachteten
sie auch den Tod und wurden erfunden erhaben
über den Tod. Nach der Auferstehung aß und trank er mit
ihnen als ein Mensch (ὡς σαρκικός), obgleich geistig mit dem
Vater vereint“. —

Dabei soll keineswegs in Abrede gestellt werden, daß es
auch unter diesen zahllosen Schaaren von Märtyrern einige
gab, welche in schwärmerischer Lebensverachtung ihren Tod
suchten. Allein dagegen eiferte die Kirche schon sehr früh.
Denn bereits in dem Bericht der Smyrnaischen Gemeine über
das Märtyrerthum des heiligen Polycarpus heißt es Cap. 4:
Wir billigen es nicht, daß man sich selbst anbiete (nämlich zum
Märtyrerthum), denn so lehrt nicht das Evangelium; und in
gleichem Sinne sagt später der Erzbischof und Märtyrer Petras
von Alexandrien: Jene, welche freiwillig den Märtyrertod
aufsuchen und sich ihm preisgeben und den Menschen, ihren
Brüdern, Gelegenheit zur Sünde verschaffen, befolgen die Worte
Christi nicht, der uns beten lehrt, damit wir nicht in Versuchung
fallen. Wir wissen ja sein Wort: wenn sie euch in einer Stadt
verfolgen, so fliehet in die andere (apud Euseb. hist. lib. 8
und Epiph. haeres. 68).

Meinhold, Bernsteinhexe. 3. Aufl. c

Thatsachen, und vortrefflich sagt Lactantius abermals, indem er die heidnische Verläumdung, daß Christus wegen Räubereien hingerichtet sei, widerlegt*):

„So viel Räuber kamen zu allen Zeiten um und kommen täglich um: wer von ihnen aber ist nach der Kreuzigung (bekanntlich nicht blos die schmerzhafteste, sondern auch die schimpflichste Todesart in der alten Zeit) ich will gar nicht sagen ein Gott, nein, nur ein Mensch genannt worden? —"

Schließlich muß aber hier auch das noch hervorgehoben werden, daß die jüdische Kirche, auf welcher bekanntlich die christliche erbaut ist, keineswegs so wundersüchtig war, als man ihr aufgebürdet, indem das letzte in der heiligen Schrift des A. T. erzählte Wunder 2. Könige 13, 21 steht, also 7 bis 800 Jahre vor Christi Geburt stattgefunden hat, während in allen späteren canonischen Schriften keines einzigen mehr Erwähnung geschieht. Daß sich Volk und Priester jedoch zur Zeit des Herrn nichtsdestoweniger mit allerlei Mythen trugen, soll nicht in Abrede gestellt werden. Doch so weit sind die heiligen Schriftsteller davon entfernt, dies zu billigen, daß sie ausdrückliche Warnungen dagegen erlassen. So ermahnt Paulus den Timotheus 1. Brief 1, 4, sich nicht

---

*) Inst. divin. lib. V, cap. 2.

mit Mythen und unnützen Genealogien (d. i. wahrscheinlich mit den Emanations-Theorien der gnostischen
und cabbalistischen Philosophie) abzugeben; nennt diese
Mythen Cap. 4, 7 gottlos und Altweiberschnack*),
und eben so sagt Petrus ausdrücklich, gleichsam als
hätte er schon die Mythenjäger unserer Zeit pro-
phetisch ins Auge gefaßt (2. Brief 1, 16): ich folgte
nicht listig ausgesonnenen Mythen**), als ich euch
kund that die Macht und Wiederkunft unsers Herrn
Jesu Christi, sondern ich war der Augenzeuge seiner
Herrlichkeit.

Und diese Männer, die solche Warnungen gegen
Mythen im Allgemeinen und gegen jüdische ins-
besondere aussprechen (Titus 1, 14), hätten nichtsdestoweniger auf jüdische Mythen die Geschichte
Christi gründen sollen***)!

---

*) βεβήλους και γραώδεις.

**) σεσοφισμένοις μύθοις.

***) Doch bei dem Allen ist in dem bekannten Leben Jesu
von Strauß noch unendlich weit mehr Tiefe und Scharfsinn
vorhanden, als in dem Geschwätze des vulgären Rationalismus.
Strauß hat blos vernünftig, d. i. consequent durchgeführt, was
von Anderen vorlängst mehr oder minder angenommen war.
Nach Strauß würden die Evangelien wenigstens immer noch
den Werth einer großartigen Dichtung behalten, nach Paulus
in Heidelberg aber, der jetzt überall gegen ihn auf lächerliche

Doch ich vergesse, daß mein Eifer mich fast zu weit von meinem Ziele geführt. — Du wirst mir also nach dem ausführlich Gesagten verzeihen, lieber Leser, wenn ich dir meine „Bernsteinhexe“ in erster Auflage für ein historisches Werk ausgegeben habe! Du hast dabei nicht das Geringste verloren, sondern nur gewonnen, denn ich habe dich jetzt mit Händen greifen lassen, was von der Kritik unserer Zeit zu halten sei, und wenn du weise bist, wie ich hoffe

---

Weise belfert, sind sie in der That nichts mehr werth, als in den Ofen gesteckt zu werden, und die Apostel nicht blos, sondern alle rechtgläubigen Lehrer der Kirche von der Zeit ihrer Gründung bis auf den heutigen Tag so große Einfaltspinsel, daß man Blut darüber weinen möchte, daß der Apostel Paulus nicht Gelegenheit gehabt hat, bei dem Professor Paulus in Heidelberg Exegese zu hören. Hieraus sieht man zugleich, daß meine Achtung, welche ich vor dem Herrn Strauß hege, aufrichtig und mein Brief an denselben, welchen vor Jahr und Tag die „Jahrbücher der Gegenwart“ mit Unterlegung der böswilligsten nicht blos, sondern auch der einfältigsten Absicht mittheilten, keineswegs ironisch zu nehmen ist. Wenn Herr Strauß seine Theorie sowohl historisch als psychologisch stützen könnte, so wäre es bei seinem Scharfsinn um das Christenthum geschehen. Das aber ist so unmöglich, als daß ein Gebäude ohne Fundament sich halten, oder mit dem Pfeifenrohr, welches ich hier in Händen habe, gestützt werden kann. Wie es heißt, ist derselbe auch neuerdings schon von vielen seiner Grundsätze zurückgekommen. Das war bei seinem Scharfsinn vorauszusehen; möchte er es bald auch von allen!

und wünsche, so kann dieser Scherz für dich die wichtigsten und heilsamsten Folgen haben. Dagegen habe ich durch meine Mystification mir selbst nur geschadet und werde vielleicht durch sie mir auch ferner noch schaden. Denn man hat nicht blos sogleich angefangen, mir von der linken Seite her meinen schwarzen Rock mit der Bratensauce der Journalistik zu begießen, sobald ich auf die Aufforderung eines unbekannten Freundes meine harmlose Täuschung ehrlich eingestand, sondern man wird hiermit wahrscheinlich auch fernerhin von dieser Seite her fortfahren, was ich indessen leicht verschmerze, da Jedermann weiß, daß diese Sauce heut zu Tage keine Fettflecken nachläßt, sondern aus reinem Wasser besteht, das leicht wieder abtrocknet.

Allen gewissenhaften Kritikern dagegen habe ich durch den obigen Ausspruch des großen Bayle, „daß nämlich auch die allergeschicktesten Leute irren könnten, wenn sie diesem oder jenem Verfasser dieses oder jenes Buch ab- oder zusprächen", wie durch die eigene Erklärung, daß wahrscheinlich auch ich durch die „Bernsteinhexe" getäuscht worden wäre, wenn ich sie nicht selbst verfaßt hätte, eine hinlängliche und zufriedenstellende Genugthuung gegeben. Nachdem ich nun so meine Schrift von der theologisch-kritischen Seite hinlänglich gerechtfertigt zu haben glaube, bleibt mir nur noch übrig, dies auch von der ästhetischen zu versuchen, wobei ich mich freilich kürzer fassen kann.

Es ist mir nämlich von jeher widerlich gewesen, in unserer Romanliteratur so häufig einer ermüdenden Breite der Darstellung und dem langweiligen Auskramen subjectiver Ansichten über Religion, Staat, Kunst u. s. w. zu begegnen. Besser, dünkte mich immer, würde für das Interesse und die Belehrung des Lesers gesorgt werden, wenn der Romandichter alle Ungehörigkeiten der Art vermiede, seine Kraft und Wirkung nicht in breiten Raisonnements, sondern hauptsächlich in der naturgetreuen Darstellung seiner Charaktere suchte, und durch die Gewalt der plastischen Phantasie (dafern er sie anders besitzen sollte) wie durch die getreueste Sittenschilderung*) seinen Dichtungen den Typus der historischen Wahrheit aufzudrücken vermöchte.

Noch weiter, schien es mir, würde die Illusion gehen, wenn er dabei gleichzeitig die Sprache desjenigen Jahrhunderts redete, in welches er seine Geschichte hineinverlegt. Daß ich mich auch in dieser

----

*) Wie sehr es gerade in diesem Punkte zum Theil auch unseren besten Dichtern gebricht, zeigt z. B. Schiller, dessen Max im „Wallenstein" ein Husarenlieutenant und dessen Thekla ein empfindsames Romanfräulein aus dem vorigen Jahrhundert ist.

Ansicht nicht geirrt habe, hat das allgemeine Interesse, welches meine „Bernsteinhexe" im In= wie im Auslande gewonnen, mir zu meiner Freude dargethan. Ich werde daher, wenn mir Gott Zeit und Kräfte giebt, in diesem neuen Genre des historischen Romans fortfahren, und habe jene sprachlichen Grundsätze auch bereits auf das Drama angewendet, wie denn gleichzeitig mit dieser neuen Ausgabe der „Bernsteinhexe" mein „Alter deutscher Degenknopf", in der Sprache des achtzehnten Jahrhunderts erscheint.

Meinhold.

Vorrede zur dritten Auflage.

Wenn fast dreißig Jahre nach dem ersten Erscheinen die „Bernsteinhexe" heuer ihre dritte Auflage erlebt, so ist dieser Umstand sicher ein beredter Beweis von dem classischen Werthe dieses Buches, dessen Ruhm einst weit über die Grenzen Deutschlands hinaus erschallte.

Die hochgehende Romanfluth dreier Jahrzehnte hat das Angedenken an Maria Schweidler, die Bernsteinhexe, nicht hinweggeschwemmt; erneuertes und vielfaches Begehren des Publicums bestimmte den Herrn Verleger zu dieser dritten Auflage. Indem der Sohn des verstorbenen Verfassers dieselbe hiermit vertrauensvoll dem Publicum übergiebt, wolle man es ihm freundlichst gestatten, jenen väterlichen Schriften, welche den Leser in dreifacher Folge in die magischen Kreise des Zauberwesens einführen, hier an dieser Stelle ein Wort zu widmen.

„Maria Schweidler oder die Bernsteinhexe“ zeigt dem Leser das tragische Verhängniß, wie harmlose Unschuld, von verborgenen Fäden dämonischen Zauberwesens umsponnen, sich selbst nimmer zu retten vermag von dem Urtheil, welches das mitumsponnene Bewußtsein des Zeitalters über sie verhängt, bis schließlich der Himmel selber sie dem Verderben entzieht.

Die „Sidonia von Bork oder die Klosterhexe“ zeigt die Nachtseite des menschlichen Herzens, welches mit seinem Wollen und Begehren freiwillig in die dunkle Tiefe der Leidenschaft hinabsteigend sich selber gebannt fühlt vom Wahne und vom dämonischen Zauber der Sünde, dem Alles opfernd es schließlich selber zum Opfer fällt.

„Der getreue Ritter oder Sigismund Hager und die Reformation"*) giebt in lebenstreuen Zügen die psychologische Erklärung zu der großen kirchlich=socialen Bewegung des sechszehnten Jahrhunderts, wie Luthers gewaltige Persönlichkeit die Zauber=formel gefunden, durch welche er die Geister seines Zeitalters lenken und regieren konnte, wie er wollte, und deren geheimnißvollem Zauber nur Jene ent=gingen, welche in der mystischen Ascese des Opfers und der Entsagung sich bewegten.

Somit ergänzen diese drei Werke einander; wir finden die Ideen, welche Görres in seiner Mystik so meisterhaft entwickelt, hier wieder; nur daß, was dort im Wege wissenschaftlicher Untersuchung, hier bereits in dramatischer Plastik sich gestaltet.

Und so möge denn die „Bernsteinhexe" noch einmal jene wundersame Inselküste Usedoms, die wie keine andere mit dem Doppelreize der Sage und der Dichtung geschmückt ist, dem Leser in freundliche Erinnerung zurückrufen. Besonders aber würde es den Herausgeber erfreuen, wenn zu Maria Schweidler, der Pfarrerstochter von Coserow, sich aus dem Meeresschoße die Königstochter von

---

*) Erschien bei F. Pustet in Regensburg 1858 in zweiter Auflage.

Vineta gesellte, deren tragisches Schicksal, von der nordischen Sage überliefert, derselbe in seinem „Kreuz von Vineta" unlängst erzählt hat*).

Hochkirch bei Groß-Glogau in Schlesien, Ostern 1872.

Aurel Meinhold.

------

*) „Das Kreuz von Vineta", ein Roman der nordischen Sage, von Aurel Meinhold. Mainz, Kirchheim 1870.

Die Bernsteinhexe.

Einleitung.

Die Abkunft unseres Biographen kann, bei dem verloren gegangenen Anfange seiner Schrift, nicht mehr mit Genauigkeit bestimmt werden. Er scheint jedoch jedenfalls kein Pommeraner gewesen zu sein, denn einmal spricht er von Schlesien, wo er in seiner Jugend sich befunden; nennt sodann weit zerstreute Verwandte, nicht blos in Hamburg und Cöln, sondern sogar in Antwerpen, und verräth vor allen Dingen durch seine süddeutsche Sprache seine auswärtige Abkunft. Hieher rechne ich besonders Ausdrücke als: eim für einem, und die eigene Derivation mancher Adjective, z. B. tännin von Tanne, seidin von Seide, eine Sprechweise, die, so viel ich weiß, niemals in Pommern, wohl aber in Schwaben vorgekommen ist. Doch mußte er bei Abfassung seiner Schrift schon lange Zeit in Pommern gelebt haben, weil er fast noch häufiger plattdeutsche Ausdrücke. einmischt, ganz wie dies eingeborne pommersche Schriftsteller der damaligen Zeit auch wohl zu thun pflegen.

Da er von altadliger Herkunft ist, wie er bei verschiedenen Gelegenheiten sagt, so möchte man vielleicht in den Adelsregistern des siebenzehnten Jahrhunderts etwas Näheres über das Geschlecht der Schweidler finden und mithin auch über sein wahrscheinliches Vaterland; allein ich habe mich vergebens in den mir zugänglichen Quellen nach jenem Namen umgesehen und möchte daher vermuthen, daß unser Autor, wie dies so häufig geschah, bei seinem Uebergange zur Theologie seinen Adel mit Abänderung seines Namens ablegte.

Genug ich will hier nicht weitere Hypothesen wagen. Unser Manuscript, in welchem die ansehnliche Zahl von sechs Kapiteln fehlt, und welches auf den nächst vorhergegangenen Blättern unstreitig sich über den Ausbruch des dreißigjährigen Krieges auf der Insel Usedom verbreitet hat, beginnt mit den Worten: „Kaiserliche gehauset" und fährt dann fort wie folgt:.

— —Koffer, Truhen, Schränke waren allesammt erbrochen und zuschlagen, auch mein Priesterhemd zurissen, so daß in großen Aengsten und Nöthen stunde. Doch hatten sie mein armes Töchterlein nit gefunden, maßen ich sie in einem Stall, wo es tunkel war, verborgen, denn sonst sorge ich, hätten sie mir noch mehr Herzeleid bereitet. Wollten die räudigen Hunde doch schon meine alte Ilse, ein Mensch bei schier 50 Jahren, angehen, hätte es ihnen ein alter Kornett nicht gewegert. Dankete dahero meinem Schöpfer, als die wilden Gäste wegwaren, daß ich allermeist mein armes Kind vor ihren Klauen geborgen, wiewohl kein Stäublein Mehl, kein Körnlein Getreide noch ein Stücklein Fleisch bei eines Fingers Länge mehr fürhanden, und ich nit wußte wie ich mein und meines armen Kindes Leben fristen söllte. Item dankete Gott, daß ich noch die vasa sacra geborgen, welche ich gleich mit den beiden Fürstehern als, Hinrich Seden und Claus Bulken von Uekeritze in der Kirchen vor dem Altar vergrube, Gott die Obhut empfehlend. Weil nun aber, wie bemeldet, ich bittern Hunger litte, so schrieb an Se. Gestrengen den Herrn Amtshaubtmann Wittich von Appelmann auf Pudgla*), daß er umb Gotts und seines heiligen Evangeliums willen in sollich schwerer Noth und Trübsal mir zukommen ließe, was Se. Fürstliche Gnaden, Philippus Julius, mir an Praestandis vom Kloster zu Pudgla beigeleget, als nämlich 30 Schffl. Gerste und 25 Mark Silber, welche Se. Gestrengen mir aber bis nunmehro gewegert. (Denn er war

---

*) Schloß auf Usedom, früher ein berühmtes Kloster.

ein fast hart und unmenschlicher Mann, sintemalen er das heilige Evangelium und die Predigt ver= achtete, auch öffentlich und sonder Scheue seinen Spott über die Diener Gottes hatte, nämblich, daß sie unnütze Brodtfresser wären, und Lutherus den Schweinestall der Kirchen nur halb gesäubert. Gott besser's! —) Aber er antwortete mir nit, und ich wäre schier verschmachtet, wenn Hinrich Seden nit für mich im Kapsel*) gebetet. Gott lohn's dem ehrlichen Kerl in der Ewigkeit! Er wurde dazumalen auch schon alt und hatte viel Plage von seinem bösen Weibe, Lise Kollken. Dachte gleich, daß es nit sonderlich gehen würd, als ich sie traute; an= gesehen sie im gemeinen Geschrei war, daß sie lange mit Wittich Appelmann in Unzucht gelebet, welcher von jeher ein rechter Erzschalk und auch absonderlich ein hitziger — — — Jäger gewest, denn so etwas gesegnet der Herre nicht. Selbiger Seden nun brachte mir 5 Brodte, 2 Würste und eine Gans, so die alte Paalsche in Loddin ihm verehret, item eine Seite Speck von Hans Tewert dem Bauern. Müchte ihn aber vor seiner Frauen schützen, welche die Hälfte hätte vor ihr behalten wollen, und da er sich ge= wegert, hätte sie ihn vermaledeiet und die Kopfgicht angewünscht, so daß er gleich ein Ziehen in der

---

*) Almosen in der Gemeinde eingesammelt.

rechten Wangen verspüret, welches jetzunder fast hart und schwer worden. Für solcher erschröcklichen Nachricht entsatzte ich mich, wie einem guten Seelenhirten geziemet, fragende: ob er vielleicht gläubete, daß sie in bösem Verkehr mit dem leidigen Satan stünde, und hexen könnte? Aber er schwiege und zuckete mit den Achseln. Ließ mir also die alte Lise rufen, welche ein lang, dürr Mensch, bei 60 Jahren war, mit Gluderaugen, so daß sie Niemand nit gerade ins Antlitz schauete, item mit eitel rothen Haaren wie sie ihr Kerl auch hatte. Aber obwol ich sie fleißig aus Gottes Wort vermahnete, gab sie doch keine Stimme, und als ich endlich sagete: Willtu deinen Kerl wieder umböten*) (denn ich sahe ihn auf der Straßen durch das Fenster allbereits als einen Unsinnigen rasen) oder willtu, daß ich's der Obrigkeit anzeige, gab sie endlich nach und versprache, daß es bald sölle besser mit ihm werden (was auch geschach); item bat sie, daß ich ihr wölle etwas Speck und Brod verehren, dieweil sie auch seit dreien Tagen kein ander Fleisch und Nahrung mehr zwischen den Zähnen gehabt, denn ihre Zunge. Gab ihr mein Töchterlein also ein halb Brod, und ein Stück Speck bei zweer Händen Länge, was ihr aber nicht genugsam bedünkete, sondern mummelte zwischen

---

*) umzaubern.

den Zähnen, worauf mein Töchterlein sagte: bistu
nicht zufrieden, alter Hexensack, so packe dich und
hilf erst deinem Kerl, schaue wie er das Haubt
auf Zabels Zaun geleget und mit den Füßen vor
Wehetage trampelt, worauf sie ginge, doch abermals
zwischen den Zähnen mummelnde: „Ja ich will
ihm helfen und dir auch!"

Capitel 7.

Wie die Kaiserlichen mir alles Uebrige geraubet, auch die Kirchen erbrochen und die vasa Sacra entwendet; item was sonsten fürgefallen.

———

Nach etzlichen Tagen, als unsere Nothdurft fast verzehret, fiel mir auch meine letzte Kuh umb (die andern hatten die Wülfe, wie oben bemeldet, allbereits zurissen), nicht ohne sonderlichen Verdacht, daß die Lise ihr etwas angethan, anerwogen sie den Tag vorhero noch wacker gefressen. Doch lasse ich das in seinen Würden, dieweil ich Niemand nit verleumbden mag; kann auch geschehen sein durch die Schikkung des gerechten Gottes, deßen Zorn ich wohl verdienet hab' — Summa: ich war wiederumb in großen Nöthen und mein Töchterlein Maria zuriß mir noch mehr das Herze durch ihr Seufzen, als das Geschreie anhub: daß abermalen ein Trupp Kaiserlicher nach Uekeritze gekommen, und noch gräu=

licher denn die erſten gemarodiret, auch das halbe
Dorf in Brand geſtecket. Derohalben hielt ich mich
nicht mehr ſicher in meiner Hütten, ſondern nachdem
in einem brünſtigen Gebet Alles dem Herrn empfohlen, machte mich mit meinem Töchterlein und der
alten Ilſen auf, in den Streckelberg*), wo ich allbereits ein Loch, einer Höhlen gleich, und trefflich
von Brummelbeeren verrancket uns auserſehen, wenn
die Noth uns verſcheuchen ſöllte. Nahmen dahero
mit, was uns an Nothdurft des Leibes geblieben,
und rannten mit Seufzen und Weinen in den Wald,
wohin uns aber bald die alten Greiſen und das
Weibsvolk mit den Kindern folgten, welche ein groß
Hungergeſchrei erhoben. Denn ſie ſahen, daß ſich
mein Töchterlein auf einen Stubben ſatzte, und ein
Stück Fleiſch und Brod verzehrete; kamen alſo die
kleinen Würmer mit ausgereckten Händeleins angelaufen und ſchrieen: uck hebben, uck hebben**).
Wannenhero, da mich ſolch groß Leid billig jammerte,
meinem Töchterlein nit wehrete, daß ſie alles Brod
und Fleiſch, ſo vorräthig, unter die hungrigen Kindlein
vertheilete. Erſt mußten ſie aber dafür „Aller
Augen‟***) beten, über welche Wort ich dann eine
tröſtliche Anſprach an das Volk hielte, daß der Herr,

____

*) Ein anſehnlicher Berg am Meere nahe bei Coſerow.
) auch haben, auch haben. *) Pſ. 145, 15. 16.

welcher jetzunder ihre Kindlein gespeiset, auch Rath wissen würde ihren eigenen Bauch zu füllen, möchten nur nit müde werden ihm zu vertrauen.

Aber sollich Trost währete nicht lange. Denn nachdeme wir wohl an die zween Stunden in und um der Höhlen uns gelagert, huben die Glocken im Dorfe so kläglich an zu gehen, daß es einem Jeglichen schier das Herze brach, angesehen auch dazwischen ein laut Schießen, item das Geschrei der Menschen und das Bellen der Hunde erschallete, so daß männiglich gießen kunnte, der Feind sei mitten im Dorfe. Hatte dannenhero genug mit den Weibern zu tüschen*), daß sie nicht durch ihr unverständig Lamentiren dem grimmigen Feind unsern Schlupfwinkel verrathen möchten, zumalen als es anfing schmockig zu riechen, und allsobald auch die helle Flamme durch die Bäume glitzerte. Schickete derohalben den alten Paasch oben auf den Berg, daß er umherlugen sollt, wie es stünde, hätte sich aber wohl zu wahren, daß man ihn nicht vom Dorfe erschaue, anerwogen es erst zu schummern begunte. Solliches versprach er und kam alsbald auch mit der Bothschaft zurücke, daß gegen 20 Reuter aus dem Dorfe gen die Damerow gejaget wären, aber das halbe Dorf in rothen Flammen stünd. Item

----

*) beschwichtigen.

erzählete er, daß durch seltsame Schickung Gottes
sich sehr viel Gevögel in den Knirkbüschen*) und
anderswo sehen ließ, und vermeinete, wenn man
sie nur fangen künnte, daß sie eine treffliche Speiß
vor uns abgeben würden. Stieg also selbsten auf
den Berg, und nachdem ich alles so befunden, auch
gewahr worden, daß durch des barmherzigen Gottes
Hülf das Feuer im Dorf nachgelassen, item daß
auch mein Hüttlein wider mein Verdienst und Würdigkeit annoch stünde, stieg ich alsbald herunter,
tröstete das Volk und sprach: der Herr hat uns ein
Zeichen gegeben und will uns speisen, wie einst das
Volk Israel in der Wüsten, denn er hat uns eine
treffliche Schaar von Krammetsvögeln über die wüste
Sehe gesendet, welche aus jedem Büschlein burren,
so man ihm nahet. Wer will nun in das Dorf
laufen und schneiden die Mähnhaare und den
Schwanz von meiner gefallenen Kuh weg, so hinten
auf der Wörthe liegt. (Denn Roßhaare hatte es
im ganzen Dorf nicht, dieweil alle Roß vom Feinde
längst genommen oder erstochen waren.) Aber es
wollte sich Niemand nit finden, sintemalen die Angst
noch größer war, denn der Hunger, als meine alte
Ilse anhub: so will ich schon gehen, denn ich fürchte
mich nit, dieweil ich auf Gottes Wegen bin, gebet

---

*) Wachholderbüsche.

mir nur einen guten Stock. Als ihr nun der alte
Paaßch seinen Stecken hingereichet, begunte sie vor
sich zu singen „Gott der Vater wohn uns bei", und
verlief sich bald in das Gebüsche. Hierzwischen ver=
mahnete ich nun das Volk, alsbald Hand anzulegen,
kleine Rüthlein zu den Dohnen zu schneiteln und
Beeren zu suchen, dieweil es Mondschein ware, und
allwärts viel Gänseflieder auch Eberschen auf dem
Berge stunden. Die kleinen Kindlein aber hütete
ich mit meiner Marien, dieweil die Gegend nicht
sicher für Wülfen war. Hatten derohalben ein lustig
Feuer angemacht, umb welches wir uns setzten und
dem kleinen Volk die Gebot verhöreten, als es hinter
uns knisterte und knasterte, und mein Töchterlein
mit den Worten: proh dolor, hostis!*) auf und in
die Höhlen sprang. Aber es waren nur die rüstigen
Kerls, so im Dorfe verblieben, und nun kamen, uns
Bothschaft zu bringen, wie es alldorten stünde.
Dahero rief ihr gleich zu: emergas, amici**), wo
sie denn auch mit großen Freuden wieder herfür=
sprang und bei uns zum Feuer niedersaß. Alsobald
erzählete nun mein Fürsteher Hinrich Seden, was
derweilen fürgefallen, und wie er nur durch sein
Weib Lise Kolfen sein Leben geborgen. Jürgen

---

*) o Jammer der Feind ist da! — Ueber die wunderbare
Bildungsweise des Mädchens erklärt sich unser Verfasser später.

**) komm nur wieder hervor, es sind Freunde!

Flatow, Chim Burse, Clas Peer und Chim Seideritz aber wären erschlagen, und läge letzterer recht auf dem Kirchsteig. Zwölf Katen hätten die grimmigen Mordbrenner in Asche geleget und wär es nit ihre Schuld, daß nicht das ganze Dorf draufgegangen, angesehen der Wind ihnen nicht gepasset. Hätten zum Hohn und Gespötte die Glocken dazu geläutet, ob Niemand kommen wöllt und löschen, und als er und drei andern jungen Kerls herfürgesprungen, hätten sie die Musqueten auf sie abgedruckt, aber mit des großen Gotts Hülfe Niemand nit getroffen. Darauf wären seine Gesellen über die Zäune ge= sprungen, ihn aber hätten sie erwischet, und schon das Gewehr über ihn ausgerecket, als sein Weib, Lise Kollken, mit eim andern Trupp aus der Kirchen herfürgetreten, und ihnen gewinket daß er Ruhe gehabt. Lene Hebers aber hätten sie in ihrem Wochenbett erstochen, das Kindlein gespießet und über Claas Peers Zaum in den Nessel geworfen, wo es annoch gelegen, als sie abgelaufen. Wäre jetzunder im ganzen Dorf derohalben keine lebendige Seele mehr, und noch schwerer ein Bissel Brods, so daß, wenn den Herrn nit ihre Noth jammerte, sie alle des elendiglichen Hungertodes würden sterben müssen.

(Da sage nun Einer: das wöllen Christen= menschen sein!)

Fragte nunmehro, als er schwiege (mit wie viel Seufzen jedoch, kann man leichtlich gießen) nach meiner Hütten, wovon sie aber nichts wußten, denn daß sie annoch stünde. Ich dankete dannenhero dem Herrn mit einem stillen Seufzerlein, und allsobald den alten Seden fragend, was sein Weib in der Kirchen gemachet, hätte ich schier vergehen mügen für großem Schmerz, als ich hörete, daß die Lotter= buben, als sie herausser getreten, die beeden Kelche nebst den Patenen in Händen getragen. Fuhr dahero die alte Lise fast heftig an, welche nun auch angeschlichen kam durch das Buschwerk, worauf sie aber trotziglich zur Antwort gab: daß das frembde Volk sie gezwungen die Kirche aufzuschließen, da ihr Kerl ja sich in den Zaum verkrochen, und Niemand Anders nit da gewesen. Selbige wären sogleich für den Altar getreten, und da ein Stein nicht wohl gefuget (was aber eine Erzlüge war) hätten sie allsobald angefangen mit ihren Schwertern zu graben, bis sie auch die Kelche und Patenen ge= funden. Könnte auch sein, daß ein Anderer ihnen den Fleck verrathen. Möchte dahero ihr nicht immer die Schuld beilegen, und sie also heftig an= schnautzen et cet.

Hierzwischen kamen nun auch die alten Greisen und Weiber mit trefflich vielen Beeren an, item meine alte Magd mit dem Kuhschwanz und den

Mähnhaaren, welche verzählete, daß das ganze Haus umbgewühlet, die Fenster zuschlagen, die Bücher und Scripturen auf der Straßen in den Koth getreten und die Thüren aus den Hespen gehoben wären. Solliches aber war mir ein geringer Leid, denn die Kelche, dahero nur das Volk vermahnete, Biegel und Schneere zu machen, umb am nächsten Morgen mit des barmherzigen Gotts Hilfe unser Jagdwerk zu vollenführen. Klöbete dahero selber die Rüthlein bis um Mitternacht und da wir eine ansehnliche Zahl gefertiget, ließ ich den alten Hinrich Seden den Abendseegen beten, den wir alle knieende an= höreten, worauf ich endiglichen noch ein Gebet that, und das Volk sodann vermahnete, die Männer apart und die Weiber auch apart, sich für der Kälte (Dieweil es schon im Monat Septembri war und fast frisch von der Seekante herwehete) in dem Buschwerk zu verkriechen. Ich selbsten stieg aber mit meinem Töchterlein und der Magd in die Höhlen, hatte aber noch nicht lange geschlummert, als ich den alten Seden fast heftig wimmern hörete, weilen ihn die Kolik überfallen, wie er klagte. Stund dahero wieder auf und gab ihm mein Lager, und saßte mich wieder zum Feuer, und schneitelte Dohnen, bis ich ein halb Stündlein entschlief únd der Morgen anbrach, worauf es besser mit ihm worden war, und ich nun auch allsobald mich aufmachte und das

Volk zum Morgensegen weckte. Diesesmal thät
ihn der alte Paasch, kunnte aber nit recht hinein-
kommen, weshalb ich ihm aushelfen mußte. Hatt'
er ihn vergessen oder thats die Angst, das lasse ich
ungesagt. Summa: Nachdem wir All recht innig-
lichen gebetet, schritten wir allsofort zum Werk, keilten
die Dohnen in die Bäume und umbhingen sie mit
Beeren, unterdessen mein Töchterlein der Kinder
hüthete, und Brummelbeeren vor sich zum Frühstück
suchete. — Nun soll man aber wissen, daß wir
quer durch den Busch gen den Weg nach Uekeritze
hin keileten, und da merke nun männiglich wieder
die sonderbare Gnadenschickung des barmherzigen
Gotts. Denn als ich mit dem Beil in der Hand
(es war Seden sein Beil, so er in der Frühe aus
dem Dorfe gehohlet) in bemeldeten Weg trate, nehm
ich auf der Erden ein Brod wahr, bei eines Armes
Länge, worauf ein Rabe pickete, und welches sonder
Zweifel ein kaiserlicher Reuter Tags vorhero aus
seinem Schnappsack verloren, dieweil noch frische
Roßtrappen im Sande dabei stunden. Knöpfe mir
es also heimlich über den Wanst, so daß niemand
Nichtes merkete, obschon bemeldeter Paasch dicht
hinter mir schritt, item alle Andern in nicht gar
guter Ferne ihm folgeten. Als wir nun so die
Dohnen bestellet in großer Frühe, hatte es schon
gegen die liebe Mittagszeit eine so große Menge

Vögel darinnen, daß Käthe Berow, welche mir zur
Seiten schritt, als ich sie abbande, dieselben in
ihrem Schurzfleck fast nit zu lassen wußte, und auf
dem andern Ende der alte Pagels auch nit viel
weniger aus seinem Brustlatz und Rocktaschen herfür=
langte. Mein Töchterlein satzte sich also mit dem
andern Frauensvolk hin, das Gevögel zu rupfen,
und da es an Salz gebrach, (denn dessen hatten
die Meisten von uns lange nicht mehr gekostet,)
vermahnete sie ein Paar Männer, zur Sehe zu steigen,
und in einem Grapen, so noch von Stoffer Zuter
geborgen war, ein wenig gesalzen Wasser zu hohlen,
was sie auch thäten. In solchem Wasser tunketen
wir nunmehro die Vöglein und brieten sie darauf
bei einem großen Feuer, wobei uns allen schon
von dem süßen Geruch das Maul zu wässern
begunnte, da wir so lange keiner Speisen nicht
gekostet.

Sage dahero als alles fertig, und das Volk sich
auf der Erden gelagert hat: nun schauet, wie der
Herr sein Volk Israel in der Wüsten noch immerdar
mit frischen Wachteln speiset, sollt er nun ein Uebriges
thun, und uns ein Stücklein Mannabrod vom Himmel
senden, was meinet ihr, würdet ihr dann jemalen
müde werden zu gläuben, und nit vielmehr alle
Noth, Trübsal, Durst und Hunger williglich tragen,
so er euch förder nach seinem gnädigen Willen

auferlegen sollte? worauf sie alle antworteten und sprachen: ja sicherlich!

Ego: Wöllt ihr mir das wahrhaftiglichen versprechen, worauf sie wiederumb sageten: ja das wollen wir! Da zog ich mit Thränen das Brod von meinem Wanst herfür, hube es hoch in die Hähe und rufete: nun schau du armes, gläubiges Häuflein, welch ein süßes Mannabrod dein treuer Erlöser Dir durch mich gesendet, worauf Alles schriee, ächzete, weinete, auch die kleinen Kinder abermals herbeisprangen, und die Händlein ausrecketen, indeme sie schrien: „kieft Brod, kieft Brod!" Da ich aber vor Wehemuth selbsten nit beten kunte, ließ ich Paaßch sein klein Mägdlein das Gratias beten, in währender Zeit meine Maria das Brodt zuschnitt und einem Jeglichen sein Theil reichete. Und nun langeten wir allesammt freudig zu dem lieben Gottesmaal in der Wüsten.

Hierzwischen mußte nun aber erzählen, wie ich das liebe Mannabrod gefunden, wobei nit versäumete sie abermals zu vermahnen, daß sie wöllten das große Wunderzeichen sich zu Herzen gehen lassen, so der barmherzige Gott, wie weiland an dem Propheten Elisa, an ihnen auch gethan: angesehen wie ein Raab in der großen Hungersnoth demselbigen das Brod in der Wüsten zugeführet, der Herr auch mir dieses Brod durch einen Raben zugeführet, daß ich es finden gemüßt, da ich ihm sonst doch wohl in meiner Trübsal vorbeigeschritten, und es nimmer gesehen hätte.

Als wir endiglichen unsern Bauch mit Nothdurst gefüllet, hielte die Danksagung über Lucas 12, v. 24, wo der Herre spricht: nehmet wahr der Raben, sie säen nicht, sie erndten auch nit, sie haben auch keine Keller noch Scheunen, und Gott nähret sie doch, Wieviel aber seid ihr besser denn die Vögel? — Aber unsere Sünden stunken vor dem Herrn. Denn da die alte Lise, wie ich bald in Erfahrung gebracht, ihre Vögel nit verzehret, weilen sie ihr zu nüchtern fürkamen, sondern selbige in den Knirkbusch*) geworfen, ergrimmete sein Zorn über uns, wie weiland über das Volk Israel, und wir hatten zur Nacht nur sieben Vögel auf den Schneeren, am andern Morgen aber nur zween. Auch kam kein Raab wieder, der uns Brod wiese. Darumb schalt ich die alte Lise und vermahnete das Volk, sollich gerechte Strafe des höchsten Gottes williglich auf sich zu nehmen, fleißig zu beten, in seine verlassenen Hütten zurückzuwallen, und zu sehen, ob der grundgütige Gott vielleicht auf der Sehe mehr bescheeren möcht. Würde ihn auch in meim Gebet Tag und Nacht anrufen; doch noch eine Zeit lang mit meinem Töchterlein und der Magd in der Höhlen verbleiben und

---

*) Wachholdergebüsch.

der Dohnen hüten, ob sich sein Zorn wenden möcht.
Sollten mir inzwischen mein Pfarrhaus nach besten
Kräften wieder zurichten, damit ich es bald wieder
beziehen könnt, sintemalen die Kälte mir fast schwer
fiele. Solliches gelobten sie auch zu thun, und schieden
mit Seufzen von dannen. Welch ein klein Häuflein! —
fande nur noch bei 25 Köpfen, da deren doch sonsten
über 80 gewest; alle andern hatte der Hunger, das
Schwert und die Pestilenz*) gewürget. Blieb dahero
noch mit meinem Gebet für Gott eine Zeitlang
einsam und traurig in der Höhlen, und sendete nur
mein Töchterlein nebst der Magd mit zum Dorfe,
daß sie sich umbsehen sollten, wie es in der Widemen**)
stände, item die Schriften und Bücher wieder zu=
sammenlesen, auch mir Kundschaft bringen, ob Hinze
der Zimmermann, den ich allsobald in's Dorf zurück=
gesendet, die Särge vor die elenden Leichnahme
zusammengehämmert, daß ich sie des nächsten Tages
begraben möchte. Darauf schritt ich zu den Dohnen,
aber nur ein einig Vögelein war darinnen zu ver=
spüren, woraus ich denn merkete, daß der Zorn

-----

*) fand im Jahre 1628 statt und häufte das Elend des
30jährigen Krieges auf der hiesigen Insel auf das Unerträg=
lichste. Schade, daß die Schilderung des alten Pfarrers,
welche er ohne Zweifel in dem Vorhergehenden gegeben, ver=
loren ist.

**) Pfarrhaus.

Gottes noch nit vorüber. Traf jedoch einen schönen Brummelbeerenbusch, woran ich bei einer Metze Beeren pflückete, mit dem Vogel selbige in Stoffer Zuter seinen Grapen thät, den der gute Kerl uns noch eine Frist gelassen und zur Nachtkost auf ein Feuer setzete, wann mein Kind mit der Magd zurückkehren würd. Währete auch nicht lange, als sie durch den Busch brachen und von dem Gräuel der Verwüstung erzähleten, so der leidige Satan unter Zulassung des gerechten Gottes im Dorf und in der Widemen angerichtet. Mein Töchterlein hatte noch ein paar Bücher zusammengelesen, die sie mit sich trug, vor andern einen Virgilium und eine griechische Bibel. Und als sie darauf verzählet, daß der Zimmermann erst morgen fertig würd, wir auch alsbald unsern Bauch zur Nothdurft gestillet, mußte sie mir zur Stärkung meines Glaubens noch einmal den locum von den lieben Raaben Lucas am 12ten aus dem Griechischen fürlesen, item den schönen locum parallelum Matth. am 6ten, worauf die Magd den Abendseegen betete, und wir uns nach der Höhlen zur Nachtruh begaben. Als ich nun am andern Morgen erwachte, als eben die liebe Sonne aus der Sehe herfürbrach und über den Berg schauete, hörete ich, daß mein arm hungrig Töchterlein schon vor der Höhlen stand und das schöne Liedlein von den Freuden des Paradieses recitirte, so der heilige

Augustinus gefertiget und ich ihr gelernet*). Sie schluchzete für Jammer als sie die Worte sprach:

Uno pane vivunt cives utriusque patriae,
avidi et semper pleni, quod habent, desiderant,
non satietas fastidit, neque fames cruciat:
inhiantes semper edunt, et edentes inhiant.
Flos perpetuus rosarum ver agit perpetuum,
candent lilia, rubescit crocus, sudat balsamum,
virent prata, vernant sata, rivi mellis influunt,
pigmentorum spirat odor liquor et aromatum,
pendent poma floridorum non lapsura nemorum,
non alternat luna vices, sol vel cursus syderum:
agnus est foelicis urbis lumen inoccidum**).

---

*) Dies ist ein Irrthum. Das nachfolgende Lied ist von dem Cardinal-Bischof von Ostia Peter Damianus († 23. Febr. 1072) nach Augustins Prosa überdichtet.

**) Wir versuchen hier eine Uebersetzung dieser schönen Stelle:

Alle Bürger dieses Landes*) leben nur von einem Brod. —
Hungrig stets und stets gesättigt, trübt ihr Sehnen keine Noth,
Fühlen nie der Sattheit Ekel, auch die Qual des Hungers nie,
Athmend essen sie beständig, ha und essend athmen sie!
Ewig blüht die Rosenknospe hier im ew'gen Frühling auch,
Weiß die Lilie, roth der Krokus, duftend träuft der Balsam-
strauch,
Grün die Wiesen, grün die Saaten, und von Honig rinnt
der Bach,
Das Aroma süßer Blumen haucht und duftet tausendfach.

---

*) Es war von den Engeln und Seelen der Heiligen die Rede.

Bei diesen Worten wurde ich selbsten weich, und als sie schwiege, fragte ich: „was machst du da mein Töchterlein?" worauf sie mir zur Antwort gabe: „ich esse Vater!" was mir erst recht die Thränen herfürtrieb, so daß ich anfing sie zu loben, daß sie die arme Seele speisen wöllt, da sie es nicht ihren armen Leib künnte. Hatte aber noch nit viel gesprochen, als sie aufschriee, daß ich das große Wunderwerk doch betrachten söllte, so sich aus der Sehe herfürthät, und allbereits über der Höhlen hereinbrach. Denn siehe, eine Wolke, ganz wie ein Kreuz geformiret, kam über uns und ließ große schwere Tropfen bei einer guten Erbsen groß und drüber auf uns niederfallen, worauf sie alsbald hinter das Gehäge sank. Richtete mich dannenhero sogleich in die Höhe, und rannte mit meinem Töchterlein flugs auf das Gebirge, ihr nachzuschauen. Sie zog gen das Achterwasser*), wo sie sich weit auseinander thät, und hinterwärts alsbald einen großen blauen Streifen formirete, welchen wunderlich die Sonne

---

Blühnde Wälder tragen Aepfel, deren Stengel nimmer
bricht
Und nicht Sonne, Mond noch Sterne wechseln dorten mehr
ihr Licht.
Denn ihr Licht, das nimmer schwindet, ist des Lammes
Angesicht.

*) Ein Busen, den der Peenefluß in der Nähe bildet.

beſchien, ſo daß er ſchier wie eine güldne Brücken anzuſchauen war, wie mein Töchterlein ſagte, auf welcher die lieben Engel tanzten. Fiel daher mit ihr ſogleich auf die Kniee und dankete dem Herrn, daß unſer Kreuz fürüber gezogen, aber ach unſer Kreuz ſollte erſt anheben, wie man weiter leſen wird.

Capitel 8.

Wie unsere Noth immer grösser wird, ich die alte Ilse mit einem andern Schreiben gen Pudgla sende, und was mir daraus noch für ein grösser Leid erfolget.

Als ich des andern Tags mit gemeinem Geschrei des ganzen Dorfs die elenden Leichname beerdiget (merke, da wo die Linde*) über die Mauer schattet, seind sie alle begraben), hörete ich mit vielen Seufzern, daß auch weder die Sehe noch das Achterwasser etwas hergeben gewöllt. Dies dauerte bei zehn Tagen, daß das arme Volk fast kein Fisches Auge nit kunnte fangen. Ging dahero auf das Feld, und sanne, wie der Zorn des gerechten Gottes über uns zu wenden wär, dieweil der harte Winter vor der Thür und kein Korn, kein Fisch, kein Apfel, kein Fleisch, nicht sowohl im Dorfe als im ganzen

---

*) Ist jetzt nicht mehr vorhanden.

Kapsel mehr zu finden. Denn Gewilde hatte es zwar genugsam in der Coserowschen und Ueckeritzer Heiden, aber der alte Heidereuter Zabel Nehring war im verschienen Jahr an der Pestilenz gestorben, und noch kein neuer daselbsten. Auch war im ganzen Kapsel keine einige Mousquete oder Kraut*) dazu aufzufinden, sintemalen der Feind alles geraubet und zubrochen. Wir mußten dahero alle Tage ansehen, wie Hirsche, Rehe, Haasen, Schweine et cet. uns fürbei sprangen, da wir sie doch lieber in unsern Magen gehabt, aber in unserer Unmacht sie nicht gewinnen kunnten. Und in Gruben wollten sie sich nicht sahen lassen. Doch hatte Claus Peer ein Rehe darin gefangen, und mir auch ein Stück davon verehret, was ihm Gott lohnen wölle. Item an zahmen Vieh war fast gar nichtes mehr im Kapsel fürhanden, auch kein Hund, weder eine Katze, welche das Volk in der großen Hungersnoth zum Theile gegessen, zum Theile aber vorlängst geschlagen oder versäufet. Doch hatte der alte Bauer Paasch noch zwei Kühe, item soll in Ueckeritze noch ein alter Mann Ferkelken gehabt haben, das war Alles. Darumb lebete fast alles Volk von Brummel= und andern Waldbeeren, welche aber auch schon begunnten seltsam zu werden, wie man leichtlich gießen mag. Auch

---

*) Pulver.

hatte sich dabei allbereits ein Knabe bei 14 Jahren verloffen (den alten Labahn sein Junge), und nie nichtes wieder von sich hören lassen, so daß ich schier befahre, daß ihn die Wülfe gefressen.

Hieraus möge nun ein christlich Herze vor sich selbsten abnehmen, in was Gram und Trübsal ich meinen Stecken zur Hand genommen, angesehen mein Töchterlein für den leidigen Hunger wie ein Schatten verginge, obschon ich selbsten als ein alter Körper, durch die Gnade des barmherzigen Gottes noch keinen sonderbaren Abgang meiner Kräfte verspürete. Indeme ich nun so ginge, im fortwähren zu dem Herrn wimmernd, gewahrete ich auf dem Wege gen Uekeritze so ich eingeschlagen, einen Bettlers= mann, der saß mit seinem Ränzel auf einem Stein und verzehrete ein Stücklein seltene Gottesgabe, verstehe ein Stücklein Brod. Ach, da liefen mir armen Mann die Backen so voll Wassers, daß ich mich erst bücken und es zur Erde mußte laufen lassen, ehe ich fragen kunnte: „wer bistu, und wo kommstu her, daß du Brod hast?" Worauf er antwortete: daß er ein armer Mann aus Bannemin sei, deme der Feind Allens genommen, und da er erfahren, daß der Lieper Winkel*) fast lange Frieden gehabt, hätt' er sich aufgemacht daselbsten zu schnurren.

---

*) Ein abgelegener Theil der Insel Usedom.

Nun sage ich darauf: „du armer Bettlersmann, so
theile einem betrübten Diener Christi, der ärmer ist
denn du, nur eine kleine Schnede*) Brodt für sein
arm Töchterlein abe, denn du sollt wissen, ich bin
ein Pfarrherr hier im Dorf und mein Kind will
sterben für Hunger. Ich beschwere dich bei dem
lebendigen Gott, daß du mich nit gehen lässest,
ohne dich mein zu erbarmen, wie man sich dein
erbarmet hat". Aber der Bettlersmann wollte mir
nichtes abtheilen, sprechende: daß er selbsten ein Weib
und vier Kinder hätte, die auch dem bittern Hungers=
tode zuwanketen, massen die Noth in Bannemin
noch viel größer sei, denn hier, wo wir doch Beere
hätten. Ob ich nit erfahren, daß vor wenig Tagen
dort ein Weibsbild (die er auch nennete, hab es
aber für Schrecken nicht gleich· beachtet) ihr eigen
Kind geschlachtet, und für Hunger aufgezehret**)?
Könne mir dahero nicht helfen und möchte ich selbsten
nach dem Lieper Winkel gehen.

Für solche Rede entsatzte ich mich, wie leicht zu
erachten, da in unserer Noth noch nichtes daran ver=
nommen, auch wenig oder gar kein Wanken ist,
von einem Dorf in das andere, und an Jerusalem

---

*) Plattdeutsch, für Schnitte.

**) Dieses entsetzliche Ereigniß führt auch Micraelius in
seiner „pommerschen Geschichte" an.

gedenkend*) und schier verzweifelnde, daß uns der Herr heimsuchete, wie weiland diese gottlose Stadt, wiewohl wir ihn nicht verrathen noch gekreuziget, vergaß ich fast meiner Noth, und setzte meinen Stecken an, umb fürbaß zu gehen. Doch war ich kaum ein paar Ehlen geschritten, als mir der Bettlers=mann nachrief, daß ich stehen söllte. Wanndte mich dahero wieder, als er mir mit einer guten Schnede Brod, so er aus seinem Quersack gehohlet entgegen=trat und sprach: Da! äwer bedet uck för mi, datt ick to Huuse kame, denn wenn se unnerweges rücken, datt ik Brod hebbe, schleht mi min egen Broder dod, köhnt gi glöwen**). Solliches versprach mit Freuden, und kehrete flugs um, meinem Töchterlein den heiligen Christ zu bringen, so ich in meiner Rocktaschen verborgen. Doch siehe, als ich gegen die Straßen komme, so vom Wege nach Loddin führet (vorhero hatt' ich es in meiner Betrübniß übersehen) trauete kaum meinen Augen, als ich all=dorten mein Ackerstück bei sieben Scheffeln groß, begatet***), besäet und bestaudet antraff, so daß die liebe Roggensaat, schon bei eines Fingers Länge

---

*) wo, nach Josephus, dasselbe geschah.

**) Da! aber betet auch für mich, daß ich nach Hause komme, denn wenn man unterweges riechet, daß ich Brod habe, schlägt mich mein eigener Bruder todt, könnt Ihr glauben.

***) zur Saat bereitet, d. i. gepflügt und geeggt.

luſtig aus der Erden geſchoſſen war. Konnte nicht
anders gläuben, als daß der leidige Satan mir ein
Blendwerk fürgeſpielet; doch wie ich mir auch die
Augen riebe, es war Roggen und bliebe Roggen.
Und weilen den alten Paaßch ſein Stück ſo daneben
ſtieß imgleichen beſäet und die Hälmlein zu gleicher
Höhe mit den meinigen geſchoſſen waren, kunnte
gar leicht bei mir abnehmen, daß der gute Kerl
ſolliches gethan, anerwogen die andern Stücken alle=
ſammt wüſte lagen. Verziehe ihm dahero gerne,
daß er den Morgenſeegen nit gewußt und dem Herrn
dankend vor ſo viel Liebe bei meinen Kapſelkindern
und ihn brünſtiglich anflehend: er wölle mir Kraft
und Glauben gewähren, bei ihnen nunmehro auch
unverdroſſen auszuhalten, und alle Kümmerniß und
Trübſal, ſo er nach ſeinem grundgütigen Willen
uns ferner auferlegen ſöllte, williglich zu tragen,
lief ich mehr, denn ich ginge in das Dorf zurücke
und auf den alten Paaßch ſeinen Hof, wo ich ihn
antraf, daß er eben ſeine Kuh zuhauete, ſo er für
grimmigem Hunger nunmehro auch geſchlachtet.
„Gott hilf dir!“ ſage ich „du frommer Kerl, daß
du mir meinen Acker begatet haſt, wie ſoll ich dir's
lohnen?“ Aber der alte Mann gab zur Antwort:
Lat he dat man weſen und bede he man för uns*)

---

*) Laß Er das nur ruhen, und bete Er nur für uns.

und als ich solliches gerne zusagete und ihn fragete: wie er sein Korn für dem grimmigen Feind geborgen, verzählete er mir, daß er es in der Höhlen im Streckelberge heimlichen versteckt gehabt, nunmehro aber auch all sein Fürrath aufgezehret sei. Inzwischen schnitt er ein groß schön Stück Fleisch dem Haubt aus der Lenden und sprach: da hett he uck wat, und wenn et all iß, kann he noch eiß kamen*). Als ich nun mit vieler Danksagung gehen wöllt, griff mich seine kleine Marie bei der Hand, ein Kindlein bei sieben Jahren, so im Streckelberge das Gratias gebetet und wollt mit zu meiner Tochter nach der Schulen. Denn da, wie vorbemeldet, mein custos in der Pestzeit auch dieses Zeitliche gesegnet, muß sie die Paar kleinen Kinder im Dorf informiren, welches aber seit lange unterblieben. Wollt es ihr dahero nicht wegern, obwohl ich gleich besorgete, daß mein Töchterlein das Brod mit ihr theilen würd, angesehen sie das Mägdlein sehr lieb hatte, da es ihre Päthe war. Und so geschahe denn auch. Denn als das Kind sahe, daß ich das Brod herfürlangete, schriee es gleich für Freuden auf und begunnte auf die Bank zu klettern. Daher bekam sie einen Theil von der Schnede, einen Theil unsere

---

*) Da hat Er auch was, und wenn es verzehret ist, kann Er noch einmal kommen.

Magd und den dritten Theil steckte mein Töchterlein in den Mund, da ich Nichtes haben wollte, sondern sprach: ich verspürete keinen Hunger und wöllte warten, bis sie das Fleisch gesotten, welches ich nunmehro auch auf die Bank wurf. Da hätte man sehen sollen, welche Freude mein armes Kind empfunde, zumalen ich ihr nun auch von dem Roggen verzählete. Sie fiel mir umb meinen Hals, weinete, schluchzete, hob alsdann das kleine Mägdlein auf ihre Arme, tanzete mit selbiger in der Stuben und recitirete nach ihrer Weiß dazu allerhand lateinische versus so sie auswendig wußte. Nun wöllte sie uns auch ein recht schön Abendbrod zurichten, da in einer Fleischtonnen, so die Kaiserlichen zuschlagen, noch ein wenig Salz auf dem Boden geblieben. Ließ sie also ihr Wesen treiben, und kratzete etwas Ruß aus dem Schornstein, so ich mit Wasser vermengete, riß alsdann ein fast weißes Blatt aus dem Virgilio und schriebe an den pastorem Liepensem, Ehrn*) Abraham Tiburtius: Daß er umb Gottes willen sich wölle unsere Noth zu Herzen gehen lassen, und seine Kapselleute vermahnen, daß sie uns für dem grimmigen Hungertod schützen und

---

*) Ehrn, der damalige Titel für die Geistlichen, wie jetzt Ehrwürden. Er galt geringer als Herr, weßhalb ein alter, ehrgeiziger Prediger damaliger Zeit klagte, daß der Teufel den Priestern das H gestohlen.

Meinhold, Bernsteinhexe. 3. Aufl.   3

mildthätiglich an Speise und Trank abtheilen wöllten, was der grundgütige Gott ihnen gelassen, angesehen ein Bettlersmann mir verzählet, daß sie seit langer Zeit Friede für dem erschröcklichen Feind gehabt. — Wußte aber nit, womit ich den Brief verschließen söllte, als ich in der Kirchen noch ein wenig Wachs an einem hölzernen Altarleuchter funde, so die Kaiserlichen nicht werth geachtet, daß sie ihn aufhüben, und nur die messingschen mit sich geführet hatten. Mit solchem Brief mußten sich drei Kerls und der Fürsteher Hinrich Seden in ein Boot setzen und nach der Liepe aufmachen.

Eher noch stellte aber meiner alten Ilsen für, so aus der Liepe bürtig war, ob sie nit lieber wöllte mit in ihre Heimath ziehen, maßen sie sähe, wie es stünd, ich ihr auch vors Erste keinen Witten an Lohn geben künnte. (Merke: sie hatte sich ein schön Sümmlein ersparet, angesehen sie länger denn 20 Jahre bei mir im Dienst gewest, aber das Kriegsvolk hatte ihr Allens abgenommen.) Aber ich kunnte sie nicht dazu bringen, sondern sie weinete bitterlich und bate, daß ich sie nur bei der guten Jungfer lassen söllte, so sie schon in der Wiegen gekennet. Wöllte gerne mit uns hungern, wenn es sein müßt, möchte sie nur nit verstoßen. Dahero ließ ich sie und fuhren die Andern allein abe.

Unterdeß war auch die Suppen gar worden.
Doch als wir kaum das Gratias gebetet, und zu=
langen wollten, kamen alle Kindlein aus dem ganzen
Dorfe bei sieben an der Zahl zur Thüren herein,
und wollten Brod haben, welches sie von meiner
Tochter ihrer kleinen Päthe gehöret. Da brach
selbiger nun wieder das Herze, und obgleich ich sie
bate, sich hart zu machen, vertröstete sie mich doch
mit der Lieper Bothschaft, und kellete einem jeden
Kindlein sein Theil Suppen auf einen hölzernen
Teller (denn diese hatte der Feind nicht geachtet)
und stach ihm auch ein wenig Fleisch in die Hän=
deken, sodaß unser Fürrath mit einmal aufgezehret
ward. Blieben dahero des andern Morgens wieder
nüchtern bis gegen Mittag, wo das ganze Dorf
sich auf der Wiesen am Ufer versammblet hatte,
als das Boot zurücke kam. Aber Gott erbarm's,
wir hatten fast umbsonst gehoffet! — Nur sechs Brode
und ein Hammel, item ein Viert Backäpfel, war
Allens was sie hatten. Denn Ehrn Abraham
Tiburtius schriebe mir, daß, nachdem das Geschrei
von ihrem Reichthumb über die ganze Insel er=
schollen, soviel Bettlersleute bei ihnen umbgingen,
daß sie ihnen unmüglich gerecht werden künnten,
angesehen sie selbsten nicht wüßten, wie es noch mit
ihnen in dieser schweren betrübten Zeit ablaufen
würd. Indessen wöllte er sehen, ob er noch mehr

auftreiben künnte. Ließ also den kleinen Fürrath mit vielem Seufzen in die Widemen tragen, und obgleich zwei Brode, wie pastor liepensis schriebe, vor mich allein sollten, gabe ich sie doch mit in die Theilung, womit auch Alle sich zufrieden stellten, ausgenommen den alten Seden sein gluderäugigt Weib nit, so noch apart für ihren Mann seine Reise etwas haben wollte, was aber, wie leicht zu erachten, nit geschach, weshalben sie wieder, da sie abzoge, etzliche Worte zwischen die Zähne nummelte, die aber Niemand nit verstund. — Es war ein schier verrucht Weib, so sich durch Gottes Wort nicht bei= kommen ließ.

Nun kann aber männiglich vor sich selbsten ab= nehmen daß solcher Fürrath nit lange aushielt. Da nun zugleich auch bei allen Kapselleuten ein brünstig Verlangen nach der geistlichen Speise sich verspüren ließ; ich selbsten und die Fürsteher aber nur 8 Witten*) im ganzen Kapsel auftreiben kunnten, so nit aus= langeten, umb Brod und Wein anzuschaffen, kam ich auf die Gedanken, abermals dem Herrn Ambt= haubtmann unsere Noth zu vermelden. Mit wie schwerem Herzen ich solliches that, kann man leicht erachten. Aber Noth kennt kein Gebot. Riße dahero auch das Hinterblättlein aus dem Virgilio und bate,

---

*) etwa 16 Pfennige.

ümb der heiligen Dreieinigkeit willen, daß Seine
Geſtrengen ſich meiner und des ganzen Kapſels
gemeine Noth wöllte zu Herzen gehen laſſen, und
ein wenig Geld hergeben, zum Troſt der betrübten
Seelen das heilige Sacrament zu halten, auch wo
müglich einen Kelch zu kaufen, ſo er auch nur von
Zinne ſein ſöllte, ſintemalen der Feind die fürhan=
denen geraubet, und ich ſonſten gezwungen wär,
das heilige Nachtmal in einem Topf zu conſacriren.
Item möcht er ſich auch unſerer leiblichen Noth er=
barmen, und mir endiglichen mein, ſeit ſo viel
Jahren hinterſtelliges Miſtkorn verabreichen. Wöllte
es nicht allein vor mich ſelbſten haben, ſondern es
gern mit dem ganzen Kapſel theilen, bis der grund=
gütige Gott mehr beſcheeren würd.

Hierzwiſchen fiel mir aber ein ſtattlicher Kläcks
auf das Papier. Denn da die Fenſter mit Brettern
verſpundet waren, ware das Zimmer tunkel und
nur ein wenig Licht kam durch zwei kleine Scheiblein
Glas, ſo ich aus der Kirchen gebrochen, und hinein=
geſetzet. Solliches mochte wohl die Urſache ſein,
daß ich mich nit beſſer fürſah. Da ich aber kein
neues Stücklein Papier mehr auftreiben kunnte, ließ
ich es paſſiren, und befahle der Magd, ſo ich mit
dem Brieflein gen Pudgla ſandte, ſolliches bei Sr.
Geſtrengen, dem Herrn Ambtshaubtmann zu ent=
ſchuldigen, welches ſie auch zu thun verſprach;

angesehen ich selbsten kein Wörtlein mehr auf dem
Papier beisetzen kunnte, dieweil alles beschrieben war.
Siegeln thät ich es, wie vorbemeldet.

Allein die arme Person kehrete zitternd für Angst
und weinend zurücke, und sprach: Seine Gestrengen
hätte sie mit dem Fuß aus der Schloßpforten ge=
stoßen und gedräuet, sie in den Ganten*) setzen zu
lassen, so sie wiederumb vor ihn käme. Ob der
Pfaffe gläube, daß ihm das Geld so loose säß, wie
mir die Tinte, hätte ja Wasser genug das Abend=
mahl zu halten. Denn hätte Gottes Sohn einmal
das Wasser in Wein gewandelt, könnt er's auch
öftermalen. Hätt ich keinen Kelch, sollt ich meine
Schaaf aus einem Eimer tränken, wie er's auch
thät, und was solcher Gotteslästerungen mehr waren,
so er mir nachgehends auch selbsten schriebe, und
wovor ich mich, wie leicht abzunehmen, auf das
erschröcklichste entsatzte. Von dem Mistkorn, verzählete
sie, hätte er gar Nichtes gesagt.

In solcher meiner großen Seelen= und Leibesnoth
kam der liebe Sonntag heran, wo fast die ganze
Gemeind zu Gottes Tisch gehen wollt, aber nicht
kunnte. Ich sprach dannenhero über die Worte
St. Augustini: crede et manducasti**), wobei ich

----

*) Schandpfahl.
**) glaube und du hast gegessen.

fürstellete, daß die Schuld nit mein und treulichen
erzählete, wie es meiner armen Magd in Pudgla
ergangen, doch dabei noch Vieles verschwiege, und
nur Gott bate, er wölle das Herz der Obrigkeit zu
unserm Frommen erwecken. Kann auch in Wahrheit
sein, daß ich härter gesprochen, denn ich gegläubet,
was ich nit mehr weiß, sintemalen ich sprach, wie
mir umb's Herze war. Zum Schluß mußte die
ganze Gemein auf ihre Knie fallen bei einer Stunden
lang und den Herrn umb sein heilig Sacrament
anrufen, item umb Linderung ihrer Leibesnoth, wie
solliches zeithero auch alle Sonntage und sonsten
in den täglichen Betstunden geschahe, so ich seit der
schweren Pestzeit zu halten gewohnt gewest. Ende-
lichen stimmte ich noch das feine Liedlein an: wenn
wir in höchsten Nöthen sein, worauf nicht sobald
geschlossen, als mein neuer Fürsteher Claus Bulk
von Ueckeritze, so früher ein Reutersmann bei Sr.
Gestrengen gewesen, und den er nunmehro zu einem
Bauern eingesetzet, gen Pudgla rannte, und avertirte,
was in der Kirchen fürgefallen. Solliches verdroß
Se. Gestrengen heftiglichen, so daß er den ganzen
Kapsel, noch bei 150 Köpfen stark, die Kinder un-
gerechnet, zusammenrief, und ad protocollum diktirte,
was sie von der Predigt behalten, maßen er Seiner
fürstlichen Gnaden dem Herzogen von Pommern zu
vermelden gesonnen, welch gotteslästerliche Lügen ich

gegen ihn ausgespieen, wovor ja ein christlich Herz
erschrecken müßt; item, welch ein Geizhals ich wär,
daß ich nur immer von ihm haben wöllt, und ihn
in dieser harten und schweren Zeit, sozusagen tag=
täglich mit meinen Sudelbrieffen anrennete, wo er
selbsten vor sich nichts zu essen hätte. Das söllte
dem Pfaffen den Hals brechen, da Se. fürstliche
Gnaden alles thät, was er fürzustellen käme, und
brauchte Niemand im Kapsel mir Nichtes mehr zu
verabreichen, sondern sie söllten mich nur lauffen
lassen. Er wölle schon sorgen, daß sie einen ganz
andern Priester wieder erlangeten, denn ich wär.
(Möchte den wohl aber sehen, der sich in sollich
Unglück hineinzubegeben entschlossen gewesen wär.)

Diese Botschaft wurde mir aber noch in selbiger
Nacht hinterbracht, wovor ich fast heftig erschrack,
angesehen ich wohl einsahe, daß ich nun nit einen
gnädigen Herrn an Sr. Gestrengen bekommen, son=
dern Zeit meines erbärmlichen Lebens, wenn ich es
anderst söllte fristen können, eine ungnädige Herrschaft
haben würd. Doch tröstete mich bald in Etwas,
als Chim Krüger aus Uekeritze, so mir solches
hinterbrachte, ein Stücklein von seinem Ferkel aus
der Taschen zog, das er mir verehrete. Darüber
kam auch der alte Paasch hinzu, welcher dasselbe
sagte, und noch ein Stücklein von seiner alten Kuh
herfürlangte, item mein anderer Fürsteher Hinrich

Seden mit einer Schnede Brod, und einem Braxen*),
so er in den Reusen gehabt, alle sagende: daß sie
keinen bessern Priester wöllten, als ich, und möchte
ich nur bitten, daß der barmherzige Gott mehr bescheeren wölle, wo es mir dann auch an Nichtes
fehlen söllt, inzwischen aber söllte ich stille sein, und
sie nit verrathen. Solliches gelobte ich Alles zu
thun, und mein Töchterlein Maria hob allsobald
die liebe Gottesgab von dem Tische und trug sie
in die Kammer. Aber o Jammer, des andern
Morgens, als sie das Fleisch in den Grapen thun
wollte, war Allens fort! Weiß nicht wer mir dieses
neue Herzeleid bereitet, doch meine fast, daß es
Hinrich Seden sein böses Weib gethan, sintemalen
er nicht schweigen kann, und ihr wie gläublich, wohl
alles wiedererzählet. Auch hat Paasschen sein klein
Töchterlein gesehen, daß sie zum andern Mittag
Fleisch in dem Topf gehabt, item daß sie mit ihrem
Mann gehaddert, und nach ihme mit dem Fischbrett
geschmissen, auf welchem noch frische Fischschuppen
gesessen; hätte aber sich gleich begriffen, als sie ihrer
gewahr worden. (Pfui dich alte Hexe, es wird
genug wahr sein!)

Dahero bliebe uns nichts übrig, als unsere arme
Seele mit Gottes Wort zu speisen. Aber auch diese

---

*) Braxen, Blei, ein zum Karpfengeschlecht gehöriger Fisch.

war so verzaget, daß sie nichts mehr annehmen
wöllte, so wenig als der Magen. Denn mein arm
Töchterlein insonderheit, ward von Tag zu Tag
blasser, grauer und gelber, und spiee immer wieder
die Speiß aus, da sie Allens ohne Salz und Brod
genoß. Wunderte mich schon lange, daß das Brod
aus der Liepe nit wollte all werden, sondern ich
alle Mittag bisher ein Stücklein gehabt. Hatte
auch öftermalen gefraget, wo hastu denn immerfort
das liebe Brod her, am Ende hebest du Alles vor
mich allein auf, und nimmst weder vor dich ein
Stücklein, noch vor die Magd. Aber beide hoben
dann immer ein Stücklein tannen Bork*) in die
Höhe, so sie zurecht geschnitten und vor ihren Teller
geleget, und da es tunkel war in der Stuben, merkete
ich die Schalkheit nit, sondern gläubete, sie äßen
auch Brod. Aber endiglichen zeigt es mir die Magd
an, daß ich es nit länger leiden söllte, dieweil mein
Töchterlein ihr selbsten nit hören wölle. Da kann
nun männiglich abnehmen, wie mir um das Herze
war, als ich mein arm Kind auf ihr Moosbett
liegen und ringen sah mit dem grimmigen Hunger.
Aber es sollte noch härter kommen, denn der Herr
wollte mich ganz zerschlagen in seinem Zorn wie
einen Topf. Siehe auf den Abend desselbigen Tages

---

*) Rinde.

kommt der alte Paaßch angelaufen klagende, daß
all sein und mein Korn im Felde umbgehaket und
elendiglich zerstöret sei, und müsse dies schier der
leidige Satan gethan haben, angesehen nicht die
Spur eines Ochsen weder eines Rosses zu sehen
wär. Für solche Rede schriee mein arm Kind laut
auf und fiel in Unmacht. Wollte ihr dahero zu
Hülfe springen, aber ich erharrete nit ihr Lager,
sondern fiel für gräulichem Jammer selbsten zur
Erden. Als nun die Magd wie der alte Paaßch,
ein laut Geschrei herfürstießen, kamen wir zwar
wieder bei uns, aber ich konnte mich nit allein mehr
von der Erden erheben, so hatte der Herr meine
Gebein zermalmet. Bate daher, als sie mir bei-
sprangen, sie wöllten mich nur liegen lassen, und
als sie solches zu thun sich wegerten, schriee ich,
daß ich doch gleich wieder zur Erden müßt', ümb
zu beten und möchten sie nur Alle bis auf mein
Töchterlein aus der Stuben gehn. Solliches thäten
sie, aber das Beten wollte nit gehen. Ich geriethe
in schweren Unglauben und Verzweiflung und mürrete
wieder den Herrn, daß er mich härter plagete, denn
Lazarum und Hiob. Denn dem Lazaro schriee
ich Elender, hattest du doch die Brosamen und die
barmherzigen Hündlein gelassen, aber mir hast du
Nichtes gelassen, und bin ich selber schlechter vor dir,
denn ein Hund geachtet, und den Hiob hastu

nicht gestrafet, ehe du gnädiglich ihm seine Kinder
genommen; mir aber lässest du mein arm Töchterlein, daß ihre Qual meine eigene noch tausendfäl-
tiglich häufen muß. Siehe darumb kann ich dich
nichts mehr bitten, denn daß du sie bald von dieser
Erden nimmst, damit mein graues Haubt ihr freudig
nachfahren könne in die Grube! Wehe ich ruchloser
Vater, was hab' ich gethan? Ich hab Brod gessen
und mein Kindlein hungern lassen! O Herr Jesu,
der du sprichst: welcher ist unter euch Menschen, so
ihn sein Sohn bittet um Brod, der ihm einen Stein
biete? Siehe ich bin dieser Mensch, siehe ich bin
dieser ruchlose Vater, ich habe Brod gegessen und
meinem Töchterlein Holz geboten, strafe mich, ich
will dir gerne stille halten! O mein gerechter Jesu,
ich habe Brod gessen und meinem Töchterlein Holz
geboten! — Als ich solliches nicht redete sondern
laut herfürschrie, indem ich meine Hände range, fiel
mir mein Töchterlein schluchzend umb den Hals,
und strafete mich, daß ich gegen den Herrn murrete,
da doch sie selbsten als ein schwach und gebrechlich
Weib gleichwohl nicht an seiner Gnade verzweifelt
sei; so daß ich bald mit Schaam und Reue wieder
zu mir selbsten kam, und mich vor dem Herrn
demüthigte für solche Sünden.

Hierzwischen war aber die Magd mit großem
Geschrei in das Dorf gerannt, ob sie ein wenig für

ihre arme Jungfer gewinnen möcht. Aber die Leute hatten ihr Mittag schon verzehret und die Meisten waren auf der Sehe, sich die liebe Nachtkost zu suchen; dahero sie nichts gewann, angesehen die alte Sedensche, so allein noch einen Fürrath gehabt, ihr nichts hätte verabreichen wöllen, obschon sie selbige um die Wunden Jesu gebeten.

Solliches verzählete sie noch, als wir es in der Kammer poltern höreten, und allsobald ihr guter alter Ehekerl, der dorten heimlich in das Fenster gestiegen war, einen Topf mit einer kräftigen Suppen uns brachte, so er seinem Weibe von dem Feuer gehoben, die nur einen Gang in den Garten gethan. Er wisse wohl, daß sein Weib ihm dieses baß vergelten würde, aber das söllt ihn nicht verdrießen, und möchte die Jungfer nur trinken, es wäre gesalzen und Allens. Er wölle nur gleich wieder durchs Fenster eilen und sehen, daß er vor seinem Weibe ins Haus käme, damit sie es nicht merken thät, wo er gewesen. Aber mein Töchterlein wollte den Topf nit nehmen, was ihn sehr verdroß, so daß er ihn fluchend zur Erden setzte und wieder in die Kammer lief. Nicht lange, so trat auch sein gluderäugigt Weib zur Vorderthüren herein, und als sie den Topf auf der Erden noch dampfen sahe,

schriee sie: „du Deef*), du verfluchtes deessches Aas"
und wollte meiner Magd in die Mütze fahren. Ich
bedräuete sie also, und verzählete, was fürgefallen;
wöllte sie es nit gläuben, so möcht sie in die Kammer
gehen und durchs Fenster schauen, wo sie ihren Kerl
vielleicht noch laufen säh. Solliches that sie, und
höreten wir sie auch allsogleich ihrem Kerl nach-
schreien: „Teuf di sall de Düwel de Arm utrieten,
kumm mie man webber int Huus"**) worauf sie
wieder hereintrat, und mummelnd den Topf von
der Erden hob. Ich bat sie umb Gottes willen,
sie wölle meinem Töchterlein ein wenig abtheilen,
aber sie höhnete mich und sprach: „ji koehnt ehr jo
wat vörprädigen, aß ji mie dahn hebt"***) und schritt
mit dem Topf zur Thüren. Zwar bat mich mein
Töchterlein ich söllte sie lassen, aber ich konnt nicht
umbhin, daß ich ihr nachschrie: um Gottes willen
nur einen guten Trunk, sonst giebt mein armes
Kind den Geist auf; willtu, daß Gott sich dein am
jüngsten Tage erbarme, so erbarme dich heute mein!
Aber sie höhnete uns abermals und rief: „he kann

---

*) Dieb.

**) Warte, dir soll der Teufel die Arme ausreißen, komm
mir nur wieder ins Haus.

***) Ihr könnt ihr ja etwas vorpredigen, wie Ihr mir
gethan habt.

sich jo Speck kaken"*), und schritt aus der Thüren.
Sandte ihr also die Magd nach mit der Sanduhr,
so vor mir auf dem Tische stund, daß sie ihr selbige
bieten möcht' vor einen guten Trunk aus ihrem
Topf. Aber die Magd kam mit der Sanduhren
wieder, und sagte: sie hätt es nicht gewollt. Ach
wie schriee und seufzete ich nun abermals, als mein
arm sterbend Kind den Kopf mit einem lauten
Seufzer wieder in das Moos steckete! — Doch der
barmherzige Gott war gnädiger, als ich es mit
meinem Unglauben verdient. Denn, da das hart=
herzige Weibsbilde dem alten Paasch ihrem Nach=
barn ein wenig Suppen mitgetheilt, bracht' er sie
sogleich vor mein Töchterlein; da er von der Magd
wußte, wie es umb sie stünde, und achte ich, daß
diese Suppen, nebst Gott, ihr allein das Leben er=
halten, dieweil sie gleich wieder das Haubt aufreckte,
als sie selbige genossen, und nach einer Stunden
schon wieder im Hause umbhergehen konnte. Gott
lohn's dem ehrlichen Kerl! Hatte dahero noch heute
große Freude in meiner Noth; doch als ich am
Abend beim Kaminfeuer niedersaß und an meine
Verhängnuß gedachte, brach wieder der Schmerz
herfür, und beschloß nunmehro mein Haus und
meine Pfarre selbst zu verlaufen, und als ein Bett=

---

*) kochen.

lersmann mit meiner Tochter durch die weite Welt zu ziehen. Ursache kann man genugsam denken. Denn da nunmehro alle Hoffnung mir weggestochen war, massen mein ganzes Feld geruiniret, und der Amtshaubtmann mein ergrimmter Feind worden war, ich auch binnen fünf Jahren keine Hochzeit, item binnen einem Jahre nur zwo Taufen gehabt, sahe meinen und meines Kindes Tod für Augen, dieweil gar nit abzusehen, daß es vors Erste besser söllte werden. Hiezu trat die große Furcht in der Gemein. Denn obwohl sie durch Gottes wunderliche Gnade schon anfingen manchen guten Zug, beides in der Sehe, wie im Achterwasser zu thun, auch mancher in den andern Dörfern sich schon Salz, Brod, Grütze etc. von den Anklammschen und Lassanschen Pöltenern und Quatznern*) vor seine Fische hatten geben lassen, brachten sie mir doch Nichtes, weil sie sich scheueten, daß es möcht gen Pudgla verlauten, und sie einen ungnädigen Herrn haben. Winkete dannenhero mein Töchterlein neben mich, und stellte ihr für, was mir im Gedanken lage. Der grundgütige Gott könne mir ja immer eine andere Gemeine wieder bescheeren, so

---

*) befahren bis zu dieser Stunde in kleinen Fahrzeugen (Polter und Quatzen) alltäglich das Achterwasser und kaufen dem Bauern die gefangenen Fische ab.

ich sollte solcher Gnade würdig vor ihm befunden werden, angesehen die grimmige Pest- und Kriegeszeit manchen Diener seines Worts abgerufen, ich auch nicht, wie ein Miethling von seiner Heerde flöhe, besondern bis dato Noth und Tod mit ihr getheilet. Ob sie aber wohl des Tages ein, oder zwo Meilen würde gehen künnen? dann wöllten wir uns gen Hamburg durchbitten zu meiner seligen Frauen ihrem Stiefbruder, Martin Behring, so dorten ein fürnehmer Kaufmann ist.

Solliches kam ihr anfänglich seltsam für, inmassen sie wenig aus unserm Kapsel gekommen, auch ihre selige Mutter und Brüderlein auf unserm Kirchhof lagen. „Wer dann ihr Grab aufmachen und mit Blumen bepflanzen söllte? item, da der Herre ihr ein glatt Gesicht gegeben, was ich thun wöllte, wenn sie in dieser wilden, grimmigen Zeit auf der Landstraßen von dem umbherstreichenden Kriegsvolk und andern Lotterbuben angefallen würd, da ich ein alter schwacher Mann sei und sie nit schützen könnte, item, womit wir uns für dem Froste schützen wöllten, da der Winter hereinbräch, und der Feind unsere Kleider geraubet, so daß wir ja kaum unsere Blöße decken künnten?“ — Dieses Alles hatte ich mir noch nicht fürgestellet, mußte ihr also recht geben, und wurde nach vielem Disputiren beschlossen, daß wir zur Nacht die Sache wöllten dem

Herrn überlassen, und was er am andern Morgen
uns würde in das Herze geben, wöllten wir thun.
Doch sahen wir wohl, daß wir auf keinerlei Weiß
würden die alte Magd länger behalten können. Rief
sie also aus der Küchen herbei, und stellete ihr für:
daß sie morgen frühe zu guter Zeit sich nach der
Liepen aufmachen möchte, dieweil es dorten noch zu
essen hätte, und sie hier verhungern würd, angesehen
wir selber vielleicht schon morgen den Kapsel und
das Land verlaufen würden. Dankete ihr auch für
ihre bewiesene Liebe und Treu, und bate sie endlich
unter lautem Schluchzen meiner armen Tochter: sie
wölle lieber nur sogleich heimblich hinweggehen, und
uns beiden nicht das Herze durch ihren Abschied
noch schwerer machen, angesehen der alte Paasch
die Nacht auf dem Achterwasser wöllte fischen ziehen,
wie er mir gesaget, und sie gewiß gerne in Grüßow
an das Land setzete, wo sie ja auch ihre Freund=
schaft hätte, und sich noch heute satt essen könnte.
Aber sie kunnte vor vielem Weinen kein Wörtlein
herfürbringen; doch da sie sahe, daß es mein Ernst
war, ging sie aus der Stuben. Nit lange darauf
hörten wir auch die Hausthüre zuklinken, worauf
mein Töchterlein wimmerte: sie geht schon und flugs
an das Fenster rannte, ihr nachzuschauen. „Ja“,
schrie sie, als sie durch die Scheiblein geblickt,
„sie geht schon!“ und rang die Hände und wollte

sich nit trösten laffen. Endiglichen gab sie sich doch,
als ich auf die Magd Hagar kam, so Abraham
auch verstoßen, und deren gleichwohl der Herr sich
in der Wüsten erbarmet, und darauf befahlen wir
uns dem Herrn, und streckten uns auf unser Moos=
lager.

4*

Capitel 9.

Wie mich die alte Magd mit ihrem Glauben demüthigt und der
Herr mich unwürdigen Knecht dennoch gesegnet.

————

Lobe den Herrn, meine Seele, und was in mir
ist seinen heiligen Namen. Lobe den Herrn
und vergiß nicht, was er dir Guts gethan hat.
Der dir alle deine Sünde vergiebet, und heilet alle
deine Gebrechen, der dein Leben vom Verderben
erlöset, der dich krönet mit Gnade und Barmherzig=
keit. Pf. 103.

Ach ich armer elender Mensch, wie soll ich alle
Wohlthat und Barmherzigkeit fassen, so mir der
Herre schon des andern Tages widerfahren ließe.
Ich heulte für Freuden, wie sonst für Jammer, und
mein Töchterlein tanzete in der Stuben wie eine
junge Rehe, und wollte nit zu Bette gehen, wollte
nur weinen und tanzen, wie sie sagete, und da=
zwischen den 103ten Psalm beten, und dann wieder
weinen und tanzen, bis der Morgen anbrechen würd.

Da sie aber noch merklich schwach war, untersagte ich ihr solchen Fürwitz, anerwogen dies auch hieße den Herrn versuchen, und nun merke man, was fürgefallen:

Nachdem wir beide mit großem Seufzen am Morgen erwacht waren und den Herrn angerufen, er wölle uns in unsern Herzen offenbaren, was wir thun söllten, kunnten wir gleichwohl noch immer nicht an einen Beschluß kommen, dahero mein Kind vermahnete, so sie anders so viel Kräfte in sich verspüre, ihr Lager zu verlassen und Feuer in den Ofen zu werfen, dieweilen unsere Magd weg sei. Wöllten nachhero die Sache ferner in Ueberlegung ziehen. Sie stand dahero auch auf, kehrete aber alsobald mit einem Freudengeschrei zurücke, daß die Magd sich wieder heimlich in das Haus geschlichen, und allbereits Feuer in den Ofen gestochen. Ließ sie mir also vors Lager kommen, und verwunderte mich über ihren Ungehorsam, was sie hier ferner wölle, als mich und mein Töchterlein noch mehr quälen, und warumb sie nicht gestern mit dem alten Paaßsch gezogen? Aber sie lamentirte und jünsete*), daß sie kaum sprechen konnte, und verstand ich nur so viel: sie hätte mit uns gessen, darumb wölle sie auch mit uns hungern und möcht ich sie nur nit verstoßen, sie könne nun einmal nit von der lieben

---

*) stöhnte.

Jungfer lassen, so sie schon in der Wiegen gekennet. Solche Lieb' und Treue erbarmete mich so, daß ich fast mit Thränen sprach: aber hastu nit gehöret, daß mein Töchterlein und ich entschlossen seind, als Bettlersleute ins Land zu gehen, wo wiltu denn bleiben? Hierauf gabe sie zur Antwort, daß sie nit wölle, angesehen es gebührlicher*) vor sie, als vor uns wäre, schnurren**) zu gehen. Daß sie aber noch nit einsäh, warumb ich schon wöllte in die weite Welt ziehen. Ob ich schon vergessen, daß ich in meiner Antrittspredigt gesaget: daß ich bei meiner Gemein in Noth und Tod wölle verharren. Möchte dannenhero noch ein wenig verziehen, und sie selbsten einmal nach der Liepen senden dieweilen sie hoffe, bei ihrer Freundschaft und anderswo was rechtes für uns aufzutreiben. Solche Rede, insonderheit von meiner Antrittspredigt fiel mir fast schwer aufs Gewissen, und ich schämete mich für meinem Unglauben, sintemalen nicht allein mein Töchterlein, besondern auch meine Magd einen stärkern Glauben hätten denn ich, der ich doch wöllte ein Diener beim Worte sein. Erachtete also, daß der Herr um mich armen, furchtsamen Mithling zurücke zu halten, und gleicher Weiß mich zu demüthigen, diese arme Magd erwecket, so mich versuchen

---

*) schicklicher.   **) betteln.

gemußt, wie wailand die Magd im Palast des Hohenpriesters den furchtsamen St. Petrum. Wandte dahero, wie Hiskias mein Angesicht gen die Wand und demüthigte mich vor dem Herrn, was kaum geschehen, als mein Töchterlein abermals mit einem Freudengeschrei zur Thüren hereinfuhr. Siehe ein christliches Herze war zur Nacht heimlich ins Haus gestiegen und hatte uns zwo Brode, ein gut Stück Fleisch, einen Beutel mit Grütze, item einen Beutel mit Salz, bei einer Metzen wohl, in die Kammer gesetzet. Da kann nun männiglich gießen, welch groß Freudengeschrei wir allesammt erhoben. Auch schämete mich nit, für meiner Magd meine Sünden zu bekennen, und in unserm gemeinen Morgengebet, so wir auf den Knieen hielten, dem Herrn aufs Neu Gehorsam und Treu zu geloben. Hielten dannenhero diesen Morgen ein stattlich Frühstück und schickten noch Etwas an den alten Paaßch aus; item ließ mein Töchterlein nun wieder alle Kinderken kommen, und speisete sie, bevorab sie aufsagen mußten, erst mildiglich mit unserm Fürrath. Und als mein kleingläubig Herz darüber seufzete, wiewohl ich nichts sagete, lächelte sie, und sprach: darumb sorget nicht für den andern Morgen, denn der morgende Tag wird für das Seine sorgen*).

---

*) Matth. 6, 34.

Solche Weissagung thät der heilige Geist aus
ihr, wie ich nit anders gläuben kann, und Du auch
nit mein Lieber, denn merke, was geschach? Zu
Nachmittag war sie, verstehe mein Töchterlein, in
den Streckelberg gangen, um Brummelbeeren zu
suchen, weilen der alte Paasch ihr hatte durch die
Magd sagen lassen, daß es dorten noch einige Büsche
hätte. Die Magd hackete Holz auf dem Hofe, wozu
sie sich den alten Paasch sein Beil geliehen, denn
meines hatten die kaiserlichen Schnapphähne ver=
worfen, da es nirgend nit zu finden; ich selbsten
aber wandelte in der Stuben auf und abe und
sanne meine Predigt aus: als mein Töchterlein mit
hoher Schürzen bald wieder in die Thüre fuhr,
ganz roth und mit funkelnden Augen, konnte aber
für Freuden nichts mehr sprechen denn: „Vater,
Vater, was hab ich?“ „„Nun““, geb ich zur Ant=
wort, „„was hastu denn mein Kind?““ worauf sie
die Schürze von einander thät, und trauete kaum
meinen Augen, als ich vor die Brummelbecren, so
sie zu hohlen gangen war, darinnen zween Stücke
Birnstein glitzern sah ein jegliches fast so groß,
denn ein Mannskopf, die kleinen Stücklein nit ge=
rechnet, so doch auch mitunter die Länge meiner
Hand hatten, und habe ich weiß Gott keine kleine
Hand. Schriee also: „Herzenskind, wie kömmstu
zu diesem Gottesseegen?“ Worauf sie, als sie

gemach wieder zu Athem kame, erzählete, wie
folgt:

Daß sie nach den Beeren suchende in einer
Schlucht nahe dem Strande zu, etwas in der Sonnen
hätte glitzern gesehen, und als sie hinzugetreten, hätte
sie diesen wunderlichen Fund gethan, angesehen der
Wind den Sand von einer schwarzen Birnsteinader
fortgespielet*). Hätte sofort mit einem Stöcklein
diese Stücken herausgebrochen, und wäre noch ein
großer Fürrath vorhanden, massen es unter den
Stocke rings umbher gebullert, als sie ihn in den
Sand gestoßen, auch hätte selbiger nit tiefer, als
zum höchsten einen Schuh sich in den Boden schieben
lassen. Item verzählete sie: daß sie die Stätte wieder
mit Sand überschüttet, und darnach mit ihrer
Schürzen überwedelt, damit keine Spur nit übrig
bliebe.

Im Uebrigen würde dorthin auch kein Fremder
so leichtlich kommen, angesehen keine Brummelbeeren
in der Nähe ranketen, und sie mehr aus Fürwitz

---

*) Kommt auch jetzt noch öfter vor, und ist dem Heraus-
geber selbst begegnet. Doch enthielt die kleine schwarze Ader
nur wenige Stücke Bernstein mit Holzkohle vermischt, letzteres
ein sicheres Zeichen seines vegetabilischen Ursprungs, worüber,
beiläufig gesagt, jetzt auch kaum ein Zweifel obwaltet, seitdem
man in Preußen sogar ganze Bernsteinbäume aufgefunden hat,
und auf dem Museum zu Königsberg bewahrt.

und um nach der Sehe überzuschauen, den Gang
gethan, denn aus Nothdurft. Sie selbsten wölle
aber schon die Stätte wiederfinden, alldieweilen sie
sich dieselbige durch drei Steinlein gemerket. Was
nun unser Erstes gewesen, nachdeme der grundgütige
Gott uns aus sollicher Noth gerissen, ja uns, wie
es der Anschein war, mit großem Reichthumb begabet
hatte, kann sich ein Jeglicher selbsten fürstellen. Als
wir endlich wieder von unsern Knieen aufstunden,
wollte mein Töchterlein zuerst zur Magd laufen und
ihr unsere fröhliche Zeitung hinterbringen. Aber
ich untersagete es ihr, massen wir nit wissen könnten,
ob die Magd es ihren Freundinnen nicht wieder
verzählete, obwohl sie sonsten ein treu und gottesfürchtig Mensch sei. Thät sie aber soliches, so würde
es sonder Zweifel der Amtshaubtmann erfahren,
und unsern Schatz vor Se. fürstliche Gnaden den
Herzog, will sagen vor sich selbsten aufheben, und
uns nichts nit, denn das Zusehen verbleiben, und
darumb unsere Noth bald wieder von vornen
beginnen. Wöllten dannenhero sagen, wenn man
uns nach unserm Seegen fragen würde, daß mein
seliger Bruder, so ein Rathsherr in Rotterdamm
gewesen uns ein gut Stück Geldes hinterlassen, wie
es denn auch wahr ist, daß ich für einem Jahre
bei 200 Fl. von ihme geerbet, welche mir aber das
Kriegsvolk, wie oben bemeldet, jämmerlich entwendet.

Item ich wölle morgen selbsten nach Wolgast gehen und die kleinen Stücklein verkaufen, so gut es müglich wäre, sagende, du hättest sie an der Sehe gefunden; solches kannstu auch meinethalben der Magd sagen, und sie ihr zeigen, aber die großen Stücken zeigestu Niemand nit, die will ich an deinen Ohm gen Hamburg senden, uns solche zu versilbern. Vielleicht, daß ich auch eins davon in Wolgast verkaufe, so ich Gelegenheit hab, umb dir und mir die Winternothdurft auf den Leib zu schaffen, dahero du mitgehen kannst. Die Witten, so die Gemein zusammengebracht, nehmen wir vors Erste für Fährgeld, und kannstu die Magd uns auf den Abend nachbestellen, daß sie auf der Fähren auf uns harre, umb die Alimenten zu tragen. Dieses Allens versprach sie zu thun, meinete aber, wir könnten erst mehr Birnstein brechen, damit wir was Rechtes in Hamburg kriegeten, was ich auch thate und dannenhero des andern Tages noch zu Hause verblieb, maßen es uns noch nit an Kost gebrach, mein Töchterlein auch sowohl als ich, uns erst wieder gänzlich recreiren wollten, bevorab wir die Reis' anträten, item wir auch bedachten, daß der alte Meister Rothoog in Loddin, so ein Tischler ist, uns bald ein Kistlein zusammenschlagen würd, um den Birnstein hineinzuthun, dannenhero ich zu Nachmittag die Magd zu ihm schickete, unterdessen wir selbsten in den Streckel-

berg schritten, allwo ich mir mit meinem Taschen=
messer, so ich für dem Feinde geborgen, ein Tännlein
abschnitte, und es wie einen Spaten formirete, damit
ich könnte besser damit zur Tiefen fahren. Sahen
uns aber vorher auf dem Berge wohl umb, und
da wir Niemand nit gewahreten, schritt mein Töchter=
lein voran, zu der Stätte, welche sie auch alsofort
wiederfunde. Großer Gott, was hatts hier für Birn=
stein! — Die Ader ging bei 20 Fuß Länge, wie
ich ungefährlich abfühlen mochte, die Tiefe aber
kunnte ich nicht ergründen. Doch brachen wir heute
außer vier ansehnlichen Stücken, doch fast nit so
groß, als die von gestern seind, nur klein Gruuswerk,
nicht viel größer als was die Apotheker zu Stänker=
pulver*) zustoßen. Nachdeme wir nun den Ort
wieder mit äußerstem Fleiß bedecket und bewedelt,
wär uns bald ein groß Unfall zugestoßen. Denn
uns begegnete Witthansch ihr Mädken, so Brummel=
beeren suchte, und da sie fragete, was mein Töchter=
lein in der Schürzen trug und diese roth wurde
und stockete, wär allsobald unser Geheimniß ver=
rathen, hätt ich mich nicht begriffen und gesaget:
was gehts dich an, sie träget Tannenzapfen umb
damit einzuheitzen, was sie auch gläubte. Wir

---

*) Wahrscheinlich Räucherpulver.

satzten uns dahero für, in der Zukunft nur des
Nachtes und bei Mondenschein auf den Berg zu
steigen, und kamen noch vor der Magd zu Hause,
woselbst wir unsern Schatz in der Bettstätt ver-
burgen, damit sie es nicht merken sollte.

Capitel 10.

———

Zwei Tage darauf, sagt mein Töchterlein, die alte
Ilse aber meint drei Tage (und weiß ich nit,
was wahr ist) seind wir endiglichen zur Stadt
geweft, angesehen Meister Rothoog die Kiste nit
eher fertig hatte. Mein Töchterlein deckete ein
Stück von meiner seeligen Frau ihrem Brautkleid
darüber, so die Kaiserlichen zwar zersetzet, doch als
sie es darauf wohl draußen liegen lassen, von dem
Winde in den Pfarrzaum war getrieben, wo wir
es wiederfunden. War auch schon vorher ziemlich
unlieblich, sonst achte ich, hätten sie es wohl mit
sich geführet. — Umb der Kisten willen aber nahmen
wir die alte Ilse gleich mit, so selbige tragen mußte,
und da Birnstein eine fast leichte Waare ist, gläubete
sie es leichtlich, daß nur etwas Eßwaar in selbiger

vorhanden sei. Setzeten also bei Tages Anbruch mit
Gott unsern Stecken vor uns. Bei dem Zitze*)
lief ein Haase vor uns über den Weg, was nichts
Gutes bedeuten soll; ach ja! — Als wir darauf
gen Bannemin kamen, fragte ich einen Kerl, ob es
wahr sei, daß hier eine Mutter ihr eigen Kind für
Hunger geschlachtet, wie ich vernommen. Er sagte
ja, und nannte das alte Weib Isingsche. Der liebe
Gott aber hätte sich für solchem Gräuel entsetzet,
und es hätte ihr doch nicht geholfen, massen sie sich
so sehr bei dem Essen gespeiet, daß sie davon den
Geist aufgegeben. Sonsten meinte er, stünd' es im
Kapsel schon etwas besser, dieweil der liebe Gott
sie reichlich mit Fischen sowohl in der Sehe als im
Achterwasser gesegnet. Doch wären auch hier viel
Leute für Hunger gestorben. Von seinem Pfarrherrn
Ehrn Johannes Lampius**) verzählete er, daß sein
Haus von den Kaiserlichen gebrennet sei, und er in
einer Kirchenbude***) läge. Ich ließ ihne grüßen,
und möcht er doch bald einmal sich zu mir auf=
machen (welches der Kerl auch zu besorgen versprach),

---

*) Dorf auf der Hälfte des Weges zwischen Coserow und
Wolgast; jetzt Zinnowitz genannt.

**) In dem hiesigen Pfarrarchiv sind auch noch einige,
obgleich sehr kurze und unvollständige Andeutungen von seinen
Leidenstagen während jenes Schreckenkrieges vorhanden.

***) Bude, davon Büdner, eine Hütte.

denn Ehrn Johannes ist ein frommer gelehrter Mann, und hat auch etzliche lateinische Chronosticha auf diese elendige Zeit in metro heroico gestellet, so mir sehr gefallen, muß ich sagen*).

Als wir nun über die Fähr kamen, sprachen wir auf den Schloßplatz bei Sehms ein, so ein Krüger ist, welcher uns verzählete, daß die Pest noch immer nit ganz in der Stadt aufgehöret, worüber ich fast erschrake, zumalen er auch noch viele andere Gräuel und Leiden dieser betrübten Zeit, so hier und an andern Orten beschehen, uns für Augen stellete, e. g. von der großen Hungersnoth im Land zu Rügen, wo viele Menschen für Hunger so schwarz wie die Mohren geworden, ein wunderlich Ding, so es wahr ist, und möchte man daraus fast gießen, wie die ersten Mohren entstanden seind**). Aber

---

*) Der alte Herr hat sie sogar unter die noch vorhandenen Kirchenrechnungen gesetzt, und mögen ein Paar davon zur Probe hier stehen:

auf 1620

Vsque qVo DoMIne IrasCerIs, sIs nobIs pater!

auf 1628

InqVe tVa DeXtra fer eperaM tV ChrIste benIgne!

**) Auch Micraelius im alten Pommerlande, Buch V, 171, 12 gedenket dieses Umstandes, sagt aber blos: „Die nach Stralsund überliefen waren ganz schwarz vom erlittenen Hunger anzusehen". Daher wohl die seltsame Uebertreibung des Wirths und der noch seltsamere Schluß unsers Autors.

das laſſen wir jetzt in ſeinen Würden. Summa:
als Meiſter Sehms uns verzählet, was er Neues
wußte, und wir daraus zu unſerm Troſte ſahen,
daß der Herr uns nicht allein heimbgeſuchet in dieſer
ſchweren Zeit, rieffe ich ihn in eine Kammer, und
fragete ihn, ob es hier nicht wo Gelegenheit hätte,
ein Stück Birnſtein zu verſilbern, ſo mein Töchterlein
an der Sehe gefunden. Aber er ſagte erſtlich nein,
darauf aber ſich beſinnende hub er an: „halt laß
Er ſehen. Denn es ſeind hier beim Schloßwirth
Niclas Grecken zwo holländiſche fürnehme Kaufleute
in Herberge, als: Dieterich von Pehnen und Jakob
Kiekebuſch, welche Theer und Bretter kaufen, item
Schiffholz und Balken, vielleicht daß dieſe auch auf
Seinen Birnſtein feilſchen, doch geh Er Selbſten auf
das Schloß, denn ich weiß nit mehr vor gewiß, ob
ſie heute noch hier ſeind“. Solliches thate ich auch,
obwohl ich bei dem Manne noch nichts verzehret,
angeſehen ich erſt abſehen wöllte, wie's mit dem
Handel abliefe, und die Witten ſo der Kirchen
gehörten, bis ſo lange verſpaaren. Kame alſo auf
den Schloßhof. — Aber du lieber Gott, wie war
auch Sr. fürſtlichen Gnaden Haus ſeit kurzer Zeit
faſt zur Wüſtenei worden. Den Marſtall und das
Jagdhaus hatten anno 1628 die Dänen gebrochen;
item viele Zimmer im Schloſſe geruiniret, und in
Sr: fürſtlichen Gnaden des Herzogen Philippi

Locament, wo er mich ao. 22 mit meinem Töch=
terlein, wie man weiter unten lesen wird, so
mildiglich getractiret, hausete jetzt der Schloßwirth
Niclas Graeke, und waren all die schönen Tapecereyen,
worauf die Wallfahrt Sr: fürstlichen Gnaden, weiland
Bagislai X. gen Jerusalem fürgestellet war, heraußer=
gerissen, und die Wände grau und garstig*). Solliches
sahe mit betrübtem Herzen, fragte darum allsobald
nach den Kaufleuten, welche hinter dem Tische saßen,
und schon Abschiedszeche hielten, dieweil ihr Reise=
geräthe allbereits umb sie lag, umb damit nacher
Stettin aufzubrechen. Als nun der eine von der
Zeche aufsprange, ein kleiner Kerl, mit einem gar
stattlichen Wanst, und einem schwarzen Pflaster über
der Nasen, und mich fragete: was ich wölle? nahme
ich ihn abseiten in ein Fenster, und sagte: daß ich
schönen Birnstein hätte, und ob er gesonnen, mir
solchen zu versilbern, was er gleich zu thun versprach.
Und nachdem er seinem Gesellen etwas ins Ohr

---

*) Vergl. Heller's Chronik der Stadt Wolgast, S. 42 ff.
Die Unordnung rührte wohl daher, weil der Nachfolger von
Philippus Julius († 6. Febr. 1625) und zugleich der letzte
Pommersche Herzog Bogislaus XIV. in Stettin residirte. Zur
Zeit ist das Schloß eine gänzliche Ruine, und nur noch mehrere
große mit Kreuzgewölben versehene Keller sind vorhanden, in
welchen die dortigen Kaufleute zum Theil ihre Waaren=Nieder=
lagen haben.

gemürmelt, wurd er fast lieblich aussehen, und reichte mir auch erst den Krug, bevorab wir in meine Herberge gingen. That ihm also recht wacker Bescheid, da ich, wie obbemeldet, noch nüchtern war, so daß mir gleich baß umbs Herze wurde. (Du lieber Gott, was gehet doch über einen guten Trunk so es mit Maßen geschieht!) Darauf schritten wir in meine Herberge, und mußte die Magd die Kiste abseiten in ein Kämmerlein tragen. Doch hatte ich selbige kaum aufgethan, und das Kleid davon ge= zogen, als der Mann (so Dieterich von Pehnen war, wie er mir unterwegs gesaget) für Freuden die Hände in die Höhe hube, und sagete: daß er solchen Segen in Birnstein noch niemals nit gesehen, und wie ich dazu gekommen? Antwortete also, daß ihn mein Töchterlein an der Sehe gefunden, worüber er sich sehr verwunderte, daß es hier so viel Birnstein hätte, und mir gleich vor die ganze Kiste 300 Fl. bote. War für Freuden über solchen Bot außer mir, doch ließ mir nichtes merken, beson= dern feilschte mit ihme bis auf 500 Fl. und söllte ich nur mit ins Schloß kommen und dorten gleich mein Geld haben. Bestellete dahero gleich bei dem Wirth einen Krug Bier, und vor mein Töchterlein ein gutes Mittagbrod, und machte mich mit dem Mann und der Magd, so die Kiste truge, wieder ins Schloß auf, bittende: er wölle aber, umb gemeiner Verwunderung willen, nichtes nicht von meinem großen Seegen zu dem Wirth oder sonst zu männiglich hier in der Stadt sagen, und mir mein Geld sonderlich*) aufzählen, massen man auch nit wissen könnte ob mir die Schnapphanichen**) nicht unterweges aufpaßten, wenn sie solches erführen, welches der Mann auch thät. Denn er mürmelte gleich seinem Gesellen wieder ins Ohr, worauf dieser seinen ledernen Rock aufthät, item sein Wams und seine Hosen, und sich ein Kätzlein von seinem Wanst schnallete, so trefflich gespicket war, und er ihme reichete. Summa: es währete nit lange, so hatte ich meinen Reichthumb in der Taschen, und bate der Mann noch überdies, wenn ich wieder Birnstein hätte, sölle ich ja gen Amsterdamm an ihn schreiben, was ich auch zu thun versprach. Aber der gute Kerl ist, wie ich hernachmals erfahren, in Stettin an der Pest mit seinem Gesellen verstorben, welches ich ihm nicht gewünschet***). Darauf wäre bald in große Ungelegenheit kommen. Denn da ich mich

---

*) besonders, privatim.   **) Räuber.

***) Auch **Micraelius** gedenket dieser holländischen Handelsleute, a. a. O. B. V, S. 170, behauptet aber, die Ursache ihres Todes sei zweifelhaft gewesen, und habe der Stadtphysikus Dr. **Laurentius Eichstadius** in Stettin einen „e i g e n e n m e d i z i n a l i s c h e n D i s c u r s" darüber geschrieben. Doch nennt er einen derselben Kiekepost anstatt Kiekebusch.

sehnete auf meine Kniee zu fallen, und die Zeit nit abwarten konnte, wo ich meine Herberge erreichet, lief ich die Schloßtreppe bei vier Stufen hinauf, und trat in ein klein Gemach, wo ich mich für dem Herrn demüthigte. Aber der Wirth Niclas Graeke folgte mir alsbald, und vermeinete, daß ich ein Dieb sei und wollte mich fest halten, mußte dahero nicht anders los zu kommen als daß ich fürgabe, ich wäre trunken worden von dem Wein, so mir die fremden Kaufleute gespendet (denn er hatte gesehen, welchen trefflichen Zug ich gethan), angesehen ich heute Morgen noch nüchtern gewest, und hätte mir ein Kämmerlein aufgesucht umb ein wenig zu schlummern, welche Lüge er auch gläubete (so es anders eine Lüge war; denn ich war ja auch in Wahrheit trunken, obgleich nit vom Wein, sondern von Dank und Andacht zu meinem Schöpfer) und mich derohalben lauffen ließ. —

Doch nun muß ich erstlich meine Historie mit Sr: fürstlichen Gnaden verzählen, wie mir oben fürgenommen. Als ich Anno 22 von ungefährlich mit meim Töchterlein, so damals ein Kind bei 12 Jahren war, hier in Wolgast in dem Schloß-garten lustwandelte, und ihr die schönen Blumen zeigete, so darinnen herfürgewachsen waren, begab es sich, als wir umb ein Buschwerk lenketen, daß wir meinen gnädigen Herrn, Herzog Philippum

Julium mit Sr: fürstlichen Gnaden dem Herzogen Bogislaff, so hier zum Besuche lag, auf einem Hügel stehen und disputiren sahen, wannenhero wir schon umbkehren wollten. Da aber meine gnädige Herren alsbald fürbaß schritten, der Schloßbrücken zu, besahen wir uns den Hügel, wo dieselben gestanden, und erhobe mein klein Mädken alsbald ein laut Freudengeschrei, angesehen sie einen kostbaren Siegelring an der Erden liegen sahe, so Ihro fürstliche Gnaden ohn Zweifel verloren. Ich sagete dannenhero: komme, wir wollen unseren gnädigen Herren ganz eilend nachgehen, und sagstu auf lateinisch: Serenissimi principes, quis vestrum hunc annulum deperdidit*)? (Denn wie oben bemeldet hatte ich mit ihr die lateinische Sprach schon seit ihrem siebenten Jahr traktiret) und sagt nun einer: ego; so giebstu ihm den Ring. Item fräget er dich auf lateinisch, wem du gehörest, so sei nit blöde und sprich: ego sum filia pastoris Coserowiensis**) siehe so werden Ihre fürstlichen Gnaden ein Wohlgefallen an dir haben, denn es seind beide freundliche Leute, insonderheit aber der große, welches unser gnädiger Landesherr Philippus Julius selbsten ist.

Solliches versprach sie zu thun; doch da sie im Weiterschreiten merklich zitterte, redete ich ihr noch

---

*) Gestrenge Fürsten, wer von Euch hat diesen Ring verloren?
**) ich bin die Tochter des Pfarrers zu Coserow.

mehr zu und verſprach ihr ein neu Kleid ſo ſie es
thäte, dieweilen ſie ſchon als ein klein Kind viel
umb ſchöne Kleider gegeben. Als wir dahero auf
dem Schloßhof kamen, blieb ich bei der Statue
Sr: fürſtlichen Gnaden, des Herzogen Ernſt Ludewig*)
ſtehen, und blies ihr ein, nunmehro dreuſt nachzu=
laufen, da ihre f. G. nur wenige Schritte für uns
gingen, und ſich ſchon gegen die große Hauptthüre
wendeten. Sollichs thät ſie auch, blieb aber plötzlich
ſtehen und wollte wieder umbkehren, weil ſie ſich
vor den Sporen Ihrer f. G. gefürchtet, wie ſie
nachgehends ſagete, maßen dieſelben faſt heftig ge=
knarret und geraſtert.

Dieſes ſahe aber meine gnädige Frau, die Her=
zoginne Agnes aus dem offenen Fenſter, in welchem
ſie lag und rief S. f. G. zu: „mein Herre, es iſt
ein klein Mädchen hinter Euch, ſo Euch ſprechen
will, wie es mir ſcheinet“, worauf Sr. f. G. ſich
gleich niedlich lächelnd umwendete, ſo daß meinem
kleinen Mädken der Muth allſobald wiederkehrete
und ſie den Ring in die Höhe haltende auf lateiniſch
ſagete, wie ihr geboten. Darüber verwunderten
ſich beide Fürſten über die Maßen, und nachdeme
Se: fürſtliche Gnaden, mein gnädiger Herzog

---

*) Der Vater von Philippus Julius, † zu Wolgaſt den
17. Junius 1592.

Philippus sich an den Finger gefühlet, antwortete er: Dulcissima puella, ego perdidi*) worauf sie ihm solchen reichete. Davor klopfete er ihr die Wangen und fragte abermals: Sed quaenam es et unde venis?**) worauf sie dreust ihre Antwort thät, und zugleich nach mir an der Statuen mit dem Finger wiese, worauf Se: fürstliche Gnaden mir winketen, näher zu kommen. Dieses Alles hatte auch meine gnädige Frau aus dem Fenster mitgesehen, war aber mit einem Male wegk. Doch kam sie schon zurücke, ehe ich noch zu meinen gnädigen Herren demüthig herangetreten, winkete alsbald meinem Töchterlein, und hielt ihr eine Blinsche***) aus dem Fenster, welche sie haben sollte. Da ich ihr zuredete lief sie auch hinan, aber Ihre fürstliche Gnaden kunnte nit so tief niederlangen, und sie nit so hoch über sich umb selbige zu greifen, wannenhero meine gnädige Frau ihr gebot, sie sölle in das Schloß kommen und da sie sich ängstiglich nach mir umb= schauete, mich auch heranwinkete, wie mein gnädiger Herr selbsten, der allsobald die kleine scheue Magd bei der Hand fassete und mit Sr: fürstlichen Gnaden dem Herzogen Bogislaff vorauf ging. Meine gnädige

---

*) Mein süßes Mädchen, ich habe ihn verloren.
**) Aber wer bist du, und woher kömmst du?
***) Vielleicht Plinze, eine Art Kuchen.

Frau kam uns aber allbereits bei der Thüren ent=
gegen, liebkosete und umbfing mein klein Töchterlein,
so daß sie bald dreust wurde, und die Blinsche aß.
Nachdem nun mein g. Herr mich gefraget, wie ich
hieße, item warumb ich seltsamer Weiß meinem
Töchterlein die lateinische Sprache gelernet, antwortete
ich: daß ich gar viel durch einen Vetter in Cöln
von der Schurmannin*) gehöret und da ich ein fast

----

*) Anna Maria Schurmann geb. zu Cöln am 5. Novbr.
1607, gestorben zu Wiewardin am 5. Mai 1678, war nach
dem übereinstimmenden Zeugniß ihrer Zeitgenossen ein Wunder
der Gelehrsamkeit und vielleicht das gelehrteste Weib, das je
auf Erden lebte. Der Franzose Nandé urtheilt von ihr: was
die Hand bilden und der Geist fassen kann, trifft man bei ihr
allein. Keine malt besser, keine bildet besser in Erz, Wachs
und Holz. In der Stickerei übertrifft sie alle alten und neuen
Weiber. Man weiß nicht, in welcher Art der Gelehrsamkeit sie
sich am meisten auszeichnet. Nicht mit den europäischen Sprachen
zufrieden, versteht sie hebräisch, arabisch, syrisch und schreibt ein
Latein, daß kein Mann, der sein Leben darauf verwendet, es
besser kann. Der berühmte Niederländer Spanheim nennt sie
„eine Lehrerin der Gratien und Musen", der noch berühmtere
Salmasius gesteht: er wisse nicht in welcher Art der Gelehr=
samkeit er ihr den Vorzug geben solle, und der Pole Rotger
nennt sie gar „das einzige Exemplar aller Wunderwerke ar
einem gelehrten Menschen, und ein gänzliches Monstrum ihres
Geschlechts, doch ohne Fehler und Tadel". Denn in der That
behielt sie bei ihrem außerordentlichen Wissen eine bewunderns=
würdige Demuth, wiewohl sie selbst gesteht, daß die unmäßigen

trefflich ingenium bei meinem Kinde verspüret, auch in meiner einsamen Pfarren genugsam Zeit dazu gehabt, hätte ich nit angestanden, sie von Jugend auf fürzunehmen und zu unterweisen, maßen ich keine Knäblein beim Leben hätte. Darüber verwunderten sich J. J. f. f. G. G. und thaten annoch einige lateinische Fragen an selbige, welche sie auch beantwortete, ohne daß ich ihr etwas einbliese, worauf mein gnädiger Herr, Herzog Philippus auf deutsch sagete: wenn du groß geworden bist und einmal heirathen wilt, so sags mir, dann solltu von mir wieder einen Ring haben und was sonsten noch vor eine Braut gehöret, denn du hast mir heute einen guten Dienst gethan, angesehen mir dieser Ring ein groß Kleinod ist, da ich ihn von meiner Frauen empfangen. Ich blies ihr darauf ein, Sr: fürstlichen Gnaden vor solches Versprechen die Hand zu küssen, was sie auch thät.

Lobsprüche der Gelehrten sie jezuweilen zu eigener Selbstverblendung verleitet hätten. In späteren Jahren trat sie zu der Gemeine der Labadisten über, starb aber unvermählt, da eine frühe Liebe (schon in ihrem 15. Jahre) mit dem Holländer Caets sich zerschlagen hatte. Ihr Wahlspruch war das Wort des heil. Ignatius: meine Liebe ist gekreuzigt. Als Seltsamkeit von ihr wird angeführt, daß sie gerne Spinnen gegessen. — Ihre gesammelten Werke gab der berühmte Spanheim unter dem Titel: Annae Mariae a Schurmann opuscula, Leyden 1648, zuerst heraus.

(Aber, ach du allerliebster Gott, versprechen und halten, seind zweierlei Ding! Wo ist jetzt Se: fürstlichen Gnaden*)? Darumb laß mich immer bedenken: nur Du bist allein wahrhaftig und was Du zusagst hälltstu gewiß. Pf. 33, 4. Amen.)

Item, als Se: fürstliche Gnaden nunmehro auch nach mir und meiner Pfarren gekundschaftet und gehöret, daß ich alt adlichen Geschlechtes und mein Salarium fast zu schwach sei, rief sie dero Canzler D. Rungium, der draußen an dem Sonnenzeiger stunde und schauete, aus dem Fenster und befahle ihme, daß ich vom Kloster zu Pudgla, item von dem Kammergut Ernsthoff eine Beilage haben sollte, wie oben bemeldet. Aber Gott seis geklagt, habe selbige niemalen erhalten, obwohl das Instrumentum donationis**) mir bald hernach auch durch Sr: fürstlichen Gnaden Canzler gesendet ward. —

Darauf gab es vor mich auch Blinschen, item ein Glas wälschen Wein aus einem gemalten Wappenglas, worauf ich demüthig mit meinem Töchterlein meinen Abtritt nahm.

Umb nun aber wieder auf meine Kaufmannschaft zu kommen, so kann männiglich vor sich selbsten

---

*) Dieser treffliche Fürst, der vorletzte seines Stammes, starb nämlich schon im 40. Jahre seines Alters, am 6. Febr. 1625.

**) Schenkungsurkunde.

abnehmen, welche Freude mein Kind empfande, als
ich ihr die schöne Dukaten und Gulden wiese, so
ich vor den Birnstein erhalten. Der Magd aber
sagten wir, daß wir solchen Segen ererbet durch
meinen Bruder in Holland, und nachdem wir aber=
mals dem Herrn auf unsern Knieen gedanket, und
unser Mittagsbrod verzehret, hielten wir gute Kauf=
mannschaft an Fleisch, Brode, Salz, Stockfisch,
item an Kleidern, angesehen ich vor uns drei von
dem Wandschneider die Winternothdurst besorgete.
Vor mein Töchterlein aber kaufte noch absonderlich
eine gestrickte Haarhaube und ein roth seidin
Leibichen mit schwarzem Schurzfleck und weißem
Rock, item ein sein Ohrgehänge, da sie fast heftig
darumb bat, und nachdem ich auch bei dem Schuster
die Nothdurft bestellet, machten wir uns endiglichen,
da es fast schon dunkel ward, auf den Heimbweg,
kunnten aber fast nit alles tragen, so wir eingekaufet.
Derohalben mußte uns ein Bauer von Bannemin
helfen, so auch zur Stadt gewesen war, und als
ich von ihm erforschet, daß der Kerl, so mir die
Schnede Brod gegeben, ein Katenmann, Namens
Pantermehl gewest, und an der Dorfstraßen wohne,
schobe ich ihm zwo Brode in seine Hausthüre, als
wir davor gekommen, ohne daß er es gemerket,
und zogen darauf unserer Straßen bei gutem Mond=
schein weiter, so daß wir auch mit Gotts Hülfe

umb 10 Uhr Abends zu Hause anlangeten. Dem andern Kerl hatte ich auch vor seine Mühe ein Brod geben, obwohl er es nit verdient, angesehen er nit weiter als bis zum Zitze mit uns gehen wollte. Doch laß ihn laufen, habs ja auch nit verdienet, daß mich der Herr so gesegnet! —

Capitel 11.

Des andern Morgens zutheilete mein Töchterlein die lieben Brod, und schickte einem Jeglichen im Dorf eine gute Schnede. Doch da wir sahen, daß unser Fürrath bald würde auf die Neige laufen, schickete abermals die Magd mit einer Karren, so ich von Adam Lempken gekauft, nach Wolgast mehr Brod zu hohlen, welches sie auch thate. Item ließ ich im ganzen Kapsel herumsagen, daß ich am Sonntag wölle das heilige Abendmahl halten, und kaufete unterdeß im Dorf alle großen Fische, so sie fingen. Als nun endiglich der liebe Sonntag kam, hielt ich erstlich Beicht mit der ganzen Gemein, und darauf die Predigt über Matth. 15, 32. „Mich jammert des Volks, denn sie haben Nichts zu essen." Solliches deutete aber fürs erste nur auf die geistliche Speiß, und erhobe sich ein groß Seufzen unter Männern und Weibern, als ich zum Schluß auf das Altar wiese, worauf die liebe Seelenspeise stund, und die Worte wiederholte: mich jammert des Volks, denn sie haben Nichts zu essen. (NB. den bleiernen Kelch hatte mir in Wolgast geliehen, und vor die Patene ein klein Tellerlein gekaufet, bis Meister Bloom den silbernen Kelch und die Patene, so ich bestellet, würde fertig halten.) Als ich nun darauf das heilige Nachtmahl consacriret und ausgetheilet, item den Schlußvers angestimmet, und ein Jeglicher still sein Vater unser gebetet, umb aus der Kirchen zu gehen, trat ich abermals aus dem Beichtstuhl herfür, und winkete dem Volk annoch zu verharren, da der liebe Heiland nit blos ihre Seelen sondern auch ihren Leib speisen wölle, angesehen er mit seinem Volk noch immer eben dasselbige Erbarmen hätte, wie weiland mit dem Volk am galiläischen Meer. Solliches söllten sie sehen. Trat also in den Thurn und langete zween Körbe herfür, so die Magd in Wolgast gekaufet, und ich zu guter Zeit hier hatte verhehlen lassen, satzete sie für das Altar und zog die Tüchlein womit sie bedecket waren, davon, worauf sich fast ein laut Geschrei erhob, massen sie den einen voller Bratfisch, den andern aber voller Brod funden, so wir heimlich hineingethan. Machte es darauf wie der Heiland, dankete und brach es und gab es meinem

Fürsteher Hinrich Seden, daß er es den Männern
und meinem Töchterlein, daß sie es den Weibern
fürlegen mußte, worauf den Text: mich jammert
des Volks denn sie haben Nichts zu essen auch leiblich
anwandte, und auf und nieder in der Kirchen schrei=
tend, unter großem gemeinen Geschrei sie vermahnete,
immer Gottes Barmherzigkeit zu vertrauen, fleißig
zu beten, fleißig zu arbeiten und in keine Sünde
zu willigen. Was übrig blieb mußten sie vor ihre
Kinder und alten Greise aufheben, so zu Hause
geblieben waren.

Nach der Kirchen, und als ich kaum meinen
Chorrock abgethan, kam Hinrich Seden sein gluder=
äugigt Weib wieder und verlangete trotziglich noch
ein Mehres vor die Reise ihres Mannes nach der
Liepe; auch hätte sie vor sich selbsten noch Nichtes
erhalten, angesehen sie heute nit in der Kirchen
gewesen. Solliches verdroß mich fast, und sagete
ich zu ihr: warum bistu nit in der Kirchen gewesen?
Doch wärestu demüthig kommen, hättestu auch jetzt
noch etwas erhalten, da du aber trotziglich kümmst,
geb' ich dir Nichts. Gedenke doch wie du es mit
mir und meinem Kinde gemacht. Aber sie blieb
bei der Thüren stehen und gluderte trotzig in der
Stuben rings umbher, bis sie mein Töchterlein beim
Arm nahm, und heraus führete, indeme sie sprach:
„hörstu? du sollt erst demüthig wieder kommen, ehe

du etwas empfähest; kömmstu aber also, so solltu auch deinen Theil haben und wir wollen nit weiter mit dir Auge um Auge, Zahn um Zahn rechnen, das möge der Herr thun so ihm beliebt, wir aber wöllen dir gerne vergeben!" Hierauf schritt sie endlich nach ihrer Weiß, heimlich mummelnd aus der Thüren, doch spiee sie verschiedentlich auf der Straßen aus, wie wir durch das Fensterlein sahen.

Bald darauf beschloß ich einen Jungen bei 20 Jahren und Claus Neels geheißen bei mir in Dienst zu nehmen, und vor einen Knecht zu gebrauchen, angesehen der alte Neels in Loddin sein Vater mich fast harte darumb anlag, auch der Bursche an Manieren und sonsten mir wohl gefiel. Denn da es heuer einen guten Herbst hatte, beschloß annoch mir vor's erste zwei Pferde zu kaufen und mein Ackerland abermals zu besäen; denn wiewohl es schon spät im Jahre war, meinete ich dennoch, daß der grundgütige Gott es wohl gesegnen könnte, wenn er wollte.

Auch war ich nit sonderlich umb das Futter für selbige besorgt, maßen es in der Gemein einen großen Ueberfluß an Heu hatte, da alles Vieh wie bemeldet geschlagen oder fortgetrieben war. Gedachte also im Namen Gottes mit meinem neuen Ackers-knecht gen Gützkow zu ziehen, wo auf dem Jahr-markt viel meklenburgische Pferde gezogen wurden,

angesehen dort noch eine bessere Zeit war*). Hier=
zwischen aber thät ich mit meinem Töchterlein noch
mehr Gänge auf den Streckelberg zur Nachtzeit und
im Mondschein, funden aber nichts rechtes, so daß
wir schon gläubeten unser Segen sei zu Ende, als
wir in der dritten Nacht große Stücke Birnstein
brachen fast größer als die, so die beiden Holländer
gekaufet. Solche beschloß nunmehro an meinen
Schwager Martin Behring gen Hamburg zu schicken,
massen Schiffer Wullf aus Wolgast, wie mir gesaget
ward, noch in diesem Herbest hinaufseegeln wöllen,
um Theer und Schiffesholz überzuführen. Packete
also alles in eine wohlverwahrete Kiste, und nahm
selbige mit gen Wolgast, als ich mit meinem Ackers=
knecht gen Gützkow aufbrach. Von dieser Reise will
nur soviel vermelden: daß es alldorten fast viele
Pferde aber wenig Käufer hatte. Dannenhero kaufete
zwo schöne Rappen das Stück zu 20 Fl. item einen
Wagen umb 5 Fl. item 25 Scheffel Roggen, so
auch von Meklenburg dahin geführet war umb
1 Fl. den Scheffel, da er in Wolgast fast gar nit
mehr aufzugabeln ist, und alsdann wohl an die
drei Fl. und drüber gilt. Hätte darumb hier in
Gützkow schöne Kaufmannschaft in Roggen halten

---

*) Wallenstein war nämlich vom Kaiser mit Mecklenburg
belehnt und schonete daher des Landes so viel er konnte.

können, so es meines Amts gewest, und ich auch nit befürchtet, daß die Schnapphanichen, woran es in dieser schweren Zeit fast überhand nimmt, mir mein Korn wieder abgenommen, und noch wohl dazu gemaltraitiret, und erwürget hätten, wie Etzlichen geschehen. Denn insonderheit wurde solche Räuberei zu Gützkow zu dieser Zeit in der Strelliner Heiden mit großem Spök*) getrieben, kam aber mit des gerechten Gottes Hülfe gerade an das liebe Tages= licht, als ich mit meinem Ackersknecht alldorten in den Jahrmarkt verreiset war, und will ich solliches hier noch bemelden. Vor etzlichen Monden war ein Kerl zu Gützkow aufs Rad gestoßen, weil er durch Verführung des leidigen Satans einen reisenden Handwerksmann erschlagen. Derselbige aber fing allsobald an so erschröcklich zu spöken, daß er zur Abend= und Nachtzeit mit seinem armen Sünderkittel von dem Rade herniedersprang, sobald ein Wagen vor dem Galgen vorüberfuhr, der an der Landstraßen nacher Wolgast zu stehet, und hinter den Leuten hersetzte; wo sie denn mit vielem Abscheu und Grauen die Rosse anklappten, so daß es einen großen Rumor auf dem Knüppeldamm schlug, welcher benebenst dem Galgen in ein klein Hölzlein führete, der Kraulin geheißen. Und war ein wunderlich Ding, daß in

---

*) Spukerei.

selbiger Nacht die Reisenden fast immer in der
Strelliner Heiden geplündert oder erwürget wurden.
Dannenhero ließ die Obrigkeit den Kerl von dem
Rade heben und begrube ihn unter dem Galgen
in Hoffnung, daß der Spök sich legen sölle. Aber
es saß nach wie vorab bei Nachtzeiten schloweiß
auf dem Rade, so daß Niemand nicht mehr die
Straße gen Wolgast fahren wollte. Da begab es
sich denn, daß in benanntem Jahrmarkt gegen die
Nachtzeit der junge Rüdiger von Nienkerken von
Mellenthin auf Usedom belegen, so in Wittenberge
und anderswo studiret, und nun wieder heimkehren
wollte mit seinem Fuhrwerk, dieser Straßen zog.
Hatte ihn kurz vorhero noch selbsten im Wirthhause
gepersuadiret, daß er von wegen den Spök zur
Nachtzeit in Gützkow verbleiben, und des nächsten
Morgens mit mir fahren wölle, was er aber ver=
wegerte. Als selbiger Junker nun die Straße
gefahren kömmt, sieht er auch wieder allsobald den
Spök auf dem Rade sitzen, und ist er kaum an
dem Galgen fürüber, als das Gespenste hernieder=
springt, und ihm nachsetzet. Der Fuhrmann ent=
setzet sich mächtiglich, und macht es wie alle anderen,
klappet die Pferde an, so fast scheu worden, und
für Angst den Mist gelassen und beginnet mit großem
Rumor über den Knüppeldamm zu jagen. Hier=
zwischen bemerket aber der Junker beim Monden=

schein, daß der Spök einen Pferdeapfel über welchen
er rennet, breit tritt, und nimmt sogleich bei sich
ab, daß solches kein Gespenst sei. Rufet dannenhero
den Fuhrmann, er sölle halten, und da dieser nit
auf ihn höret, springet er von dem Wagen, zeucht
seinen Stoßdegen, und eilt dem Spök auf den Leib.
Als der Spök solches gewahr wird, will er umb=
kehren, aber der Junker schlägt ihne mit der Faust
in das Genicke, daß er gleich zur Erden stürzet und
ein laut Gejünse*) erhebt. Summa: nachdem der
Junker seinen Fuhrknecht gerufen, bringt er den
Spök bald darauf wieder in die Stadt geschleppt
und ergab es sich, daß selbiger ein Schuster war,
Namens Schwelm. (Diesem Schelm hat der Teufel
recht das W eingeflicket! —) So bin ich auch bei
dem großen Auflauf mit Mehren hinzugetreten, und
habe den Kerl gesehen. Er zitterte, wie das Blatt
einer Espen, und als man ihm hart-zuredete: er
sölle freiwillig bekennen, maßen er dann vielleicht
sein Leben retten könne, so es sich anders fände,
daß er Niemand nit erwürget, bekannte er auch:
daß er sich habe durch sein Weib ein arm Sünder=
kleid nähen lassen, solches angethan und sich zur
Nacht und insonderheit, wann er in Erfahrung
gebracht, daß ein Wagen in der Stadt sei, so nacher

---

*) Gewimmer.

Wolgast wölle, vor dem Kerl auf das Rad gesetzet, wo es dann in der Dunkelheit und der Ferne nit zu sehen gewest, daß sie selbander dorten gesessen. Wäre nun ein Wagen angekommen, und er herab= gesprungen und hinten nach geloffen, hätte sich alles sogleich entsetzet und sein Augenmerk nit mehr auf den Galgen, sondern blos auf ihn gehabt, forts die Pferde angeschlagen und mit großem Rumor und Gepolter über den Knüppeldamm gekutschiret. Solches hätten aber seine Gesellen in Strellin und Damm= becke gehöret, (zwo Dörfer, so fast drei Viertel Wegs entfernt seind) und sich fertig erhalten, den Reisenden, wenn sie nachgehends bis dahin gelanget, die Pferde abzuspannen und selbige zu plündern. Als man nachgehends den Kerl begraben, hätte er seinen Spök noch leichter gehabt etc. Dieses Alles wäre die reine Wahrheit, und hätte er selbsten in seinem Leben Niemand etwas abgenommen, noch ihn erwürget, dahero man ihm verzeihen wölle, dieweil er ganz unschuldig sei, und alles was an Raub und Mord fürgefallen, seine Gesellen allein verübet hätten. Ei du feiner Schelm, aber der Teufel hat dir das W nit umbsonst eingeflicket! Denn wie ich nachmals erfahren, ist er sammt seinen Gesellen, wie billig, wieder aufs Rad gestoßen.

Umb nun wieder auf meine Reise zu kommen, so ist der Junker nunmehro zur Nacht mit mir in

der Herbergen verblieben, und am andern Morgen
frühe seind wir beide aufgebrochen, und da wir
gute Kundschaft*) mit einander gemacht, bin ich auf
seinen Wagen gestiegen, wie er gebeten, um mit
einander unterweges zu conversiren, und mein Claas
hat hintennach gefahren. Habe auch bald gemerket,
daß er ein feiner, ehrbarer, und wohlgelahrter Herre
sei, angesehen er nit nur das wüste Studentenleben
verlobete**), und sich freuete, daß er nunmehro, den
argen Sauftonnen entronnen, sondern auch sein
lateinisch ohne Anstoß redete. Hatte dannenhero
viel Kürzweil mit ihm auf dem Wagen. Doch
zuriß uns in Wolgast auf dem Fährboot das Seil,
sodaß uns der Strom bis nach Zeuzin***) nieder=
führete, und wir endlich nit ohne große Mühsal
ans Land gelangeten. Hierzwischen war es fast
spät worden, und kamen wir erst umb 9 Uhren in
Coserow an, wo ich dann den Junker bate, bei mir
die Nachtherberge zu nehmen, was er sich auch
gefallen ließ. Mein Töchterlein saß am Kamin und
nähete vor ihre kleine Päte ein Röcklein aus ihren
alten Kleiden zusammen. Erschrak dahero heftig
und verfärbete sich, als sie den Junker mit mir
eintreten sahe und hörete, er wölle hier zur Nacht=
herberge verbleiben, angesehen wir bishero nit mehr

---

*) Bekanntschaft. **) verachtete. ***) jetzt Sauzin.

Betten als zur höchsten Nothdurft von der alten
Zabel Neringsche, der Heidereuter Wittwen zu Ueckeritze gekaufet hatten. Dannenhero nahm sie mich
gleich absonderlich: wie es werden sölle? Mein
Bette hätte heute ihre kleine Päte, so sie darauf
geleget, nit wohl zugerichtet, und in ihrs könne sie
doch den Junker unmüglich legen, wenn sie selbsten
auch gerne bei der Magd niederkröche? Und als
ich sie fragete: warumb denn nit? verfärbete sie sich
abermals, wie ein roth Laken und hub an zu weinen,
ließ sich auch den ganzen Abend nit wieder sehen,
so daß die Magd alles besorgen, und ihr, verstehe
meiner Töchterlein Bette endlich nur mit weißen
Leylachen vor den Junker überziehen mußte, da sie
selbsten es nit thun wollte. Führe hier solches an,
damit man sehen möge, wie die Jungfern seind.
Denn am andern Morgen trat sie in die Stuben
mit ihrem roth seidin Leibichen, mit der Haarhauben
und dem Schurzfleck, summa mit Allem angethan,
so ich ihr in Wolgast gekaufet, so daß der Junker
sich verwunderte und viel mit ihr unter der Morgen=
suppen conversirete, worauf er alsdann seinen Abschied
nahm, und mich bate, wieder einmal in seine Burg
vorzusprechen, was ich auch nit ablobete.

Capitel 12.

Was ferner Freudiges und Betrübtes fürgefallen, item wie Wittich Appelmann gen Damerow auf die Wulfsjagd reutet, und was er meinem Töchterlein angesonnen.

———

Der Herr segnete meine Gemeind wunderlich in diesem Winter, maßen sie nicht nur in allen Dörfern eine gute Menge Fische fungen und versilberten, besondern auch die Coserowschen 4 Saalhunde*) schlugen, item der große Stormwind vom 12ten Decembris eine ziemliche Menge Birnstein an den Strand trieb, so daß nunmehro auch viele Menschen Birnstein funden, doch nit sonderlich von Größe, und wieder anfingen sich Viehe, als Küh und Schaafe von der Liepen und andern Orten zu kaufen, wie ich mir selbsten denn auch wieder zwo Kühe zulegete. Item lief mein Brodkorn, so ich zur Hälfte auf

———

*) Seehunde.

meinen Acker, und zur andern Hälfte auf den alten
Paaßchen seinen ausgestreuet, noch ganz lieblich
und holdselig auf, da uns der Herr bis dato einen
offenen Winter geschenket; aber wie es bei eines
Fingers Länge aufgeschossen, lag es an eim Morgen
wieder umbgestürzet und geruiniret und abermals
durch Teufels-Spök, massen auch jetzo wie zuvorab
nit die Spur eines Ochsen oder Pferdes im Acker
zu sehen war. Der gerechte Gott aber wölle es
richten, wie es denn jetzo auch schon geschehen ist.
Amen.

Hierzwischen aber trug sich etwas Absonderliches
zu. Denn als Herr Wittich, meines Vernehmens,
eines Morgens aus dem Fenster schauet, daß das
Töchterlein seines Fischers, ein Kind bei 16 Jahren,
deme er fleißig nachgestellet, in den Busch gehet,
sich trocken Holz zu brechen, macht er sich auch allsobald auf, warumb? will ich nit sagen und mag
sich ein Jeglicher selbsten abnehmen. Als er jedoch
den Klosterdamm eine Weile aufgeschritten und bei
der ersten Brücken kömmt, da wo der Ebreschenbaum
stehet, siehet er zwo Wülfe, so auf ihn zulaufen,
und da er kein Gewehr nit bei sich führet, als einen
Stecken, klettert er sofort in einen Baum, worauf
die Wülfe umb selbigen herumtraben, ihn anblinzen
mit den Augen, das Maul löcken, und endlich sich
mit den Vordertatzen gegen den Baum in die Höhe

aufheben, und hineinbeißen, wobei er gewahr worden, daß der eine Wulf, ſo ein He und ein langer feiſter Feger geweſen, nur ein Auge gehabt. Hebet alſo an in ſeiner Angſt zu ſchreien, und die große Langmuth des barmherzigen Gottes wollte ihn auch noch einmal erretten, doch ohne, daß er dadurch klug worden wäre. Denn das Dirnlein, ſo ſich auf der Wieſen hinter einen Knirkbuſch verkrochen, als ſie den Junker kommen ſieht, rennet forts auf das Schloß zurücke, worauf denn auch viel Volks allſobald herbeiſähret, die Wülfe verjaget, und den Junker erlöſet. Selbiger ließ dahero eine große Wulfsjagd des andern Tages in der Kloſterheiden anſagen, und wer den einäugigen Feger ihm todt oder lebendig brächte, ſölle eine Tonne Bier zum Beſten haben. Doch haben ſie ihn nit gefangen, obgleich ſie in den Netzen ſonſten bei vier Wülfen dieſen Tag gehabt und geſchlagen. Also ließ er auch weiters in meinem Kapſel die Wulfsjagd anſagen. Doch wie der Kerl kömmt, die Glocke auf dem Thorm zu rühren, hält er nit ein wenig inne, wie es bei Wulfsjagden der Brauch iſt, ſondern ſchläget ſine mora*) immer tapfer zu an die Glocke, ſo daß männiglich glaubt es ſei ein Feuer aufgegangen, und ſchreiend aus den Häuſern herfürſpringt. So

---

*) ohne zu pauſiren.

läuft auch mein Töchterlein herbei (denn ich selbsten
war zu einem Kranken nach Zempin gefahren, angesehen mir das Gehen schon etwas schwer fiele,
und ichs nunmehro ja auch besser haben mochte,)
hat aber noch nit lange gestanden, und nach der
Ursachen geforscht, als der Amtshaubtmann selber
auf seinem Schimmel mit drei Fuder Zeug hinter
ihm herbei galoppiret und dem Volk befiehlet, sogleich
zur Heiden aufzubrechen und auf den Wulf zu
klappern. Hierauf will er schon mit seinem Jägers-
volk, und etzlichen Männern, so er sich aus den
Häusen gegriffen, weiter reuten, umb hinter der
Damerow den Zeug zu stellen, maßen die Insel
dorten wunderlich schmal ist*) und der Wulf das
Wasser scheuet; als er meines Töchterleins gewahr
wird, sein Pferd wieder umbdrehet, sie unter das
Kinn greifet, und freundlich examiniret, wer und
woher sie sei? Als er solches erforschet, sagt er,
daß sie schier so hübsch sei, als eine Engelin, und
daß er gar nit gewußt, daß der Priester hieselbsten
eine so schöne Dirne hab. Reutet darauf weiter,
sich noch wohl an die zwei oder drei Malen nach
ihr umbschauend, und gelangt auch im ersten Treiben
schon zu dem einäugigten Wulf, so im Rohr an

---

*) Die Breite, welche immer mehr abnimmt, beträgt jetzt
kaum noch einen Büchsenschuß.

der Sehe gelegen, wie sie gleich an der Loosung verspüret. Denn der Wulf looset immer auf einen Stein, die Wölfin aber thät ihre Loosung mitten in den Weg und es ist platschicht, wogegen seins immer fast dicke ist. Das hat den Junker sehr ergetzet und haben die Zeugknechte ihn mit großen eisernen Zangen aus dem Garn herfürhohlen und halten müssen, worauf er ihn bei einer Stunden lang unter großem Gelächter langsam und jämmerlich zu Tode gemartert, was ein prognosticon ist, wie ers nachhero mit meinem armen Kinde gemacht, denn Wulf oder Lamm ist diesem Schalksknecht gleich. Ach du gerechter Gott! — Doch ich will nichts übereilen noch zuvorkommen.

Des andern Tages kömmt den alten Seden sein gluderäugigt Weib, so wie ein lahmer Hund mit dem Hindern drehete, und stellet meinem Töchterlein für: ob sie nit wölle bei dem Amtshaubtmann in Dienst treten, lobet ihn als einen frommen und tugendsamen Mann, und wäre alles, was die Welt von ihm afterrede, erstunken und erlogen, wie sie selbsten davon Zeugniß ablegen könne, angesehen sie länger denn zehn Jahre bei ihme in dem Dienst gestanden. Item lobet sie das Essen, so sie dorten hätte, und das schöne Biergeld, so große Herren, welche hier gar oft zur Herberge lägen, vor die Aufwartung spendeten, wie sie denn selbsten von

Sr: f. G. dem Herzogen Ernst Ludwig mehr denn
ein Mal einen Rosenobel überkommen. Auch hätt
es hier sonsten oft viel junge hübsche Leut, so daß
es ihr Glück sein könnte, massen sie ein schön
Frauensbild wäre, und nur das Aussuchen hätte,
wen sie heirathen wölle; daß sie aber in Coserow,
wo Niemand nit käme, sich krumm und dumm
sitzen könne, bevorab sie unter die Hauben geriethe etc.
Darob erzürnete sich mein Töchterlein über die Macht
und antwortete: ei du alte Heze, wer hat dir gesaget,
daß ich wölle in Dienst treten, umb unter die Hauben
zu kommen? Packe dich, und komm mir nit ferner
in das Haus, denn ich habe mit dir Nichtes zu
schaffen, worauf sie denn auch allsobald mummelnd
ihrer Straßen zog.

Kaum aber waren etzliche Tage verschienen, und
stehe ich mit dem Glaser in der Stuben so mir
neue Fenster eingesetzet, als ich mein Töchterlein in
der Kammer bei der Küchen schreien höre. Laufe
also gleich hinein, und perhorrescire heftiglich, als
ich den Amtshaubtmann selbsten in der Ecken sahe,
wie er mein Kind umbhalset hält. Läßt sie aber
allsogleich fahren und spricht: ei Ehrn Abraham,
was habt Ihr für eine kleine spröde Närrin zur
Tochter. Will ihr nach meiner Weiß einen Kuß
zum Willkommen geben, da wehret sie sich, und
thut einen Schrei, als wär ich ein junger Fant, der

sie überschlichen, so ich doch wohl doppelt ihr Vater sein könnte. Als ich hierauf schwiege, hub er an fortzufahren, daß er sie habe zuversichtlich machen wollen, massen er sie, wie ich wüßte in seinen Dienst begehrete und was er sonst fürbrachte und ich vergessen hab. Nöthigte ihn darauf in die Stube, dieweil er immer meine von Gott gesetzte Obrigkeit ware, und fragte demüthiglich: was Se. Gestrengen von mir wöllen? worauf er freundlich zur Antwort gab: daß er wohl billig mir zürnen möchte, angesehen ich ihn vor der ganzen Gemeine abgekanzelt, solches aber nit thun, sondern die Klageschrift contra me (gegen mich) so er schon gen Stettin an Se. fürstliche Gnaden geschicket und mir leicht den Dienst kosten könnte, wiederkommen lassen wölle, so ich seinen Willen thät. Und als ich fragete: was Sr. Gestrengen Willen wär, auch mich von wegen der Predigt soviel entschuldiget, als ich konnte, gab er zur Antwort: daß er sehr benöthiget sei um eine treue Ausgebersche, so er dem andern Frauensvolk fürsetzen könnte, und da er in Erfahrung gezogen, daß mein Töchterlein eine treue und wackere Person sei, möcht ich sie ihme in den Dienst geben. Siehe, sprach er zu ihr und zwackete sie in die Backen, so will ich dich zu Ehren bringen, obwohl du ein so junges Blut bist, und doch schreistu, als wöllt ich dir zu Unehren verhelfen. Fu schäme dich! (Mein

Töchterlein weiß dieses noch Alles verbotenus*),
ich hätte es über allen Jammer, so ich nachgehends
gehabt, wohl hundertmal vergessen.) Aber sie ließ
sich solches verdrießen, indem sie von der Bank aufsprange und kurz zur Antwort gab: ich danke Ihme
für die Ehre, will aber nur meinem Papa wirthschaften helfen, das wird besser Ehre vor mich sein,
worauf der Junker sich zu mir hinwendete, und
was ich dazu sagte? Ich muß aber bekennen, daß
ich in nit geringer Angst ware, inmassen ich an die
Zukunft gedachte, und an das Ansehn, in welchem
der Junker bei Sr. fürstlichen Gnaden stunde. Gab
also demüthig zur Antwort: daß ich mein Töchterlein
nit zwingen könne, sie auch gerne umb mich behielte,
anerwogen meine liebe Hausfrau in der schweren
Pestzeit bereits dieses Zeitliche gesegnet, und ich nicht
mehr Kinder hätte, denn sie alleine. Se. Gestrengen
müchten dannenhero nicht ungnädig werden, wenn
ich sie nicht bei Sr. Gestrengen in den Dienst schicken
könnte. Dieses verdroß ihn heftiglich, und nachdeme
er noch eine Zeitlang umbsonst disputiret, valedicirte er
endlich, doch nicht, ohne mir zu dräuen, daß er es mir
schon gedenken wölle. Item hat mein Knecht gehöret
so in dem Pferdestall gestanden, daß er umb die Ecken
gehend, für sich gesaget: ich will sie doch wohl kriegen!

———————

*) wörtlich.

Solches machte mich schier wieder ganz verzaget, als den Sonntag darauf sein Jäger kam, Namens Johannes Kurt, ein hübscher, großer Kerl und wohlgeputzet. Hatte einen Rehbock vor sich auf das Pferd gebunden, und sagte: daß Se. Gestrengen mir solchen verehret, in Hoffnung ich würd mich besinnen über unsern Handel, dieweilen er seit der Zeit umbsonst nach einer Ausgebersche überall herumbgegabelt. Se. Gestrengen wölle auch, so ich mich anders schickete, bei Sr. fürstlichen Gnaden ein Fürwort thun, daß mir aus dem fürstlichen aerario die Dotation des Herzogen Philippi Julii verabreichet würde etc.

Dieser junge Kerl erhielt aber dieselbige Antwort, denn sein Herr selbsten und bate ihn er wölle den Rehbock nur wieder mitnehmen. Aber solliches wegerte er sich, und da ich ihm von ungefährlich vorhero gesaget, daß Wildprett vor mich das liebste Essen sei, versprach er: mich auch in Zukunft reichlich zu versorgen, weilen es gar viel Wild in der Heiden hätte, er öftermalen hier im Streckelberge pürschen ginge, und ich (wollte sagen mein Töchterlein) ihm absonderlich gefiele, zumalen ich nit seines Herren Willen thät, welcher im Vertrauen geoffenbaret, kein Mädchen nit im Friede ließe, es also auch meine Jungfer nit lassen würde. Wiewohlen ich nun sein Wildprett recusirete, bracht er es doch und kam inner 3 Wochen wohl an die vier oder fünf Malen, und wurde immer freundlicher gegen mein Töchterlein. Schwätzete endlich auch viel von seinem guten Dienst, und daß er sich eine gute Hausfrau suche, wo wir denn allsobald merketen, aus welcher Ecken der Wind bliese. Ergo*) gab ihm mein Töchterlein zur Antwort: wenn er sich doch eine Hausfrauen suche, so wundere es ihr, daß er die Zeit verliere, umbsonst nach Coserow zu reuten, denn hier wisse sie keine Hausfrau vor ihn, welches ihn fast schwer verdroß, und er nit wieder kam.

Nun hätte männiglich gläuben sollen, der Braten wäre doch auch vor den Amtshaubtmann zu riechen gewest; nichts desto weniger aber kam er bald darauf wieder herbeigeritten, und freiete nun gerade raus vor seinen Jäger um mein Töchterlein. Versprach auch, er wölle ihm ein eigen Haus in der Heiden bauen, item ihm Kessel, Schüsseln, Betten etc. verabreichen, angesehen er den Kerl aus der heiligen Taufe gehoben, und er sich auch inner sieben Jahren wacker und gut in seinem Dienst gestellet. Hierauf gab ihm mein Töchterlein zur Antwort, daß Se. Gestrengen ja bereits gehöret, daß sie ihrem Papa nur wirthschaften wölle, sie auch noch viel zu jung wäre, umb schon vor eine Hausfrau zu gelten.

---

*) Daher.

Solches verdroß ihn aber nit, wie es den Anschein
hatte, sondern nachdem er noch eine Zeitlang viel
umbsonst discuriret, ging er freundlich abe, wie ein
Kätzlein, so sich auch stellet, als ließe sie von der
Maus, und hinter die Ecken kreucht, so es doch
nicht ihr Ernst ist, und sie alsbald wieder herfür=
springt. Denn er sahe sonder Zweifel, daß er seine
Sache sehr tumm angefangen, darumb ging er, sie
besser anzuheben, und Satanas ging mit ihm, wie
weiland mit Judas Ischarioth.

7*

Capitel 13.

Was sonsten in diesem Winter fürgefallen, item wie im
Frühjahr die Zauberei im Dorfe anhebt.

———

Sonsten ist in diesem Winter nichts Sonderliches
fürgefallen, als daß der barmherzige Gott
großen Seegen gab, im Achterwasser wie in der
Sehe, und wieder gute Nahrung in der Gemeine
kam, so daß auch von uns konnte gesaget werden,
wie geschrieben stehet: ich hab dich ein klein Augenblick verlassen, aber mit großer Barmherzigkeit will
ich dich sammeln*). Dannenhero wurden wir auch
nit müde dem Herrn zu danken, und thät die
Gemeine der Kirchen viel Gutes, kaufete auch wieder
neue Kantzel= und Altartücher, da der Feind die
alten geraubet, item wollte mir das Geld vor die
neuen Kelche wieder erstatten, so ich aber nit
genommen hab.

———

*) Jesaias 54, 7.

Doch hatte es noch bei zehen Bauern im Kapsel, die ihr Saatkorn zum Frühjahr nit schaffen kunnten, angesehen sie ihren Verdienst vor Vieh und das liebe Brodkorn ausgegeben. Machte also mit ihnen einen Vertrag, daß ich ihnen wölle das Geld dazu fürstrecken, und könnten sie es mir in diesem Jahr nicht wieder aufbringen, möchten sie es im nächsten mir wiedererstatten, welches sie auch dankbarlich annahmen, und schickten wir bei sieben Wagens nacher Fredland in Meklenburg, vor uns Alle Saat= korn zu hohlen. Denn mein lieber Schwager Martin Behring in Hamburg hatte mir allbereits durch den Schiffer Wulf, der zu Weihnachten schon wieder binnen gelaufen war, vor den Birn= stein 700 Fl. übermachet, die ihme der Herr gesegnen wölle.

Sonsten starb diesen Winter die alte Thiemksche in Loddin, so vor eine Großmutter im Kapsel ware, und auch mein Töchterlein gegriffen hat. Aber sie hat in letzter Zeit wenig Arbeit gehabt, immaßen ich in diesem Jahre nur zwei Kinder getaufet, als Jung seinen Sohn in Ueckeritze, und Lene Hebers ihr Töchterlein, so die Kaiserlichen gespießet. Item sind es fast fünf Jahr, daß ich die letzten Brautleute vertrauet. Dannenhero männiglich gießen mag, daß ich hätte mögen zu Tode hungern, wenn der gerechte Gott mich nit auf andere Weiß so grundgütig bedacht und gesegnet hätte. Darumb sei ihm allein die Ehr. Amen.

Hierzwischen aber begab es sich nit lange darauf, als der Ambtshaubtmann das letzte Mal da gewesen, daß die Zauberei im Dorfe begunnte.

Saß eben und traktirte mit meinem Töchterlein den Virgilium im zweiten Buch, von der gräulichen Verwüstung der Stadt Troja, so doch noch erschröcklicher gewesen denn unsere, als das Geschreie kam, daß unsern Nachbanern Zabel seine rothe Kuh, so er sich vor wenigen Tagen gekaufet, im Stalle alle Viere von sich gestoßen, und verrecken wölle, und solches ein seltsam Ding wäre, angesehen sie noch vor einer halben Stunden wacker gefressen. Mein Töchterlein möchte doch hinkommen, und ihr drei Haare aus dem Schweif ziehen und selbige unter der Stallschwellen verscharren. Denn sie hätten in Erfahrung gebracht, wenn solches eine reine Jungfer thät, würde es besser mit der Kuh. Thät ihnen mein Töchterlein also den Willen, dieweil sie die einige Jungfer im ganzen Dorf war (denn die andern seind noch alle Kinder) und schlug es auch von Stund an, so daß sich männiglich verwunderte. Aber es währete nit lange, so kam Witthahnsche ihrem Schwein beim gesunden Fressen auch was an. Selbige kam also angelauffen: daß mein

Töchterlein sich um Gottes Willen erbarmen und ihrem Schwein auch etwas gebrauchen wölle, da böse Menschen ihme was angethan. Dannenhero erbarmte sie sich auch, und es half allsogleich wie das erste Mal. Doch hatte das Weib, so gravida war, von dem Schröcken die Kindesnoth überkommen, und wie mein Töchterlein kaum aus dem Stalle ist, geht sie jünsend, und sich an allen Wänden stützend und begreifend in ihre Bude, rufet auch ringsumbher die Weiber zusammen, da die rechte Großmutter wie bemeldet verstorben war und währet es nit lange, so scheußt auch etwas unter ihr zur Erden. Doch als sich die Weiber darnach niederbücken, hebt sich der Teufelsspök, so Flügel gehabt, wie eine Fledermaus, von der Erden, schnurret und burret in der Stuben umbher, und scheußt dann mit großem Rumor durch das Fenster, daß das Glas auf die Straßen klinget. Wie sie aber nachsehen, ist allens fort. Nun kann man genugsam bei sich selbsten abnehmen, welch ein groß, gemein Geschrei hieraus entstunde. Und judicirte fast das ganze Dorf, daß Niemand nit, denn den alten Seden sein gluderäugigt Weib solchen Teufelsspök angerichtet.

Aber die Gemein wurde bald in solchem Glauben irrig. Denn desselbigen Weibes ihre Kuh kriegt es bald auch so, wie alle Andern ihre Kühe. Kam dahero auch wehklagend herbeigelaufen, daß mein

Töchterlein sich ihrer erbarmen wöll, wie sie sich der
Andern erbarmet, und umb Gotts willen ihrer
armen Kuh helfen. Hätte sie ihr verarget, daß sie
von dem Dienst beim Ambtshaubtmann ihr etwas
gesaget, so wär es ja aus gutem Herzen geschehn etc.
Summa, sie beredete mein unglücklich Kind, daß sie
auch hinginge, und ihrer Kuh half.

Unterdessen lag ich an jeglichem Sonntag mit
der ganzen Gemein auf meinen Knieen dem Herrn
an, daß er dem leidigen Satan nit wölle gestatten
uns dasjenige wiederumb zu nehmen, was seine
Gnad uns nach so vielerlei Noth aufs Neu zuge=
wendet, item, daß er den autorem von solchem
Teufelsspök an das Tageslicht bringen wölle, umb
ihm die verdiente Straf zu geben.

Aber es half Allens nit. Denn allererst waren
wenig Tage verstrichen, so kam Stoffer Zuter seiner
bunten Kuh auch was an, und kam er wieder, wie
all die Andern zu meinem Töchterlein geloffen.
Ging sie also auch hin, aber es wollte nit anschlagen,
sondern das Viehe verreckete fast unter ihren Händen.

Item hatte Käte Berow von das Spinngeld,
so sie diesen Winter von meim Töchterlein erhalten,
sich ein Ferkelken angeschaffet, so das arme Weibstück
wie ein Kind hielte und bei sich in der Stuben
lauffen hatte. Selbiges Ferkelken kriegt es auch,

wie die andern im Umbsehen; doch als mein Töch=
terlein hiezu gerufen wird, will es auch nit anschlagen,
sondern es verrecket ihr abermals unter den Händen,
und erhebt das arme Weibsbild ein groß Geschrei,
und reißt sich für Schmerz die Haare aus, so daß
es mein Kind erbarmet und sie ihr ein ander Fer=
kelken verspricht, wenn meine Sau werfen würd.

Hierzwischen mochte wohl wieder eine Woche
verstreichen, in währender Zeit ich mit der ganzen
Gemein fortfuhre, den Herrn umb seinen gnädigen
Beistand, wiewohl umbsonst, anzurufen, als Sedensche
ihr Ferkel auch was ankömmt. Läuft dahero wieder
mit großem Geschrei zu meiner Tochter, und wiewohl
diese ihr sagt, daß sie ja sähe, es wölle nit mehr
helfen, was sie vor das Vieh gebrauchte, hörte sie
doch nit auf, selbiger mit großem Lamentiren so
lange anzuliegen, bis sie sich abermals aufmachte,
ihr mit Gotts Hülfe beizustehn. Aber es war auch
umbsonst, angesehen das Ferkelken schon verreckete,
bevorab sie den Stall verlassen. Was thät aber
nunmehro diese Teufelshure? Nachdeme sie mit
großem Geschrei im Dorf umbhergeloffen, saget sie:
nun sähe doch männiglich, daß mein Töchterlein
keine Jungfer mehr wäre, denn warumb es sonst
jetzt nit mehr helfen sollte, wenn sie dem Viehe was
gebrauchte, so es doch vorhero geholfen? Hätte
wohl ihre Jungferschaft in dem Streckelberg gelassen,

wohin sie diesen Frühjahr so fleißig trottire, und
wüßte Gott, wer selbige bekommen! Doch weiter
sagt sie noch nichtes, und erfuhren wir dies Allens
nur hernachmals. Und ist wahr, daß mein Töch=
terlein diesen Frühjahr ist mit und ohne mich in
den Streckelberg gespaziret, umb sich Blumen zu
suchen, und in die liebe Sehe überzuschauen, wobei
sie nach ihrer Weiß diejenigen Versus aus dem
Virgilio so ihr am Besten gefallen, laut gerecitiret,
(denn was sie ein paar Mal lase, das behielte
sie auch).

Und solche Gänge wegerte ich ihr auch nicht,
denn Wülfe hatte es nicht mehr im Streckelberge,
und wenn es auch noch einen hatte, so fleucht er
vor dem Menschen zur Sommerszeit. Doch nach
dem Birnstein verbot ich ihr zu graben. Denn da
er nunmehro schon zu tief fiele, und wir nicht
wußten, wo wir mit dem Aufwurf bleiben sollten,
daß es nit verrathen würd, nahm ich mir für, den
Herrn nicht zu versuchen, besondern zu warten, bis
mein Fürrath am Gelde fast klein würde, bevorab
wir wieder grüben.

Solliches thät sie aber nicht, wiewohl sie es
versprochen, und ist aus diesem Ungehorsamb all
unser Elend herfürgegangen. (Ach du lieber Gott,
welch ein ernst Ding ist es doch umb dein heilig

viertes Gebot!) Denn da Ehrn Johannes Lampius von Crummin, so mich im Frühjahr heimbgesuchet, mir verzählet, daß der Cantor in Wolgast die opp. St. Augustini*) verkaufen wölle, und ich in ihrer Gegenwärtigkeit gesaget, daß ich solche wohl vor mein Leben gerne kaufen möchte, aber das Geld davor nit übrig hätte, stunde sie ohne mein Wissen des Nachts auf, umb nach Birnstein zu graben, solchen auch so gut sie könnte in Wolgast zu versilbern und zu meinem Geburtstag, welcher den 28sten mensis Augusti einfällt, mir heimlich die opp. St. Augustini zu verehren. Den Aufwurf hat sie aber immer mit tännin Zweigen bedecket, so es genugsam in der Heiden hat, damit Niemand nichtes verspüren möchte.

Hierzwischen aber begab sich, daß der junge nobilis Rüdiger von Nienkerken eines Tages angeritten kam, um Kundschaft von dem großen Zauber zu überkommen, so hier im Dorfe sein sölle. Als ich ihme nun solchen verzählet, schüttelte er ungläubig das Haupt und vermeinete, daß es mit aller Zauberei fast Lug und Trug wäre, wovor ich mich heftiglich perhorrescirete, angesehen ich diesen jungen Herrn für einen klügeren Mann gehalten, und nun sehen mußte, daß er ein Atheiste war. Solches aber

____

*) Die Werke des heiligen Augustin.

merkete er und gab lächelnd zur Antwort, ob ich
jemals den Johannem Wierum*) gelesen, so nichts
wissen wölle von der Zauberei, und argumentire
daß alle Hexen melancholische Personen wären, die
sich selbsten nur einbildeten, daß sie einen pactum
mit dem Teufel hätten und ihm mehr erbarmens —
denn strafwürdig fürkämen? Hierauf gabe ich zur
Antwort, daß ich solchen zwar nit gelesen, (denn
sage, wer kann Allens lesen, was die Narren schreiben?)
aber der Augenschein zeige ja hier und aller Orten,
daß es ein ungeheurer Irrthumb sei, die Zauberei
zu leugnen, immassen man alsdann auch leugnen
könnte, daß es Mord, Ehebruch und Diebstahl gäb.

Aber dieses Argumentum nannte er ein Dilemma**)
und nachdeme er viel von dem Teufel gedisputiret,
so ich vergessen, da es arg nach Ketzereien roche,

---

*) Ein niederländischer Arzt, der lange vor Spee und
Thomasius das Unwesen des Zauberglaubens seiner Zeit in
der Schrift confutatio opinionum de magorum Daemono-
mania Frankfurth 1590 angriff, dafür aber von Bodinus und
Anderen selbst für den ärgsten Hexenmeister verschrieen wurde.
Und allerdings ist es auffallend, daß derselbe freidenkende Mann
früher in einer andern Schrift de praestigiis Daemonum
die Beschwörungen der Geister gelehrt, und darin die ganze
Hölle mit den Namen und Zunamen ihrer 572 Teufelsfürsten
beschrieben hatte.

**) verfänglicher Schluß.

sagete er: er wölle mir von einem Zauber in Witten=
berg erzählen, so er selbsten gesehen.

Als dorten nämblich ein kaiserlicher Haubtmann
vor dem Elsterthore eines Morgens sein gutes Roß
bestiegen, um sein Fähnlein zu inspiciren, hebet
solches allsobald an, so grimmig zu toben, bäumet,
schüttelt mit dem Kopfe, prustet, rennet und brüllet,
nit wie Pferde sonst thun, daß sie wiehern, sondern
es ist anzuhören gewest als wenn die Stimm aus
einem Menschenhalse käme, so daß männiglich sich
verwundert, und Allens das Rößlein für bezaubert
gehalten. Es hätte auch allsobald den Haubtmann
abgeworfen, ihm mit seinem Huf den Schädel ein=
geschlagen, daß er da gelegen und gezappelt, und
hätte nunmehro ins Weite wöllen. Da hätte ein
Reutersmann sein Handröhr auf das verzauberte
Roß abgedrucket, daß es gleich auf dem Weg zu=
sammengeschossen und verrecket sei. So wäre er
auch mit vielen hinzugetreten, dieweil der Obrist
sofort Befehlig an den Feldscheerer gegeben, das
Roß aufzuschneiden, umb zu sehen, wie es innerlich
mit ihm stünde. Wäre aber alles gut gewest, und
beide der Feldscheerer und Feldmedicus hätten testi=
ficiret, daß es ein kern gesund Roß sei, wannenhero
denn Allens noch weit heftiger über Zauberei
geschrieen. Hierzwischen aber hätte er selbsten (verstehe
den jungen Nobilis) gesehen, daß dem Rößlein ein

feiner Rauch aus der Nasen gezogen, und als er sich niedergebucket, hätte er allsobald einen Lunten herfürgezogen, fast bei eines Fingers Länge, so noch geschwelet, und ihme ein Bube mit einer Nadel heimlich zur Nasen hineingestoßen. Da wäre denn die Zauberei auf einmal verschwunden, und man hätte dem Thäter nachgespüret, so auch allsobald gefunden wär, nämblich der Reutknecht von dem Haubtmann selbsten. Denn, da sein Herr ihm das Wammes ausgeklopfet, hätte er einen Eid gethan, es ihm zu gedenken, so aber der Profost selbsten gehöret, der von ungefährlich am Stall gestanden und geharnet. Item hätte ein ander Kriegsknecht bezeuget, daß er gesehn, wie der Kerl ein Stück von der Lunten geschnitten, kurz zuvor ehe denn er seinem Herren das Roß vorgeführet. — Also meinte nun der junge Edelmann wär es mit jeglicher Zauberei, so man damit auf den Grund ginge, wie ich ja auch selbsten in Gützkow gesehen, wo der Teufelsspök ein Schuster geweft, und würd es auch hier im Dorf wohl auf gleiche Weiß zugestehn. Vor solche Rede wurde ich aber dem Junker von Stund an, als einem Atheisten abhold, wiewohlen ich in Zukunft leider Gottes gesehen hab, daß er fast recht gehabt, denn wäre der Junker nit geweft, wo wäre dann mein Kind?

Doch will ich Nichtes übereilen! — Summa:

ich ging fast verdrüßlich über diese Wort in der
Stuben umbher, und fing der Junker nunmehro an
mit meinem Töchterlein über die Zauberei zu dispu=
tiren: bald deutsch und bald lateinisch, wie es ihm
ins Maul kam, und sollte sie auch ihre Meinung
sagen. Aber sie gab ihm zur Antwort, daß sie ein
dumm Ding sei und keine Meinung haben könnte,
daß sie aber dennoch gläube, der Spök hier im Dorfe
ginge nit mit rechten Dingen zu. Hierüber rief mich
die Magd abseiten, (weiß nit mehr was sie wollte)
doch als ich wieder in die Stuben kam, war mein
Töchterlein so roth, wie ein Schaarlachen und der
Junker stunde dicht vor ihr. Fragete sie dannenhero
gleich, als er abgeritten, ob etwas fürgefallen, so sie
aber leugnete und erst nachgehends bekannte: daß er
in meinem Abwesen gesaget, daß er nur einen
Menschen kenne, so zu zaubern verstünde, und als
sie ihn gefraget, wer derselbige Mensch denn wäre,
hätte er sie bei der Hand gegriffen und gesaget:
„Sie ist es selbsten liebe Jungfer, denn sie hat
meinem Herzen etwas angethan, wie ich verspüre!"
Weiteres aber hätte er nichtes gesaget, als daß er
sie dabei mit brennenden Augen ins Angesicht
geschauet und darüber wäre sie so roth worden.

Aber so seind die Mädchens, sie haben immer
ihre Heimblichkeiten, wenn man den Rücken drehet,
und ist das Sprüchwort wahr:

Mätens to höden
Un Kücken to möten
Sall den Düwel sülfst verdreten!*)

wie man leider nachgehends noch weiter finden wird.

---

*) d. i. etwa: Mädchen und Küchlein zu hüten, soll (wohl) den Teufel selbst verdrießen; wobei jedoch zu bemerken, daß die hochdeutsche Sprache das malerische Wort „möten" nicht ausdrücken kann, welches eigentlich bedeutet, mit vorgestreckten Armen das Korn oder irgend einen andern lockenden Gegenstand vor dem Andrange der Thiere zu schützen.

Capitel 14.

Wie der alte Seden plötzlich verschwindet, item der grosse Gustavus Adolphus nacher Pommern kümmt, und die Schanze zu Peenemünde einnimmt.

Mit der Zäuberei war es nunmehro eine Zeitlang geruhlig*) so man die Raupen nicht in Anrechnung zeucht, welche mir meinen Obstgarten gar jämmerlich geruiniret, und welches sicherlich ein seltsam Ding war. Denn die Bäumleins blüheten alle so lieblich und holdseelig, daß mein Töchterlein eines Tages sagte, als wir darunter umbher gingen, und die Allmacht des barmherzigen Gottes preiseten: „so uns der Herr weiter gesegnet, ist es diesen Winter bei uns alle Abend heiliger Christ!" Aber es sollte bald anders kommen. Denn es befunden sich im Umbsehen so viele Raupen (große und kleine, auch von allerhand Farb und Colör) auf denen

----

*) ruhig.

Bäumen, daß man sie fast mit Scheffeln messen
mochte, und währete nit lange, als meine armen
Bäumekens, allesammt wie die Besenreiser aussahen,
und das liebe Obest, so angesetzet, abfiel, und kaumb
vor meinem Schwein zu gebrauchen war. Will
hierbei auf Niemand rathen, doch hatte gleich dabei
meine eigenen Gedanken, und habe sie noch. Sonsten
stand mein Gerstenkorn, so ich bei 3 Scheffeln in
die Worth gestreuet, sehr lieblich. Auf dem Felde
aber hatte ich nichtes ausgeworfen, angesehen ich
die Bosheit des leidigen Satans scheuete. Auch
hatte die Gemeine heuer nit viel Seegen an Korn,
inmassen sie zumb Theil aus großer Noth keine
Wintersaat gestreuet, und die Sommersaat auch nit
fort wollte. Sonsten an Fischen fungen sie in allen
Dörfern durch die Gnade Gottes viel, insonderheit
an Häring, welcher aber schlecht im Preise steht.
Auch schlugen sie manchen Saalhund*) und habe
ich selbsten um Pfingsten auch einen geschlagen, als
ich mit meinem Töchterlein an der Sehe ging.
Selbiger lag auf ein Stein dicht am Wasser und
schnarchete wie ein Mensch. Zog mir also die
Schuhe aus und ging heimblich hinzu, daß er nichts
merkete, worauf ich ihme mit einem Stecken so über
die Nasen schlug (denn an der Nasen kann er wenig

____

*) Seehund.

vertragen) daß er gleich ins Waſſer purzelte. Doch
war ihm die Beſinnung ſchon wegk, und mochte
ich ihn nunmehro leichtlich ganz zu Tode ſchlahn.
Es war ein feiſtes Beeſ't, obwohl nit gar groß,
und brieten wir doch aus ſeinem Spek an die 40 Pott
Thran, ſo wir beſchloſſen zur Winternothdurft auf=
zuheben.

Hierzwiſchen aber begab es ſich, daß dem alten
Seden flugs etwas ankam, alſo daß er das heilige
Sacrament begehrete. Urſache konnte er nit an=
geben, als ich zu ihm kam; hat es aber vielmehr
wohl nit thun wöllen, aus Furcht für ſeiner alten
Liſen, ſo mit ihren Gluderaugen ſein immer hüthete,
und nicht aus der Stuben ging. Sonſten wollte
Zutern ſein klein Mädchen, ein Kind bei 12 Jahren
am Gartenzaum auf der Straßen, wo ſie Kraut
vor das Vieh gepflücket, gehöret haben, daß Mann
und Frau ſich etzliche Tage zuvorab, wieder heftig
geſcholten, und der Kerl ihr fürgeſchmiſſen, daß er
nunmehro gewißlich in Erfahrung gebracht, daß ſie
einen Geiſt habe, und wölle er allſobald hingehen
und es dem Prieſter verzählen. — Wiewohlen das
nur Kinderreden ſeind, will es doch wohl wahr
ſein, anerwogen Kinder und Narren, wie man ſaget,
die Wahrheit ſprechen.

Doch laß ich das in ſeinen Würden. Summa:
es wurde immer ſchlimmer mit meinem alten

Fürsteher, und wenn ich ihne, wie ich den Brauch bei Kranken hab, alle Morgen und Abend heimbsuchte, umb mit ihm zu beten, und oftmalen wohl merkete, daß er etwas annoch auf seim Herzen hatte, kunnte er doch nichtes herfürbringen, angesehen die alte Life immer auf ihrem Posten stunde.

So verblieb es eine Zeitlang, als er eines Tages umb Mittag aus zu mir schickete: ich wölle ihme doch ein klein wenig Silbers von dem neuen Abendmahlkelch abschrapen*), weilen er den Rath gekriegt, daß es besser mit ihm werden würd, wenn er es mit Hühnermist einnähm. Wollte lange Zeit nit daran gehen, maßen ich gleich vermuthete, daß darbei wieder Teufelsspök verborgen, aber er tribulirete so lange, bis ich ihme den Willen that.

Und siehe, es half fast von Stund an, so daß er am Abend, als ich kommen war mit ihme zu beten, schon wieder auf der Bank saß, einen Topf zwischen den Beinen, aus welchem er seine Suppen kellete. Wollte aber nit beten (ein seltsam Ding, da er doch sonsten so gerne gebetet, und oftmals kaum die Zeit ausharren kunnte, ehe ich kam, so daß er wohl an die zween oder dreien Malen geschicket, wenn ich nit gleich zur Hand ware, oder sonst wo mein Wesen hatte), sondern sagete, er hätte

---

*) plattdeutsch, für: abschaben.

schon gebetet, und wölle er mir vor meine Mühe
den Hahnen zu einer Sonntagssuppen geben, wovon
er den Mist eingenommen, maßen es ein großer
schöner Hahnen sei, und er nichts Besseres hätte.
Und, weilen das Hühnerwerk schon aufgeflogen, trat
er auch zu dem Wiem*), so er in der Stuben
hinter dem Ofen hatte, und langete den Hahnen
herab, so er meiner Magd unter den Arm thät,
die gekommen war, mich wegzurufen.

Hätte aber den Hahnen umb alles in der Welt
nit essen wollen, besondern ließ ihn zur Zucht laufen.
Wie ich nun ginge, fragte ihn noch, ob ich am
Sonntage dem Herrn vor seine Besserung danken
sölle, worauf er aber zur Antwort gab, daß ich
solches halten könne, wie mir geliebte. Verließ also
kopfschüttelnd sein Haus und nahm mir für, ihn
allsogleich rufen zu lassen, wenn ich in Erfahrung
gezogen, daß seine alte Lise nit heimisch sei (denn
sie hohlete sich oft von dem Ambtshaubtmann Flachs,
umb solchen aufzuspinnen). Aber siehe, was geschah
schon nach etzlichen Tagen? Es kam das Geschreie,
der alte Seden wäre weggekommen, und Niemand
wüßte nit, wo er geblieben. Sein Weib vermeinete,
er wäre in den Streckelberg gangen, und kam dahero
diese vermaledeyete Hexe auch mit großem Geheul

---

*) plattdeutsch: Gerüst, auf welchem die Hühner sitzen.

bei mir vorgelaufen, und forschete von meinem
Töchterlein, ob sie ihren Kerl nit wo hätte daselbsten
laufen gesehen, dieweil sie ja alle Tage in den Berg
ginge. Mein Töchterlein sagte nein; sollte aber,
sei's Gott geklagt, bald genugsamb von ihme erfahren.
Denn als sie eines Morgens, ehe denn die Sonne
aufgegangen gewest, von ihrer verbotenen Gräberei
zurückkömmt, und in den Wald niedersteiget, höret
sie flugs sich zur Seiten einen Grünspecht (so sicherlich
die alte Lise selbsten gewest)*) so erbärmlich schreien,
daß sie in das Gebüsche tritt, zu sehen, was er
hätte. So sitzt nun dieser Specht auf der Erden
vor einem Flusch Haaren, so roth und ganz so
gewest seind, wie den alten Seden seine, burret aber
mit einem Schnabel voll auf, wie er ihrer gewahr
wird und verkreucht sich damit in ein Astloch. Wie
mein Töchterlein noch stehet und diesen Teufelsspök
betrachtet, kömmt der alte Paasch, so das Geschrei
auch gehöret, und mit seinem Jungen sich Dakel-
schächte**) in dem Berg gehauen, auch herbei und
entsetzet sich gleicher Weiß, wie er die Haare an
der Erden sieht. Und vermeinen sie erstlich, daß
ihn ein Wulf gefressen, sehen dannenhero sich auch
überall umb, aber finden kein einig Knöchelken.

---

*) denn man glaubte, die Hexen könnten sich durch Hülfe
des Teufels auch in Thiere verwandeln.

**) Dachschächte.

Wie sie aber in die Höhe schauen, kommt es ihnen für, als ob oben im Wipfel auch was Rothes glitzerte, und muß der Junge in den Baum steigen, wo er denn allsogleich ein groß Geschrei anhebt, daß es hier auch auf ein Paar Blätter einen guten Flusch rother Haare hätte, so mit den Blättern zusammengekleibet wären, wie mit Pech. Aber es wäre kein Pech nit, sondern sähe roth und weiß= sprenglich aus, wie Fischküt*). Item wären die Blätter ringsumbher, wo auch keine Haare säßen, bunt und fleckicht und voll unsauberen Stankes. Wirft also der Junge auf Geheiß seines Herren den Kletten herab, und judiciren sie beide gleich unten, daß dies den alten Seden sein Haar und Hirn sei, und ihn der Teufel bei lebendigem Leibe gehohlet, weil er nit hat beten wöllen und dem Herrn danken vor seine Besserung. Solches gläubete ich auch selbsten, und stellete es auch am Sonntag so der Gemeine für. Aber man wird weiters unten sehen, daß der Herr noch andere Ursachen gehabt, ihn in die Hand des leidigen Satans zu geben, angesehen er sich auf Zureden seines bösen Weibes von seinem Schöpfer losgesagt, umb nur wieder besser zu werden. Vor jetzo aber thät noch diese Teufelshure, als wäre ihr das größete Herzeleid

---

*) Eingeweide der Fische.

zugefüget, inmassen sie sich die rothen Haare bei ganzen Fluschen ausriße, wie sie von dem Grünspecht durch mein Töchterlein und den alten Paaßch hörete und lamentirte, daß sie nunmehro auch eine arme Wittib sei, und wer sie in Zukunft verpflegen würd etc.

Hierzwischen feierten wir auch an dieser öden Küsten, so gut wir kunnten und mochten mit der ganzen protestantischen Kirchen den 25sten Tag mensis Junii, wo für nunmehro 100 Jahren die Stände des heil. Römischen Reichs dem großmächtigsten Kaiser Carolo V ihre Confession zu Augsburg fürgeleget, und hielte ich die Predigt über Matth. 10, 32. von der rechten Bekenntnüß unsers Herrn und Heilandes Jesu Christi, worauf die ganze Gemeine zum Nachtmahl ging. Doch gegen den Abend desselbigen Tages, als ich mit meinem Töchterlein zur Sehe gespaziret war, sahen wir umb den Ruden viel hundert Masten von großen und kleinen Schiffen, hörten auch ein merklich Schießen und judicirten alsbald, daß es der großmächtigste König Gustavus Adolphus sein möchte, so nunmehro, wie er ver= sprochen, der armen bedrängeten Christenheit zur Hülf käme. Im währenden Judiciren aber segelte ein Boot von der Die*) heran, worinnen Käthe

---

*) Ruden und Die, zwei kleine Inseln zwischen Usedom und Rügen.

Berowſche ihr Sohn ſaß, ſo dorten ein Bauer iſt und ſeine alte Mutter heimbſuchen wollte. Selbiger verzählete, daß es würklich der König wär, ſo dieſen Morgen von Rügen mit ſeiner Flotten den Ruden angelaufen, allwo ein Paar Dier Leut gefiſchet und geſehen, daß er allſofort mit ſeinen Officirers an das Land geſtiegen, und alldort mit geblöſſetem Haupt auf ſeine Knie gefallen ſei.

Ach du gerechter Gott, da hatte ich unwürdiger Knecht am lieben Abend noch eine größere Jubel= freude, denn am lieben Morgen, und kann man leichtlich bei ſich ſelbſten abnehmen, daß ich nicht angeſtanden, mit meim Töchterlein allſofort auch auf meine Kniee zu fallen, und es dem König nachzuthun. Und weiß Gott, ich hab in meinem Leben nicht ſo brünſtig gebetet, denn dieſen Abend, wo der Herr uns ein ſollich Wunderzeichen fürſtellete, daß der Retter ſeiner armen Chriſtenheit gerade anlangen mußte an dem Tag, wo ſie ihn aller Orten umb ſeine Gnad und Hülfe für des Pabſtes und Teufels Mord. und Liſt auf ihren Knien an= geſchrieen hatte. Konnte auch die Nacht darauf für Freuden nicht ſchlafen, beſondern ging ſchon zut frühen Morgenzeit nach der Damerow, wo Vithen ſeinem Jungen etwas angekommen war. Gläubete ſchon es würd auch Zäuberei ſein, aber es war dieſes Mal keine Zäuberei, angeſehen der Junge in

der Heiden etwas Schlimmes gefressen hatte. Was
es für Beeren gewest, kunnte er nit mehr sagen,
doch zog das Malum, so ihm das Fell ganz roth
wie Scharlach gemachet, alsbald fürüber. Als ich
darumb bald hernacher den Heimweg antrate,
begegnete ich einem Boten von Peenemünde, so
Ihro Majestät der großmächtigste König Gustavus
Adolphus an den Ambtshaubtmann gesendet, daß
er ihme am 29sten Juny, um 10 Uhren Morgens
sölle drei Wegweiser bei Coserow gestellen, um
Se. Majestät durch die Wälder nach der Swine zu
geleiten, allwo die Kaiserlichen sich verschanzet hatten.
Item verzählete er: daß Ihro Majestät schon gestern
die Schanze zu Peenemünde eingenommen (was
wohl das Schießen bedeutet, so wir den Abend
zuvor gehöret) und hätten die Kaiserlichen gleich
Allens verlaufen, und die rechten Buschreuter
gespielet. Denn nachdeme sie ihr Lager in Brand
gestecket, wären sie zu Busch gesprungen umb zum
Theil nacher Wolgast, zum Theil nach der Swine
zu entkommen.

Allsobald beschloß nun in meiner Freud Sr.
Majestät so ich mit des Allmächtigen Gotts Hülf
sehen sollte, ein carmen gratulatorium*) zu fabri=
ciren, welches mein Töchterlein ihme überreichen könnte.

---

*) Glückwünschungs=Gedicht.

Thät ihr allsogleich nach meiner Heimbkunft den Fürschlag, und fiele sie für Freuden mir davor umb den Hals, und fing alsdann an in der Stuben umbherzutanzen. Doch als sie sich ein wenig besunnen, meinete sie, daß ihr Kleid nicht gut genug wäre, umb Sr. Majestät darinnen aufzuwarten und möchte ich ihr noch ein blau seidin Kleid mit gelbem Schurzfleck kaufen, da dieses die schwedische Colör sei, und Sr. Majestät ohne Zweifel baß gefallen würd. Wollte aber lange nit daran, anerwogen ich solch hoffärtig Wesen haßete, aber sie tribulirete so lange mit ihren guten Worten und Küßleins, daß ich alter Narre ja sagete und meinem Ackersknecht befahl, noch heute mit ihr nach Wolgast zu fahren umb sich den Zeug zu kaufen. Achte darumb, daß der gerechte Gott, so den Hoffärtigen widerstehet, und den Demüthigen Gnade giebt, mich von wegen solcher Hoffart mit Recht gestrafet. Denn ich hatte selbsten eine sündliche Freude, als sie mit zwo Weibern, so ihr söllten nähen helfen, zurücke kam, und mir den Zeug fürlegete. Des andern Tages hub auch allsogleich das Nähen mit der Sonnen an, in Währenddem ich mein carmen fabricirete. War aber noch nit weit gelanget, als der junge Edelmann Rüdiger von Nienkerken vorgeritten kam, umb sich zu erkundigen, wie er sagte, ob Se. Majestät in Wahrheit über Coserow

marschiren würd. Und als ich ihm hievon gesaget,
was ich wußte, item unser Fürhaben mitgetheilet,
lobete er solches gar sehr, und instruirete mein
Töchterlein (die ihn heut freundlicher ansah, als
mir recht war,) wie die Schweden das lateinisch
sprächen als ratscho pro ratio, üt pro ut, schis
pro scis, etc. damit sie Sr. Majestät nit die Antwort
schuldig blieb. Und hätte er sowohl in Wittenberge
als in Griepswalde viel mit Schweden conversiret,
wöllten dahero, so es ihr geliebte, ein klein collo-
quium anstellen, und wölle er den König machen.

Hierauf setzte er sich vor sie auf die Bank, und
hatten sie beide allsogleich ihr Geschwätze, was mich
fast heftig verdroß, insonderheit als ich sahe, daß
sie die Nadel wenig rührete, aber sage, Lieber, was
kunnte ich dabei thun? — Ging also meiner
Straßen und ließ sie schwätzen bis gegen den
Mittag, wo der Junker endlich sich wieder aufmachete.
Doch versprach er am Dienstag, wenn der König
käm, sich auch einzustellen, gläube auch, daß die
ganze Insel alsdann wohl bei Coserow zusammen=
laufen würde. Als er fort war, und mir die vena
poetica*) wie leicht zu erachten, noch verstopfet
war, ließ ich meinen Wagen anspannen und fuhre
im ganzen Kapsel umbher, in allen Dörfern das

---

*) poetische Ader.

Volk vermanende, daß sie am Dienstag umb 9 Uhren an dem Hühnenstein vor Coserow wären, und sollten sie alle niederfallen auf ihre Kniee, wenn sie sähen, daß der König käm, und ich auf meine Knie fallen würd, item gleich einstimmen, wenn die Glocken anhüben zu läuten und ich den ambrosianischen Lobgesang intonirete. Solches versprachen sie auch alle zu thun, und nachdeme ich am Sonntag in der Kirchen sie noch einmahl hiezu vermahnt und vor Se. Majestät von ganzem Herzen zu dem Herrn gebetet, kunnten wir kaum den lieben Dienstag vor großen Freuden erharren.

Capitel 15.

———

Hierzwischen wurde nun auch mein carmen in
metro elegiaco*) fertig, so mein Töchterlein
abschriebe, (inmassen ihre Handschrift trefflicher ist,
denn die meine) und wacker memorirete, umb solches
Sr. Majestät aufzusagen. Item wurden die Kleider
fertig, so ihr fast lieblich stunden, und ginge sie den
Montag zuvor in den Streckelberg, unangesehen es
eine so große Hitze war, daß die Krähe auf den
Zaum jappte**). Denn sie wollte sich Blumen
suchen zu einem Kranz, welchen sie aufzusetzen
gedachte, und so auch blau und gelb sein söllten.
Kam auch gegen Abend wieder mit einem Schurzfleck

———

*) im elegischen Versmaß.
**) plattdeutsch: nach Luft schnappen.

voll Blumen aller Art, doch waren ihre Haare ganz
naß, und hingen ihr klabbrig*) um die Schultern.
(Ach Gott, ach Gott, so mußte mir armen Mann
Alles zu meinem Verderben gereichen!)   Fragete
also, wo sie gewest, daß ihre Haare so klabbrig
aussähen, worauf sie zur Antwort gab, daß sie von
dem Kölpin**) umb den sie sich Blumen gepflücket
zum Strande gangen und sich dorten in der Sehe
gebadet, dieweil es eine große Hitze gewest und sie
Niemand nit gesehen.   Könnte doch Sr. Majestät
nun morgen, wie sie kurzweilig fortfuhre, duppelt
als eine reine Jungfer unter die Augen treten.
Mir gefiel solches gleich nicht, und sahe ich ehrbar
aus, doch sagete ich Nichtes.

Am andern Morgen ware das Volk schon umb
6 Uhren umb den Hühnenstein, Männer, Weiber,
Kinder, Summa: was nur gehen kunnte, das hatte
sich eingefunden.   Auch war mein Töchterlein schon
umb 8 Uhren ganz in ihrem Schmuck, nämblich ein
blau seidin Kleid, gelbem Schurzfleck, gelbem Tüchlein
und einer gelben Haarhauben, so genetzet ware,
und worauf sie das Kränzlein von blau und gelben
Blümeken setzte.   Währete nit lange, so war mein
Junker auch wieder da, gleichfalls sauber und

---

*) plattdeutsch: zottig, mit dem Nebenbegriff des Feuchten.
**) Ein kleiner Landsee in der Nachbarschaft des Meeres.

ausstaffiret, wie eim Edelmann zustehet. Hätte doch Kundschaft einziehen wöllen, wanneneher ich mit meinem Töchterlein nach dem Stein ginge, angesehen sein Herr Vater, Hans von Nienkerken item Wittich Appelmann wie die Lepels von Gnitze auch noch kämen, auch viel Volks überall auf der Landstraßen lief, als wenn es heute allhie Jahrmarkt hätte. Aber ich sahe sogleich, daß es ihme nur umb die Jungfer zu thun war, anerwogen er gleich wieder sein Wesen mit ihr hatte, und allsofort auch das lateinische Geschwätze anhub. Sie mußte ihm ihr Carmen an Se. Majestät aufsagen, worauf er den König fürstellend, ihr antwortete: dulcissima et venustissima puella, quae mihi in coloribus coeli, ut angelus domini appares, utinam semper mecum esses, nunquam mihi male cede-ret*), worauf sie roth wurd, und mir es nicht viel anders erging, doch aus Aerger, wie man leichtlich gießen mag. Bate dahero, Se. Gestrengen wölle nur zum Stein sich aufmachen, angesehen mein Töchterlein mir noch meinen Chorrock umbhelfen müßte, worauf er aber zur Antwort gab: daß er so lange in der Stuben warten wölle und könnten

---

*) Du süßeste und anmuthigste Dirne, die du mir wie ein Engel des Herrn in den Farben des Himmels erscheinst, wärst du doch immer um mich, dann würde es mir niemals unglücklich ergehen!

wir ja zusammen gehen. Summa: ich gesegnete
mich abermals für diesem Junker, aber was half
es? da er nit weichen wollte, mußte ich schon ein
Auge zuthun und wir gingen bald hernacher zu=
sammen nach dem Stein, wo ich mir allerersten
3 tüchtige Kerls aus dem Haufen griff, daß sie
auf den Thurn gehen söllten, und anheben mit den
Glocken zu läuten, wenn sie sähen, daß ich auf den
Stein stiege und mein Schweißtüchlein schwenkete.
Solliches versprachen sie auch zu thun, und gingen
gleich abe, worauf ich mich mit mein Töchterlein
auf den Stein setzte, und sicherlich gläubete, der Junker
würd ein Ansehn gebrauchen, aber er thät es nicht,
sondern satzte sich mit auf den Stein. Und saßen
wir drei ganz allein daselbsten, und alles Volk sahe
uns an, doch kam Niemand nit näher, umb meines
Töchterleins Putz zu betrachten, auch die jungen
Dirnens nicht, wie sie doch sonsten pflegeten, was
mir nur nachhero beigefallen ist, als ich erfuhre,
wie es schon darzumalen umb uns stand. Gegen
9 Uhr kam auch Hans von Nienkerken und Wittich
Appelmann angegaloppiret und rief der alte Nien=
kerken sogleich seinen Sohn mit fast heftigem Ton
ab, und da er nit gleich hörete, sprengete er zu uns
an den Stein und schrie, daß alle Welt es hörete:
„Kanstu Bub nit hören, wenn dein Vatter dir rufet!“
worauf er ihm verdrüßlich folgete, und sahen wir

aus der Fernen, daß er seinen Sohn bedreuete, und vor ihm ausspiee. Wußten noch nit, was solches bedeutete; sollten es aber leider Gotts bald erfahren. Bald darauf kamen auch von der Damerow her die beiden Lepele von Gnitze*) und salutirten sich die Edelleut auf einem grünen Brink dicht bei uns, doch ohne uns anzusehen. Und hörte ich, daß die Lepele sagten, so dieser Straßen gezogen waren, daß von Sr. Majestät noch nichtes zu sehen wär, aber die Scheerenflotte umb den Ruden würde schon unruhig und käme bei vielen hundert Schiffen angesegelt. Da solches nun Mehrere gehöret, lief alles Volk sogleich zur Sehe (so nur ein klein Endiken von dem Stein ist) und die Edelleute ritten selbsten hinan, ausgenommen Wittich, so von dem Pferde gestiegen war, und da er sahe, daß ich den alten Paaßch seinen Jungen in eine hohe Eiche schickete, umb nach dem König überzuschauen, sich allsofort wieder an mein Töchterlein gemacht hatte, die nunmehro ganz allein auf dem Stein saß. „Warumb sie seinen Jägersmann nicht genommen und ob sie sich nit besinnen wölle, und ihn noch nehmen, oder sonsten bei ihme (dem Amtshaubtmann) selbsten in Dienst treten, denn thäte sie dieses nicht, so achte er, daß es ihr leid werden müge.“ Worauf

---

*) Eine Halbinsel auf Usedom.

sie ihm, wie sie sagete, zur Antwort gegeben: „daß ihr nur eines leid thät, nämblich daß Se. Gestrengen sich so viel vergebliche Mühe umb sie gäbe".

Somit wär sie eiligst aufgestanden, und zu mir an den Baum getreten, wo ich dem Jungen nach= sahe, wie er droben kletterte. Unsere alte Ilse aber sagete, daß er einen großen Fluch gethan, als ihm mein Töchterlein den Rücken gewendet, und allsobald in das Ellerholz getreten wäre, so dicht an der Landstraßen hinläuft, und wo die alte Hexe, Lise Kolken auch gestanden.

Hierzwischen ging ich aber mit meinem Töchterlein auch zur Sehe, und war es wahr, daß die ganze Flotte von dem Ruden und der Die herüber kam, und gen Wollin zu steuerte, auch gingen manche Schiffe so nah an uns fürüber, daß man kunnte die Soldaten darauf stehen, und die Waffen blitzen sehen. Item höreten wir die Pferde wiehern, und das Kriegsvolk lachen. Auf eim ging auch die Trummel und auf einem andern blöketen Schaafe und Rinder. In währendem Schauen aber wurden wir flugs einen Rauch von einem Schiff gewahr, und es folgete ein großer Knall, also daß wir bald auch die Kugel sahen auf dem Wasserspiegel rennen, so daß es ringsumbher schäumete und sprützete, und gerade auf uns zukam. Lief also das Volk mit großem Geschrei auseinander, und höreten wir

deutlich darüber das Kriegsvolk auf den Schiffen
lachen. Aber die Kugel hob sich alsbald in die
Höhe, und schlug dicht bei Paasch seinem Jungen
in eine Eiche, so daß gegen 2 Fuder Sträuch mit
großem Rumor von dem Schlag zur Erden stürzeten
und den Weg überschütteten, wo Se. Majestät
kommen mußte. Dannenhero wollte der Junge nit
mehr oben im Baum bleiben, wie sehr ich ihn dazu
vermahnete, schrie aber in währendem Niederklettern
daß ein groß Haufen Kriegsvolk nunmehro bei Damerow
aus der Heiden käm, und solches wohl der König
sein möchte. Darum befahl der Amtshaubtmann
geschwind den Weg aufzuräumen, und da solliches
eine Zeitlang währete, inmassen sich die dicken Aest
und Gezweige rechtes und linkes in den Bäumen
umbher geklemmet hatten, wollten die Edelleut, als
Allens fertig war, Sr. Majestät entgegenreuten,
blieben aber auf dem kleinen Brink halten, dieweil
man dicht vor uns in der Heiden es schon fahren,
klappen und sprechen hörte.

Währete auch nit lange, als die Kanonen her=
fürbrachen, und saßen die drei Wegweiser oben
darauf. Da ich nun den einen kannte, so Stoffer
Krauthahn von Peenemünde war, ginge ich näher,
und bat ihne, mir zu sagen, wann der König käm.
Aber er antwortete: daß er weiter ginge mit den
Kanonen, bis Coserow, und möcht ich nur Acht

haben auf den langen schwarzen Mann, so einen
Hut mit einer Feder trüg, und eine güldene Kettin
umb seinen Hals, solliches wäre der König und
ritte er alsbald hinter der Haubtfahnen, worauf ein
gelber Löwe stünd. Observirete also genau den Zug,
wie er aus der Heiden herfürbrach. Und kamen
nach der Artollerie, zuvorauf die finnischen und
lappischen Bogenmänner, so mitten im Sommer,
was mich verwunderte, noch in Pelzen einhertrotti=
reten. Darauf kam viel Volks, so ich nit erfahren,
was es gewesen. Alsbald sah ich über dem Hasel=
busch so mir im Wege stund, daß ich nit Allens
gleich observiren kunnte, wenn es aus dem Busch
kam, die große Haubtfahn mit dem Löwen und
hintennach auch den Kopf von einem ganz schwarzen
Mann mit güldiner Kettin umb seinen Hals, so daß
ich gleich judicirete, dies müßte der König sein.
Schwenkete dahero mein Schweißtüchlein gen den
Thurm zu, worauf auch allsofort die Glocken an=
schlugen, und in Währendem uns der schwarze Mann
näher ritte, zog ich mein Käpplein ab, fiel auf meine
Kniee, und intonirete den ambrosianischen Lobgesang,
und alles Volk folgete mir nach, riß sich auch die
Hüte vom Haubt, und sank auf allen Seiten singend
zur Erden: Männer, Weiber, Kinder, ausgenommen
die Edelleut, so ruhig auf dem Brink halten blieben,
und erst, als sie sahen, daß Se. Majestät dero Roß

anhielt (war ein pechschwarzer Rapp und blieb gerade mit den Vorderfüßen auf mein Ackerstück stehen, was ich für ein gut Zeichen nahm) zogen sie auch die Hüt und gebehrdeten sich aufmerksam. Nachdeme wir geendet, stiege der Amtshaubtmann rasch vom Roß, und wollte mit seinen drei Weg= weisern, so hinter ihm gingen, zum König, item hatte ich mein Töchterlein bei der Hand gefaßt und wollte auch zum König. Winkete also Se. Majestät den Amtshaubtmann abe und uns hinzu, worauf ich Se. Majestät auf lateinisch beglückwünschte, und Ihr hochmüthiges Herze rühmete, daß sie der armen bedrängten Christenheit zu Schutz und Hilfe, hätte den deutschen Boden heimbsuchen wöllen, es auch vor ein göttlich Anzeichen priese, daß solches gerade an diesem verschienen Jubelfest unserer armen Kirchen beschehen sei, und möchte Se. Majestät es gnädiglich aufnehmen, wenn mein Töchterlein ihme was zu bescheeren gedächt, worauf Se. Majestät sie lieblich lächelnde ansahe. Sollich freundlich Wesen machte sie wieder zuversichtlich, da sie vorhero schon merklich gezittert, und antwortete sie, ihm ein blau und gelbes Kränzlein überreichend, auf welchem das carmen lag: accipe hanc vilem coronam et haec*) worauf sie anfinge das carmen herzubeten. Hier=

---

*) Nimm diesen schlechten Kranz und dieses

zwischen wurde Se. Majestät immer lieblicher, sahe
bald sie an, und bald in das carmen und nickete
besondern freundlich mit dem Haubt als der Schluß
kamb, und lautete selbiger also, wie ich annoch her=
setzen will:

> tempus erit, quo tu reversus hostibus ultor
> intrabis patriae libera regna meae;
> tunc meliora fluent nostrae tibi carmina musae
> tunc tua, maxime rex, Martia facta canam.
> tu, modo versiculis ne spernas vilibus ausum
> auguror et res est ista futura brevi!
> sis foelix, fortisque diu, vive optime princeps,
> omnia, et ut possis vincere, dura.   Vale!*)

Als sie nun schwiege, sprach Se. Majestät:
propius accedas patria virgo, ut te osculer**),
worauf sie, sich verfärbende, ihm an das Roß trat.
Und gläubete ich, er würde sie nur auf die Stirne
küssen, wie sonsten die Potentaten zu thun pflegen,

---

*) d. i.

Einst wird kommen die Zeit, wo du, siegfreudiger Rächer,
Wirst heimkehren zur Flur meines befreieten Volks;
Dann ein besseres Lied bringt dir die Muse des Sängers,
Denn sie preiset o Herr deine heroische That!
Drum verachte ihr heut nicht dies verwegene Stammeln:
Sie weissaget ja nur dein nahwaltendes Glück.
Geh, leb wohl, sei tapfer und stark, o bester der Fürsten,
Daß du alles besiegst, selber das harte Geschick!

**) Komm näher, vaterländische Jungfrau, damit ich dich küsse.

aber nein! er küßete sie also gerade auf den Mund, daß es schmatzete und seine langen Hutfedern ihr umb den Nacken hingen, so daß mir abermal ganz bange vor sie wurd. Doch richtete er sich bald wieder in die Höhe, nahm die güldene Kette sich ab, an welcher unten sein Conterfett bummelte, und hing sie meinem Töchterlein mit diesen Worten umb ihren Hals: hocce tuae pulchritudini! et si favente deo redux fuero ·victor, promissum carmen et praeterea duo oscula exspecto*).

Hierauf kam der Amtshaubtmann abermals mit seinen drei Kerls an, und verneigete sich vor Sr. Majestät zur Erden. Da er aber, wie ich wußte, kein Lateinisch nit kunnte, item auch kein Italiänisch oder Französisch verstande, wollte ich allsobald den Dolmetscher spielen. Aber es fragete J. M. bald zu gemeiner Verwunderung ihne auf teutsch: wie weit es bis zur Swine wär, und ob es dorten noch viel fremd Kriegsvolk hätte? Und meinete der Amtshaubtmann daß annoch an die 200 Krabaten im Läger lägen, worauf Se. Majestät dem Roß die Spornen gab und freundlich nickende ausrief: valete**). Nun kam aber erst das andere Kriegsvolk,

---

*) Dies deiner Schönheit und, wenn ich mit Gottes Hülfe siegreich zurückkehre, erwarte ich das versprochene Gedicht und außerdem zwei Küsse.

**) Lebt wohl!

bei 3000 Mann gewaltig, aus dem Buſch, ſo gleich=
falls ein wacker Anſehn hatte, auch keine Narrenthei=
dinge fürnahm, wie es ſonſten wohl pfleget, als
es bei unſerm Häuflein und den Weibern vorbeizog,
ſondern ſein ehrbar einhertrat, und begleiteten wir
den Zug noch bis hinter Coſerow an die Heiden,
wo wir ihn dem Schutz des Allmächtigen empfohlen,
und ein Jeglicher wieder ſeiner Straßen heimbzog.

Capitel 16.

Wie die kleine Maria Paasschin vom Teufel übel geplaget
wird, und mir die ganze Gemein abfällt.

———

Ehe ich weiters gehe, will ich zuvorab vermelden
daß der durchläuchtigste König Gustavus
Adolphus, wie wir alsbald die Zeitung bekamen,
auf der Swine an die 300 Krabaten niedergehauen,
und darauf zu Schiff nacher Stettin gefahren ist.
Gott wölle ihm ferner gnädig sein. Amen.

Nunmehro aber nahm meine Noth von Tage
zu Tage zu, angesehen der Teufel bald so lustig
wurde, wie er nie nicht gewesen. Gläubete schon,
daß Gottes Ohren auf unser brünstig Gebet gemerket
hätten, aber es gefiele ihm, uns noch härter heimb=
zusuchen. Denn etzliche Tage nach der Ankunft des
durchläuchtigsten Königs G. A. kam das Geschreie,
daß meiner Tochter ihre kleine Päte von dem leidigen
Satan besessen sei und gar erbärmlich auf ihrem

Lager haushalte, so daß sie Niemand nit halten
könne. Machte sich mein Töchterlein allsogleich auf
nach ihrer kleinen Päte, kam aber allsobald weinend
zurücke: daß der alte Paasch sie gar nit zu ihr
gelassen, sondern sie fast hart angeschnauzet und
gesaget, sie sölle ihm nie wieder in sein Haus
kommen, inmassen sein Kind es von dem Stuten*)
gekriegt, so sie ihm am Morgen verehret. Und es
ist wahr, daß mein Töchterlein ihr einen Stuten
geschenket, indeme die Magd den Tag vorher nacher
Wolgast gewesen war, und ein Tüchlein voll Stutens
mitgebracht. —

Solche Botschaft verdroß mich fast heftig und
nachdeme ich meinen Priesterrock angezogen, machte
ich mich auf den Wegk zum alten Paasschen, umb
den leidigen Satan zu beschweren, und solchen
Schimpf von meinem Kinde abzuwenden. Fand
also den alten Mann auf der Dielen**), wie er an
der Bodenleiter stund und weinete, und nachdem ich
den Frieden Gottes gesprochen, fragete ihn allererst,
ob er in Wahrheit gläube, daß seine kleine Marie
es von dem Stuten gekriegt, so ihr mein Töchterlein
verehret? Er sagete: ja! und als ich darauf zur
Antwort gab: daß denn ich selbsten es auch hätte

---

*) plattdeutsch, für Semmel.
**) plattdeutsch, für Flur.

kriegen müssen item Pagels sein klein Mädchen,
angesehen wir auch von dem Stuten gessen, schwieg
er stille, und sprach mit einem Seufzer: ob ich nit
wölle in die Stube gehen und sehen, wie es stünd.
Als ich dannenhero mit „dem Frieden Gottes"
hereintrat, stunden an die sechs Menschen umb der
kleinen Marie ihr Bette, und hatte sie die Augen
zu und war so steif wie ein Brett, weshalben Stoffer
Wels (als er denn ein junger und wähliger Kerl
ist) das Kindlein bei eim Bein ergriff und es von
sich reckete, wie einen Zaunpfahl, damit ich sähe,
wie der Teufel es plagete. Als ich nun ein Gebet
anhube und Satanas merkete, daß ein Diener Christi
angekommen, fing er an so schröcklich in dem Kindlein
zu rumoren, daß es ein Jammer anzusehen war.
Denn sie schlug also mit Händen und Füssen umb
sich, daß sie kaum vier Kerls halten kunnten, item
ging ihr das Bäucheken so uf und nieder, als wenn
ein lebendiges Geschöpfe darinnen säß, so daß letzlich
die alte Hexe Lise Kolken sich oben auf das Bäucheken
setzete. Als es nun ein wenig besser wurd, und
ich das Kindlein aufforderte, den Glauben zu beten,
umb zu sehen ob es wirklich der Teufel sei so sie
besessen*) wurd es noch ärger, denn zuvor, angesehen

---

*) Man nahm nämlich in jener schrecklichen Zeit an,
daß wenn der Kranke die drei Artikel, und außerdem einige
auf das Erlösungswerk bezügliche Bibelsprüche nachsprechen

sie anhub mit den Zähnen zu knirschen, die Augen
zu verkehren, und also gräulichen mit den Händen
und Füssen zu schlagen, daß sie ihren Vater so
auch ein Bein hielt, fast mitten in die Stuben wurf,
und darauf sich den Fuß gegen das Bettholz zer=
quetschete, daß das Blut ihr herfürsprang, auch die
alte Lise Kolken mit ihrem Bäucheken auf und
niederflog, als ein Mensch, so in einem Schockreep*)
sitzet. Und als ich hierauf nit müde wurd, sondern
den Satan beschwore, aus ihr zu fahren, finge sie
allererst an zu heulen, und darauf wie ein Hund
zu bellen, item zu lachen und sprach endlich mit
grober Baßstimmen, als sie ein alter Kerl führet:
„ik wieke nich“**). Aber er hätte schon weichen sollen,
wenn nicht Vater und Mutter mich bei Gottes Sacra=
ment beschworen, ihr arm Kind in Frieden zu lassen,
dieweil es ja nichts hülfe, sondern immer ärger mit
ihr würd. Stunde also nothgedrungen von meinem
Fürhaben ab, und vermahnete nur die Aeltern, daß
sie, wie das cananäische Weib, sollten Hülfe suchen
in wahrer Bußfertigkeit und unabläſſigem Gebet,
auch mit ihr im beständigen Glauben seufzen: ach
Herr, du Sohn Davids, erbarme dich mein, meine

---

konnte, er nicht besessen sei, weil Niemand Jesum einen
Herrn heißen könne ohne durch den heiligen Geist! 1. Cor. 12, 3.

    *) plattdeutsch, für Schaukel.

    **) ich weiche nicht.

Tochter wird vom Teufel übel geplaget, Matth. am 15ten. Dem Heiland würde dann alsbald das Herze brechen, daß er sich ihres Töchterleins erbarmete und dem Satan zu weichen beföhle. Item versprach ich am Sonntag mit der ganzen Gemein für ihr armes Töchterlein zu beten, und möchten sie selbige, wo irgend möglich selbsten zur Kirchen tragen, anerwogen ein brünstig Kirchengebet durch die Wolken drünge. Solliches versprachen sie auch zu thun, und ging ich nunmehro betrübt zu Hause, wo ich aber bald erfuhr, daß es etwas besser mit ihr worden wär, und war also wieder wahr, daß der Satan, außer dem Herrn Jesu, nichts mehr hasset, denn die Diener des Evangeliums. Aber harre, er bringet dich doch unter die Füße (Genes. am dritten) es wird dir Nichtes helfen!

Bevorab aber noch der liebe Sonntag kam, merkete ich, daß mir männiglich aus dem Wege ging, sowohl im Dorfe als im Kapsel, wo ich etzliche Kranken heimbsuchete. Insonderheit als ich in Ueckeritze zu dem jungen Tittelwitz wollte, arrivirete es mir, wie folget: Clas Pieper, der Bauer, stund in seinem Hofe und klöbete Holz, wurf aber allsobald, als er mein ansichtig wurde, die Axt aus der Faust, daß sie in die Erde fuhr, und wollte in seinen Schweinestall laufen, indem er ein Kreuze schlug. Winkete ihm also, daß er bleiben sölle und warumb

er für mir, als seinem Beichtvater liefe? Ob er
vielleicht auch gläube, daß mein Töchterlein ihre
kleine Päte behext? Ille*): ja so gläube er, dieweil
es der ganze Kapsel gläube. Ego: warumb sie ihr
denn vorhero so viel Guts gethan und in der schröck-
lichsten Hungersnoth sie wie ein Schwesterlein gehalten? Ille: sie hätte wohl schon mehr verwirket
denn dieses. Ego: was sie denn verwirket hätte?
Ille: das bliebe sich gleich. Ego: er sölle es mir
sagen, oder ich müßte es dem Richter klagen.
Ille: das sölle ich nur thun, worauf er trotziglich
seiner Straßen ging. — Und kann man nunmehro
leichtlich gießen, daß ich Nichtes versäumete, überall
Kundschaft einzuziehen, was man meinete daß mein
Töchterlein verwirket; aber es wollte mir Niemand
Nichtes sagen, und hätte ich mich zu Tode grämen
mügen über solchen bösen Leumund. Auch kam
in dieser ganzen Wochen kein Kind zu meinem Töchterlein in die Schule, und als ich Ursachs halber die
Magd ausschickete, brachte sie Botschaft, daß die
Kinderken krank wären, oder auch die Aeltern sie
zu ihrem Handwerk gebrauchten. Judicirete also
und judicirete, doch half es mir Allens nicht, bis
der liebe Sonntag in das Land kam, wo ich gläubete,
ein groß Nachtmahl zu haben, angesehen sich schon

---

*) jener.

viele zu Gottes Tisch im vorab gemeldet. Doch kam
es mir gleich seltsam für, daß ich Niemand, wie sie
doch sonsten zu thun pflegeten, auf dem Kirchhof
stehen sahe: meinete aber, sie wären in die Häuser
getreten. Aber als ich endlich mit meim Töchterlein in
die Kirche kam, waren nur bei sechs Menschen ver=
sammlet, unter welchen die alte Lise Kolken und
sahe die vermaledeyete Hexe nit allsobald mein Töch=
terlein mir folgen, als sie ein Creuze schlug und
wieder zur Thurmthüren hinaus rannte, worauf die
übrigen fünf, benebst meinem einigen Fürsteher Claus
Bulken (denn für den alten Seden hatte ich annoch
keinen wieder angenommen) ihr folgeten. Ich ent=
satzte mich, daß mir das Blut geranne, und ich
also zu zittern begunnte, daß ich mit der Achsel an
den Beichtstuhl fiel. Fragete mein Töchterlein also,
welcher ich noch Nichtes gesaget hatte, umb sie zu
verschonen: „Vater was fehlet den Leuten, sind sie
vielleicht auch besessen?" worauf ich wieder bei mir
kam und auf den Kirchhof ging, umb nachzusehen.
Aber sie waren alle wegk, bis auf meinen Fürsteher
Claus Bulken, welcher an der Linden stand, und
für sich ein Liedlein pfiff. Trat also hinzu und
fragete, was den Leuten angekommen, worauf er zur
Antwort gabe: das wisse er nicht. Und als ich
abermals fragete, warumb er selbsten denn auch
gelaufen wär, sagte er: was er hätte allein in der

Kirchen thun sollen, dieweil der Bedelt*) doch nit hätte gehen können. Beschwure ihn also mir die Wahrheit zu sagen: welch gräulicher Verdacht gegen mich in die Gemein gekommen? aber er antwortete: ich würd es bald schon selbsten erfahren, und sprang über die Mauer, und ging in der alten Lise ihr Haus, so dicht am Kirchhofe steht.

Mein Töchterlein hatte eine Kälbersuppen zum Mittag, vor die ich sonst Allens stehen lasse, aber ich kunnte keinen Löffel voll in den Hals bringen, sondern saß und hatte mein Haupt gestützet und sanne, ob ich es ihr sagen wöllte oder nicht. Hier=zwischen kam die alte Magd herein, ganz reisig und mit einem Tuch voll Zeug in der Hand und bat weinende, daß ich ihr den Abschied geben wölle. Mein arm Kind wurde blaß, wie ein Leich und fragete verwundert, was ihr angekommen? Aber sie antwortete blos: „nicks!"**) und wischete sich mit der Schürzen die Augen. Als ich die Sprache wieder gewunnen, so mir schier vergangen war, dieweil ich sahe, daß dies alte, treue Mensch mir auch abtrünnig worden, hub ich an, sie zu exami=niren: warumb sie fort wölle, da sie doch so lange bei mir verharret, auch in der großen Hungersnoth uns nicht verlassen wöllen, besondern getreulich

____

*) Klingbeutel. **) Nichts.

ausgehalten, ja mich selbsten mit ihrem Glauben gedemüthiget und ritterlich auszuhalten vermahnet, was ich ihr nie vergessen würd, so lange ich lebte. Hierauf finge sie an nur noch heftiger zu weinen und zu schluchzen und brachte endlich herfür: daß sie annoch eine alte Mutter bei 80 Jahren in der Liepen wohnende hätte, und wölle sie hin, selbige bis an ihr Ende zu pflegen. Worauf mein Töch=terlein auffsprunge und weinend zur Antwort gab: „ach, alte Ilse, darumb willtu nicht wegk, denn dein Mütterlein ist ja bei deinem Bruder; sage mir doch, warumb du mich verlassen wilt, und was ich gegen dich verwirket, damit ich es wieder gut machen kann?" Aber sie verbarg ihr Gesicht in der Schürzen und schluchzete nur, ohne ein Wörtlein herfürzubringen, wannenhero mein Töchterlein ihr die Schürzen wegk=ziehen, und ihr die Wangen streicheln wollte, umb sie zum Reden zu bringen. Aber als sie solliches merkete, schlug sie mein arm Kind auf die Finger und rief: pfui! spiee auch vor ihr aus und ging allsobald aus der Thüren. Solliches hatte sie nie nit gethan, da mein Töchterlein noch ein klein Mädken war, und entsatzten wir beide uns also, daß wir kein Wörtlein sprechen kunnten.

Währete aber nit lange, so erhob mein arm Kind ein groß Geschrei, und worf sich über die Bank und lamentirte immerdar rufend: „was ist geschehn, was ist geschehn?" Gläubete also daß ich ihr sagen müßte, was ich in Kundschaft gezogen, nämlich, daß man sie vor eine Hexe ansäh, worauf sie anfinge zu lächeln, anstatt noch mehr zu weinen, und aus der Thüren lief, umb die Magd einzuhohlen, so bereits aus dem Hause gangen war, wie wir gesehen hatten. Kehrete aber nach einer Glocken= stunden mit großem Geschrei zurücke: daß alle Leute im Dorfe vor ihr gelaufen, als sie sich hätte von der Magd Kundschaft einziehen wöllen, wo sie geblieben. Item hätten die kleinen Kinder geschrieen, so sie in der Schulen gehabt, und sich vor ihr ver= krochen, auch hätte ihr Niemand nit ein Wörtlein geantwortet, sondern wie die Magd, vor ihr aus= gespieen. Wäre jedoch auf dem Heimbwege gewahr worden, daß schon ein Boot auf dem Wasser sei, darauf eilends an das Ufer gelaufen, und der alten Ilsen aus vollen Kräften nachgeschrieen, so allbereits in dem Boot gesessen. Aber sie hätte sich an Nichtes gekehrt, sich auch gar nit einmal nach ihr umbgesehen, sondern sie mit der Hand fortgewinket. — Und nunmehro fuhr sie fort zu weinen und zu schluchzen den ganzen Tag und die ganze Nacht hindurch, daß ich elender war, denn zuvor in der großen Hungers= noth. Doch sollt es noch ärger kommen, wie man im folgenden Capitel sehen wird.

———————

Capitel 17.

Tags darauf, Montag den 12ten July, morgens
umb 8 Uhren, als wir in unserer Kümmerniß
saßen und judicireten, wer uns wohl sollich Herzeleid
bereitet, auch bald übereinkamen, daß Niemand anders
nit, denn die vermaledeyete Hexe Lise Kolken es
geweft, kame ein Wagen mit vier Pferden vor mein
Haus gejaget, worauf sechs Kerls saßen, so allsogleich
heruntersprungen. Und gingen zwo an der Vorder=,
andere zwo an der Achterthüren stehen, und aber
zwo, worunter der Büttel Jacob Knake, kamen in
die Stuben und gaben mir ein offen Schreiben von
dem Amtshaubtmann, daß mein Töchterlein, so als
eine gottlose Hexe im gemeinen Geschrei stünde, von
peinlichen Rechts wegen sölle eingehohlet und
inquiriret werden. Nun kann männiglich vor sich

selbsten abnehmen, wie mir umb das Herze wurd, da ich solches lase. Stürzete zu Boden, wie ein umbgehauener Baum, und kam erst wieder bei mir, als mein Töchterlein sich mit großem Geschrei auf mich wurf und ihre Thränen mir warm über das Angesicht liefen. Als sie aber sahe, daß ich wieder bei mir kam, finge sie an mit lauter Stimmen Gott davor zu preisen, suchte mich auch zu trösten, daß sie ja unschuldig wär und ein gut Gewissen vor ihren Richter trüge, item recitirete sie mir das schöne Sprüchlein Matth. am 5ten: Selig seid ihr, wenn euch die Menschen um meinetwillen schmähen und verfolgen, und reden allerlei Uebels wider euch, so sie daran lügen.

Und möchte ich nur aufstehen und meinen Rock über das Wammes überziehen und mit ihr kommen, denn ohne mich ließe sie sich nicht vor den Amts= haubtmann führen. Hierzwischen nun aber war das ganze Dorf vor meiner Thüren zusammengestürzet, Weiber, Männer, Kinder; hielten sich aber geruhlich und sahen nur Alle nach den Fenstern, als wöllten sie uns durch das Haus schauen. Als wir uns beide fertig gemacht, und der Büttel, so mich anfänglich nicht mitnehmen gewollt, nunmehro aber ein Einsehen gebrauchte, vor ein gut Trinkgeld, so ihm mein Töchterlein verehrete, traten wir an den Wagen, aber ich ware so machtlos, daß ich nit hinaufkummen kunnte.

Kam also der alte Paaßch, so es sahe, und half mir auf den Wagen, wobei er sagte: „Gott tröst Em, wat möt he an Sien Kind erlewen"*) und mir die Hand zum Abschied küßete.

Auch kamen noch mehr an den Wagen, so ihm folgen wollten, aber ich bate: sie söllten mir das Herze nicht noch schwerer machen und nur ein christlich Aufsehen auf mein Haus und meine Wirthschaft haben, bis ich wiederkäm. Möchten auch fleißig vor mich und mein Töchterlein beten, daß der leidige Satan, so lange Zeit wie ein brüllender Löwe in unserm Dorf umbhergegangen, und nun mich selbsten zu verschlingen drohe, seinen Willen nicht vollenführete, sondern mich und mein Kind verlassen müßte, wie den unschuldigen Heiland in der Wüsten. Aber hiezu sagete Niemand nichts, besondern als wir wegk fuhren, hörete ich gar wohl, daß Viele hinter uns ausspieen und Einer sagte: (mein Töchterlein meinete, es wäre Berowsche ihre Stimme gewest) „wi willen di lewer Führ unter dem Rock böten, as vör di beden"**). Seufzeten noch über solche Reden, als wir gen den Kirchhof kamen, wo die vermaledeyete Hexe Lise Kolken in ihrer Haus=thüren saß, ihr Gesangbuch für Augen und laut das

---

*) Gott tröste Ihn, was muß Er an Seinem Kinde erleben.

**) Wir wollen dir lieber Feuer unter dem Rock anlegen, als für dich beten.

Lied: „Gott der Vater wohn' uns bei" quäcketé, als wir fürüberfuhren, welches mein arm Töchterlein also verdroß, daß sie unmächtig wurd, und mir wie todt auf den Leib fiel. Bat also den Gutscher zu halten, und schriee der alten Lisen zu, daß sie uns sölle einen Topf mit Wasser bringen; aber sie thät, als könne sie nit hören, und fuhr fort zu singen, daß es schallte. Dannenhero sprang der Büttel ab, und lief auf mein Begehr in mein Haus zurück, umb einen Topf mit Wasser zu hohlen, kam auch allsobald wieder mit dem Topf, und alles Volk hinter ihm, so nunmehro anhub, laut zu judiciren, daß es das böse Gewissen sei, so mein Kind ge= schlagen, und sie jetzunder sich schon selbsten ver= rathen. Dankete dahero Gott, als sie wieder ins Leben kam, und es aus dem Dorf ging. Aber in Ueckeritze war es nicht anders, inmaſſen dort auch alles Volk zusammengelaufen war, und vor Labahnen seinem Hof auf dem Brink stund, als wir ankamen.

Selbiges hielte sich aber ziemlich geruhsam, als wir fürüber fuhren, unangesehen Etzliche riefen: „wo ist 't möglich, wo ist 't möglich!" sonsten hörte ich nichtes. Aber in der Heiden, an der Wasser= mühlen, brach der Müller mit allen seinen Knappen herfür, und schriee lachend: „kiekt de Hex, kiekt de Hex!" worauf auch ein Knappe, mit dem Staub= beutel, so er in den Händen hatte, also nach meim arm Kind schlug, daß sie ganz weiß wurd, und das Mehl wie eine Wolke umb den Wagen zoge. Auf mein Schelten lachete der arge Schalk und vermeinete: wenn sie nie keinen andern Rauch, denn diesen, in der Nasen kriegte, künnte es ihr nicht schaden. Item wurd es in Pudgla noch fast ärger, denn in der Mühlen. Das Volk stand also dicke auf dem Berg, vor dem Schloß, daß wir kaum durch kunnten, und ließ der Amtshaubtmann, wie zu einem Aviso, annoch das arme Sünderglöcklein auf dem Schloßthurm läuten, worauf auch aus dem Kruge und den Häusern noch immer mehr Volks herbeirannte. Etzliche schrieen: „iß dat de Hex?“ Etzliche: „kiekt de Presterhex, de Presterhex!“ und sonsten mehr, was ich aus Schaam nicht hieher setzen mag; rafften auch den Koth aus der Rönne, so aus der Schloßküchen läuft, und bewurfen uns damit, item mit einem großen Stein, der aber auf ein Pferd fiel, also, daß es scheu wurde, und vielleicht den Wagen umbgeworfen hätte, wenn nicht ein Kerl hinzugesprungen und es gehalten. Solches geschahe allens vor der Schloßpforten, in welcher der Amtshaubtmann lächelnd stund, eine Reiherfeder auf seim grauen Hut, und uns zusahe. Als das Pferd aber zur Ruhe gebracht, kam er an den Wagen, und sprach spöttisch zu meinem Töchterlein: „sieh! Jungfer, du wolltest nit zu mir kommen, und nun kommst

du ja doch!" worauf sie zur Antwort gab: „ja ich
komme und möchtet Ihr einst zu Eurem Richter
kommen, als ich zu Euch!" worauf ich Amen sprach
und ihn fragete, wie Se. Gestrengen es für Gott
und Menschen verantworten wölle, was er an mir
armen Mann und meim Kind thäte? Aber er
antwortete: warumb ich mitgekommen? – und als
ich ihm von dem unartigen Volk hieselbst, item
von dem argen Mühlenknappen sagte, vermeinete
er: dieses wäre nicht seine Schuld, bedräuete auch
das Volk umbher mit der Faust, so einen großen
Rumor machte. Darauf besahl er meim Töchterlein
abzusteigen, und ihme zu folgen, trat voran in das
Schloß, winkete dem Büttel, so mitlaufen wollte,
unten an der Treppen zu verharren, und hob an
mit meim Kind allein den Windelstein in die obern
Gemächer aufzusteigen.

Aber sie bliese mir heimlich zu: „Vater verlaßt
mich nicht!" und folgete ich bald darauf ihnen sachte
nach, hörete auch an der Sprach, in welchem Zimmer
sie waren, und legete das Ohr daran umb zu horchen.
Und stellte der Bösewicht ihr für, daß, wenn sie
ihn liebhaben wölle, sollt es ihr Allens Nichtes
schaden, und hätt' er schon Macht in Händen, sie
für dem Volk zu erretten; wölle sie aber nit: so
käme morgen das Gericht, und möchte sie vor sich
selbsten abnehmen, wie es ihr erginge, dieweilen sie,

wie viel Zeugen gesehen, mit dem leidigen Satan selbsten Unzucht getrieben und sich von ihm küssen lassen. Hierauf schwieg sie stille, und schluchzete nur, was der Erzschalk vor ein gut Zeichen nahm und fortfuhr: hastu den Satan selbsten geliebt, kannstu mich auch schon lieben, und näher trat, umb sie zu umbhalsen, wie ich merkete. Denn sie stieß einen lauten Schrei aus, und wollte zur Thüren heraus; aber er hielt sie feste, und bate und dräuete, wie der Teufel es ihm eingab. Und wollte ich schon hineintreten, als ich hörete, daß sie ihm mit den Worten: „weiche von mir Satan!" also in das Gesichte schlug, daß er sie fahren ließ. Worauf sie unversehens aus der Thüren sprang, so daß sie mich zur Erden stieß, und mit einem lauten Schrei selbsten über mir hinfiel. Hievor erstarrete der Amtshaubt=mann, so ihr gefolget war, hub aber allsobald wieder an zu schreien: „wachte Pfaffe, ich werde dir horchen lehren!" und lief hinzu und winkete dem Büttel, so unten an der Treppen stund. Sel=bigen hieß er, mich die Nacht in ein Loch stecken, weilen ich ihn behorchet, worauf er wiederkommen sölle, umb mein Töchterlein in ein ander Loch zu stecken. Aber er besunne sich wieder, als wir den Windelstein halb hernieder gestiegen waren, und sprach, er wölle es mir noch einmal schenken, der Büttel sölle mich nur laufen lassen und mein

Töchterlein in ein fest Verwahrsam bringen, ihme nachhero auch die Schlüssel übergeben, angesehen sie eine verstockte Person seie, wie er aus dem ersten Verhör gemerket, so er mit ihr angestellet.

Hierauf wurde denn mein arm Kind von mir gerissen, und ward ich unmächtig auf der Treppen, weiß auch nit, wie ich herniederkommen, sondern, wie ich wieder bei mir kam war ich in des Büttels seiner Stuben, und sein Weib sprützete mir Wasser unter der Nasen. Alldorten blieb ich auch die Nacht auf eim Stuhl sitzen, und sorgete mehr, denn ich betete, angesehen mein Glaube fast schwach worden war, und der Herr kam nit, ihn mir zu stärken.

Capitel 18.

Vom ersten Verhör und was daraus erfolget.

———

Am andern Morgen, als ich auf dem Vorhof
auf= und niederginge, dieweil ich den Büttel
vielmahls umbsonst gebeten mich zu meinem Töchter=
lein zu geleiten (er wollte mir aber nit einmal
sagen, wo sie säß) und letzlich für Unruhe dorten
umbher lief, kam gegen sechs Uhren auch schon ein
Wagen von Uzdom*) auf welchem Se. Edlen, Herr
Samuel Pieper Consul dirigens**) item der
Camerarius Gebhard Wenzel und ein Scriba***)
saßen, so ich zwar erfahren wie er geheißen, es
aber wieder vergessen hab. Auch mein Töchterlein
hat es wieder vergessen, angesehen sie sonst ein fast

———

*) oder Usedom, ein Städtchen, von dem die ganze Insel
den Namen führt.

**) d. i. erster Bürgermeister.

***) Protocollführer.

trefflich Gedächtnüß hat, mir auch das Meiste von
dem, was nunmehro folget, vorgesagt, alldieweil
mein alter Kopf fast bersten wollte, so daß ich
selbsten wenig mehr davon behalten. Trat also
gleich an den Wagen und bate, daß Ein ehrsam
Gericht mir erlauben wölle, bei dem Verhör zugegen
zu sein, inmassen mein Töchterlein noch unmündig
wär, welches mir aber der Amtshaubtmann nicht
zugestehen wollte, so inzwischen auch an den Wagen
getreten war von dem Aerker, wo er übergeschauet.
Doch Seine Edlen, Herr Samuel Pieper, so ein
klein, kurz Männeken war mit einem feisten Bäuchlein
und eim Bart, grau mengeliret und ihme biß auf
den Gürtel herabhängende, reichte mir gleich die
Hand und condolirete mich als ein Christ in meiner
Trübsale: sölle nur in Gottes Namen in das Gerichtszimmer kommen und wünsche er von Herzen,
daß Allens erstunken und erlogen wär, so man
gegen mein Töchterlein fürgebracht. Aber ich mußte
noch wohl bei zween Glockenstunden ausharren, ehe
denn die Herren wieder den Windelstein herabkamen.
Endlich gegen neun Uhren hörete ich, daß der Büttel
die Stühl und Bänken im Gerichtszimmer rückete,
und da ich vermeinete, daß nunmehro die Zeit
gekommen, trat ich hinein und satzte mich auf eine
Bank. Es war aber noch Niemand nicht da, außer
dem Büttel und seim Töchterken, so den Tisch

abwischte und ein Röslein zwischen den Lippen hielt. Selbige ließ ich mir verehren, umb daran zu riechen, und meine ich auch, daß man mich heute todt aus der Stuben getragen, wenn ich sie nicht gehabt. So weiß der Herr uns selbst durch ein schlecht Blümlein das Leben aufzuhalten, wenn es ihm geliebt! —

Endlich kamen die Herren und satzten sich umb den Tisch, worauf Dn. Consul*) auch allererst dem Büttel winkete, mein Töchterlein zu hohlen. Hier= zwischen aber fragete er den Amtshaubtmann, ob er Ream**) habe schließen lassen, und als er nein! sagete, gab er ihm einen Verweis, so daß es mir durch das Mark zog. Aber der Amtshaubtmann entschuldigte sich, daß er, angesehen ihres Standes, solches nit gethan, sie aber in ein fest Gewahrsam habe bringen lassen, aus dem es unmüglich sei zu entkommen, worauf Dn. Consul zur Antwort gab, daß dem Teufel viels müglich sei, und sie nachhero würden die Verantwortung haben, wenn Rea fort= käme. Das verdroß den Amtshaubtmann und er vermeinete, wenn der Teufel sie könne durch das Gemäure führen, so bei sieben Fuß Dicke, und drei Thüren vor hätte, könne er ihr auch gar leichte die

---

*) d. i. dominus Consul oder: der Herr Bürgermeister.
**) die Verklagte.

Ketten abreißen, worauf Dn. Consul antwortete: daß er sich nachhero selbsten die Gefängnüß besehen wölle. — Und meine ich, daß der Amtshaubtmann bloß darum so gütig gewest, weil er noch immer in Hoffnung gestanden (wie man solches auch nachmals erfahren wird) mein Töchterlein zu seinem Willen zu beschwatzen.

Nunmehro aber ging die Thüre auf, und mein arm Kind trat herein mit dem Büttel, aber rücklings*) und ohne Schuhe, so sie draußen mußte stehen lassen. Es hatte sie der Kerl bei ihren langen Haaren gegriffen, und leitete sie also vor den Tisch, worauf sie sich erst umbkehren und die Richter ansehen mußte. Dabei hatte er ein groß Wort und war in alle Wege ein dreuster und muthwilliger Schalk, wie man bald weiters hören wird. Nachdeme nun Dn. Consul einen großen Seufzer gelassen und sie von Kopf bis zu den Füßen sich angesehen, fragete er erstlich, wie sie heiße, und wie alt sie wär, item ob sie wüßte, warumb sie hieher gefordert? Auf letzten Punkt gab sie zur Antwort: daß der Amtshaubtmann solches ja bereits ihrem Vater vermeldet, und wölle sie Niemand Unrecht thun,

---

*) Dies lächerliche Verfahren schlug man in der Regel bei dem ersten Verhör einer Hexe ein, weil man in dem Wahne stand, sie bezaubere sonst von vorne herein die Richter mit ihren Blicken. Hier wäre der Fall nun allerdings gedenkbar gewesen.

gläube aber, daß der Amtshaubtmann selbsten ihr
zu dem Geschrei einer Hexen verholfen, umb sie zu
seinem unkeuschen Willen zu bringen. Hierauf ver=
zählete sie, wie er es vom Anfang an mit ihr
getrieben, und sie durchaus zu einer Ausgeberschen
verlanget. Da sie aber solches nit hätte thun wöllen,
obgleich er selbsten unterschiedliche Malen zu ihrem
Vater ins Haus gekommen, hätte er einsmals als
er aus der Thüren gegangen für sich in den Bart
gemummelt: „ich will sie doch wohl kriegen!“ wie
solches ihr Ackersknecht Claus Nels im Pferdestall,
wo er gestanden, mit angehöret. Und solches habe
er allsobald zu vollenführen gesuchet indeme er viel
mit einem gottlosen Weibe, so Lise Kolken hieße,
und früher bei ihme im Dienst gestanden, conversiret.
Selbige möchte wohl die Zauberstückchen gespielet
haben, so man ihr andichte, sie wisse von keinem
Zauber. Item verzählete sie: wie der Amtshaubt=
mann es gestern Abend mit ihr gemacht, als sie
kaum angekommen, und wäre er nunmehro auch
zum erstenmale frisch mit der Sprachen herfürgerückt,
weil er gläube, sie in seiner Gewalt zu haben. Ja,
er wäre selbsten diese Nacht wieder ins Gefängnüß
zu ihr kommen und hätte ihr abermals die Unzucht
angetragen, und wölle er sie schon frei machen,
wenn sie seinen Willen thäte. Da sie ihne aber
abgestoßen, habe er mit ihr gerungen, wobei sie ein

laut Geschrei erhoben, und ihne an der Nase gekratzet,
wie annoch zu sehen wäre, worauf er sie verlassen.
Darumb könne sie den Amtshaubtmann nicht vor
ihren Richter anerkennen, und hoffe zu Gott, daß
er sie retten würd aus der Hand ihrer Feinde, wie
weiland er die keusche Susanna gerettet. —

Als sie hierauf mit lautem Schluchzen schwiege,
sprang Dn. Consul auf, nachdem er dem Amts=
haubtmann, wie wir alle, nach der Nasen gesehen,
und alldorten auch die Schramme befunden und
rief wie verstürzet: „Sprech Er, umb Gotteswillen,
sprech Er, was muß ich von Sr. Gestrengen hören?“
worauf der Amtshaubtmann, ohne sich zu verfärben,
also zur Antwort gab: daß er zwar nicht nöthig
habe vor Sr. Edlen zu sprechen, angesehen er das
Oberhaupt vom Gericht wäre, und aus zahllosen
indiciis herfürgehe, daß Rea eine boshafte Hexe
sei, und darumb kein Zeugnüß gegen ihn oder
männiglich ablegen könne; daß er aber dennoch
sprechen wölle umb dem Gericht keine Aergernüß
zu geben. Alle Anschuldigungen, so diese Person
gegen ihn herfürgebracht, wären erstunken und erlogen.
Doch hätte er sie in alleweg vor eine Ausgeberssche
miethen wöllen, inmassen er umb eine solche sehr
benöthigt gewest, da seine alte Dorte schon schwach
würde. Auch hätte er sie zwar gestern gleich ins=
geheimb fürgenommen, umb sie im Guten zum

Geständnüß, und dadurch zur Milderung ihrer Strafe
zu persuadiren, angesehen ihn ihre große Jugend
gejammert; hätte aber kein unartiges Wort zu ihr
gesaget, noch wäre er in der Nacht zu ihr kommen,
besondern die Schramme hätte ihm sein klein Schooß-
hündlein, Below geheißen, gekratzet, mit dem er
heute Morgen gespielet. Solliches könne seine Dorte
bezeugen, und hätte die schlaue Hexe dieses gleich
benutzet, umb das Gericht uneinig zu machen und
dadurch mit des Teufels Hülfe ihren Vortheil zu
gebrauchen, alldieweil sie fast eine verschmitzte Creatur
wäre, wie das Gericht auch bald weiters ersehen
würde.

Nummehro aber faßete ich mir auch ein Herze
und stellete für, daß Alles so wahr sei, wie es mein
Töchterlein ausgesaget, und ich gestern Abend selbsten
vor der Thüren mitangehöret, daß Se. Gestrengen
ihr einen Antrag gethan und Narrentheidinge mit
ihr zu treiben versucht, item daß er sie schon in
Coserow einmal hätte küssen wöllen, item, was
Se. Gestrengen mir sonsten für Herzeleid, von wegen
dem Mistkorn, zugefüget.

Aber der Amtshaubtmann überschriee mich allsobald und sprach: wenn ich ihne, als einen unschuldigen Mann in der Kirchen von der Kanzel ver-
läumbdet, wie die ganze Gemeinde sein Zeuge wär,
würd es mir ein Leichtes sein, solches auch hier

für Gericht zu thun, unangesehen ferner, daß kein
Vater für sein Kind ein Zeugnüß ablegen könne.

Aber Dn. Consul wurde ganz wie verstöret
und schwiege und stützete darauf sein Haupt in
tiefen Gedanken auf den Tisch. Hiezwischen fing
aber der dreuste Büttel an, ihm zwischen den einen
Arm durch an seinen Bart zu fingeriren und gläubete
Dn. Consul wohl, es wäre eine Fliege, und schlug
ohne empor zu schauen, mit der Hand darnach. Als
er aber auf den Büttel seine Hand traf, fuhr er in
die Höhe, und fragete ihn was er wölle? worauf
der Kerl zur Antwort gab: O Em kröp da man
ehne Luus de ick griepen wollde*).

Solche Dreustigkeit verdroß Se. Edlen also heftig,
daß er dem Büttel eine Maultasche stach und ihm
bei harter Strafe befohl, aus der Thüren zu reisen.

Hierauf wendete er sich an den Amtshaubtmann
und schrie für Zorn: was, alle zehn Teufel, wie
hält Se. Gestrengen den Büttel in Respeckt? Und
überhaupt ist das Allens ein seltsam Ding, woraus
ich nicht klug werden kann. — Aber es antwortete
der Amtshaubtmann: „nicht also? sollte Er nit klug
daraus werden, wenn er an die Aale gedenkt?" —

Hierauf wurde Dn. Consul mit eim Mal ganz
blaß, also, daß er zu zittern begunnte, wie es mir

---

*) O Ihm kroch da nur eine Laus, die ich greifen wollte.

fürkam, und er den Amtshaubtmann abseiten in ein ander Zimmer rief. Habe niemals erfahren können, was solches zu bedeuten gehabt, so er von den Aalen sagte. — —

Hierzwischen saß aber Dominus Camerarius Gebhard Wenzel und käuete eine Feder, und schauete dabei mit vielem Grimm bald auf mich, bald auf mein Töchterlein, doch ohne ein Wörtlein zu sagen, auch antwortete er dem Scriba nicht, der ihm oft etwas ins Ohr bliese, denn daß er brummete. Endlich kamen die zwo Herren wieder zur Thüren herein, und begunnte Dn. Consul, nachdem er sich mit dem Amtshaubtmann wieder gesetzet, mein arm Kind fast heftig anzufahren, daß sie Ein löblich Gericht zu turbiren versuchet, inmassen Se. Gestrengen ihme das Hündlein selbsten gezeiget, so ihm die Schramme gekratzet, und dieses auch von seiner alten Ausgeberschen bezeuget würde. (Ja, die wollte ihn auch wohl nicht verrathen, denn die alte Vettel hat es Jahre lang mit ihm gehalten, und auch einen gadlichen*) Jungen von ihm, wie man noch weiters erfahren wird!)

Item sagete er, daß so viel indicia ihrer Uebel=that fürhanden, daß es unmöglich sei, ihr Glauben zu stellen; sie sölle dannenhero Gott die Ehre geben

---

*) plattdeutsch, für halberwachsen.

und in allen Stücken aufrichtig bekennen, umb ihre Strafe zu mildern. Möchte alsdann noch, ihrer Jugend halben, mit dem Leben davon kommen etc.

Hierauf setzte er sich die Brille auf die Nasen und hube an sie bei vier Stunden zu verhören aus eim Papier, so er in Händen hielte. Und waren solches etwan die Haubtstücke, so wir Bede davon behalten haben.

Quaestio*). Ob sie zaubern könne?

Responsio**). Nein, sie wisse von keinem Zauber nicht.

Q. Ob sie denn böten***) könne?

R. Wär ihr imgleichen unbekannt.

Q. Ob sie wohl mal auf dem Blocksberg geweſt?

R. Der wäre vor sie zu weit, und kenne sie wenig Berge mehr, denn den Streckelberg, wo sie öftermalen geweſt.

Q. Was sie denn dorten fürgenommen?

R. Sie hätte zur Sehe überschauet, oder sich Blümleins gepflücket, item sich auch wohl eine Schürze dürres Reiswerk gehohlet.

Q. Ob sie dorten wohl den Teufel angerufen?

R. Wäre ihr niemalen in den Sinn gekommen.

———————

*) Frage. **) Antwort.
***) entzaubern.

Q. Ob der Teufel ihr denn ohne Anrufen dorten erschienen?

R. Davor solle sie Gott bewahren.

Q. Also sie könne nit zaubern?

R. Nein!

Q. Was denn Stoffer Zuter seiner bunten Kuh angekommen, so plötzlich in ihrem Beisein verrecket?

R. Das wisse sie nicht, und wäre das eine seltsame Frag.

Q. Dann wäre es auch wohl eine seltsame Frag, warumb Käthe Berowschen ihr klein Ferkelken verrecket?

R. Allerdings; sie verwundre sich, was man ihr zur Last lege.

Q. Also hätte sie dieses auch nit behexet?

R. Nein, da sei Gott vor.

Q. Warumb sie denn aber der alten Käthen wenn sie unschuldig wär, ein Ferkelken wieder ver=sprochen, wenn ihre Sau werfen würd?

R. Das hätte sie aus gutem Herzen gethan. Hiebei aber hube sie an, fast heftig zu weinen und sagte: sie sehe wohl, daß sie dieses Alles der alten Lise Kolken verdanke, welche ihr oftmalen gedrohet, wenn sie ihr Unbegehren nicht hätte erfüllen wöllen, denn sie verlange Allens, was ihren Augen fürkäme, zu ein Geschenk. Selbige wär auch zu den Leuten gangen, als das Vieh im Dorf bezaubert gewest, und hätte ihnen zugeredet, daß, wenn nur eine reine Jungfer dem Vieh ein Paar Haare aus dem Schwanz griffe, es mit selbigem besser werden würde. So habe sie sich denn erbarmet und wäre hingangen, weilen sie sich eine reine Jungfer gefühlet, und hätt es auch etzliche Male geholfen, letzlich aber nicht mehr.

Q. Weme es denn geholfen?

R. Zabels rother Kuh, item Witthanschen ihrem Schwein, auch der alten Lisen ihrer eignen Kuh.

Q. Warumb es denn nachmalen nit mehr geholfen?

R. Das wisse sie nit, vermeine aber, wiewohl sie Niemand nit beschweren wölle, daß die alte Lise Kolken, so lange Jahre im gemeinen Geschrei als Hexe gewest, dieses alles angerichtet und unter ihrem Namen das Vieh bezaubert und auch wieder um= gebötet, wie ihr geliebet, blos umb sie in das Elend zu stürzen.

Q. Warumb die alte Lise denn auch ihre eigene Kuh bezaubert, item ihr eigen Ferkelken verrecken lassen, wenn sie den Rumor im Dorf gemacht und wirklich böten könne?

R. Das wisse sie nicht; es möchte wohl einer sein, (wobei sie den Amtshaubtmann ansahe) der ihr allens doppelt erstatte.

Q. Sie suche vergebens die Schuld von sich zu wenden, denn ob sie auch nicht dem alten Paaßchen, ja ihrem eignen Vater die Saat bezaubert, und durch den Teufel umbstürzen lassen, item die Raupen in ihres Vaters Baumgarten gemacht?

R. Die Frage wäre bald so ungeheuer, denn die That. Da säße ihr Vater, Se. Edlen müge ihne selbsten fragen, ob sie sich jemals als ein ruchlos Kind gegen ihn gezeiget.

Hier wollte ich aufstehen und das Wort nehmen, aber Dn. Consul ließ mich nit zu Worte kommen, sondern fuhr fort zu examiniren, weshalben ich verstürzet stille schwieg.

Q. Ob sie denn auch leugne, daß sie daran Schuld gewest, daß die Witthahnsche einen Teufelsspök zur Welt gebracht, so gleich sich aufgenommen und durchs Fenster gefahren, auch nachhero als die Wehemutter nachgesehen, verschwunden gewesen?

R. Ja wohl, sie hätte eher denen Leuten Gutes gethan ihr Lebelang, denn ihnen geschadet, und sich oft selbsten in der grausamen Hungersnoth den Bissen vom Munde weggezogen, und ihn Andern, insonderheit den kleinen Kindleins abgetheilet. Solches müge ihr auf Befragen die ganze Gemeind bezeugen. Da nun aber die Zauberer und Hexen den Menschen Böses und nicht Gutes thäten, wie unser Herr Jesus Matth. am 12ten lehre, allwo die

Pharisäer ihn auch gelästert, daß er durch Beelzebub die Teufel austriebe; so möge Se. Edlen sich abnehmen, ob sie in Wahrheit eine Hexe sein könne.

Q. Er werde ihr die Gotteslästerungen alsbald zeigen; er sähe schon daß sie ein groß Maul hätte, und sölle sie nur antworten, auf was sie gefraget würd. Denn es käme nit darauf an, was sie denen Armen für Gutes gethan, sondern womit solches beschehen. Möchte dahero anzeigen, wie sie benebst ihrem Vater plötzlich zu solchem Reichthumb gelanget, daß sie in seidinen Kleidern einherstolzire, da sie vorhero doch ganz arm gewest?

Hiebei schauete sie auf mich und sprach: Vater soll ichs sagen? worauf ich antwurtete: ja mein Töchterlein, jetzunder mußt du alles sein aufrichtig sagen, wenn wir dadurch auch wieder blutarme Leut würden. Sie bezeugete also, wie sie zuerst in unserer großen Noth den Birnstein gefunden, und was für ein Gewinn uns daraus herfürgegangen durch die beiden holländischen Kaufleut.

Q. Wie diese Kaufleut geheißen?

R. Dieterich von Pehnen und Jakob Kiekebusch, wären aber, wie wir durch einen Schiffer in Erfahrung gezogen in Stettin an der Pest gestorben.

Q. Warumb wir solchen Fund verschwiegen?

R. Aus Furcht für unserm Feind, dem Amtshaubtmann, so dem Anschein nach uns zum

Hungerstode verdammet, indeme er der Gemeind verboten, uns nichts mehr bei harter Pön zu verabreichen, und wölle er ihr schon einen bessern Priester zuweisen.

Hierauf sahe Dn. Consul wieder den Amtshaubtmann scharf ins Angesicht, welcher zur Antwort gab: daß er solches in alleweg gesaget, angesehen der Priester ihn fast abscheulich abgekanzelt; daß er aber auch gar wohl gewußt, es sei noch weit mit ihm vom Hungerstod.

Q. Woher so viel Birnstein in den Streckelberg käm? Sie sölle nur gestehn, daß ihr der Teufel solchen zugetragen.

R. Davon wisse sie nichts. Doch hätte es alldorten eine große Ader von Birnstein, wie sie männiglich noch heute zeigen könnte, und hätte sie ihn daraus gebrochen, das Loch aber wieder mit tännin Zweigen wohl verwahret, daß man es nit finden müge.

Q. Wann sie in den Berg gangen wäre, des Tags oder des Nachts?

Hierauf verfärbete sie sich und hielt einen Augenblick innen, gab aber allsobald zur Antwort: daß solches bald des Tages, bald in der Nacht beschehen sei.

Q. Warumb sie stöttere, sie sölle nur frei bekennen, daß ihre Straf geringer würd. Ob sie nit den alten Seden dorten dem Satan übergeben, daß er ihn durch die Luft geführet, und nur sein Hirn und Haare noch zum Theil oben in der Eichen geklebet?

R. Sie wisse nit, ob es sein Haar und Hirn gewest, auch nit, wie es dorten hinkommen. Weilen ein Grünspecht eines Morgens so jämmerlich geschrieen, wäre sie an den Baum getreten; item, der alte Paaßsch, so das Geschrei auch gehöret, wäre ihr allsobald gefolget, mit seiner Holzart.

Q. Ob der Grünspecht nit der Teufel gewesen, so den alten Seden selber gehohlet?

R. Das wisse sie nicht. Er müsse aber schon lange todt gewest sein, dieweil das Hirn und Blut, so der Junge vom Baum gehohlet, schon betrucknet gewesen.

Q. Wie und wann er denn zu Tode kommen?

R. Das wisse der allmächtige Gott. Es hätte wohl Zutern sein klein Mädchen ausgesaget: daß sie eins Tages, als sie Nessel vor das Vieh an Seden seinem Zaun gepflücket, vernommen, daß der Kerl sein gluderäugigt Weib bedräuet: er wölle es dem Priester sagen, daß sie, wie er nunmehro gewißlich in Erfahrung gezogen, einen Geist habe, worauf der Kerl auch alsbald verschwunden sei. Doch wären solches Kinderreden, und wölle sie Niemand nit damit beschweren.

Hierauf sahe abermalen Dn. Consul dem Haubt=
mann steif ins Angesicht, und sagte: die alte Lise
Kolken müsse noch heute eingehohlet werden, worauf
aber der Haubtmann keine Antwort gab, und er
fortfuhre:

Q. Sie verbleibe also dabei, daß sie Nichtes
vom Teufel wisse?

R. Dabei verbleibe sie und werde sie verbleiben
bis an ihr selig Ende.

Q. Und doch hätte sie sich, wie Zeugen gesehen,
von ihm an hellem Tage in der Sehe umbtaufen
lassen. (Hier verfärbete sie sich abereins und hielt
ein wenig inne.)

Q. Warumb sie sich wiederumb verfärbe? sie
sölle doch umb Gottes willen an ihre Seligkeit
gedenken und die Wahrheit bekennen.

R. Sie hätte sich in der Sehe gebadet, an=
gesehen der Tag sehr heiß gewesen, das sei die reine
Wahrheit.

Q. Welche keusche Jungfer sich wohl in der
Sehe bade? du leugst, oder willtu etwan auch
leugnen, daß du den alten Paasch sein klein Mägd=
lein durch einen Stuten behext?

R. Ach wohl, ach wohl! Sie liebte das Kindlein
wie ihr eigen Schwesterken, hätte sie nit blos mit
allen andern umbsonst informiret, besondern auch
in der großen Hungersnoth sich den Bissen oftmalen

aus dem Munde gezogen und ihr denselben ein=
gestecket. Wie sie darumb ihr solch Leid hätte zu=
fügen mügen?

Q. Wiltu noch immer leugnen? Ehrn Abraham
wie verstockt ist sein Kind! — Schaue denn her,
ist das keine Hexensalbe*) so der Büttel diese Nacht
aus deinem Koffer gehohlet? Ist das keine Hexen=
salbe, he?

R. Wäre nur eine Salbe vor die Haut, so
darnach sein weiß und weich werden sölle, wie der
Apotheker in Wolgast ihr gesaget, bei dem sie solche
gekaufet.

Q. Hierauf fuhr er kopfschüttelnd fort: Was?
wiltu denn auch endlich noch leugnen, daß du diesen
verschienen Sonnabend den 10ten July, Nachts
umb 12 Uhren, den Teufel deinen Buhlen auf dem
Streckelberg mit gräulichen Worten angerufen, er
dir darauf als ein großer und haarigter Riese
erschienen und dich umbhalset hab, und geherzet?

Bei diesen Worten wurd sie blasser denn ein
Leich, und fing an, also heftig zu wanken, daß sie
sich an einen Stuhl halten mußte. Als ich elender
Mensch, der ich wohl vor sie mich in den Tod
geschworen, solches sah und hörete, vergingen mir

---

*) Man glaubte, der Teufel gäbe den Hexen eine Salbe,
um sich durch deren Gebrauch unsichtbar zu machen, in Thiere
zu verwandeln, durch die Luft zu fahren u. s. w.

die Sinnen, also daß ich von der Bank stürzete und
Dn. Consul den Büttel wieder hineinrufen mußte,
umb mir aufzuhelfen.

Als ich mich in etwas wieder vermündert*) und
der dreuste Kerl unsere gemeine Verstürzung sahe,
schrie er greinende das Gericht an: Ist't rut, ist't
rut, hett se gebichtet**)? worauf Dn. Consul ihme
abermals die Thüre wies mit vielen Scheltworten,
wie man sich selbsten abnehmen kann, und will dieser
Bub genug dem Amtshaubtmann immer die Vetteln
zugeführet haben, wie es heißt, denn sonsten, achte
ich, wär er nicht so dreust gewesen.

Summa: ich wäre fast umbkommen in meim
Elend, wenn ich nicht das Röslein gehabt, so mit
des barmherzigen Gotts Hülf mich wacker hielt,
als nunmehro das ganze Gericht aufsprange, und
mein hinfällig Kind bei dem lebendigen Gott und
ihrer Seelen Seligkeit beschwore, nit ferner zu leugnen,
sondern sich über sich selbsten, wie über ihren Vater
zu erbarmen, und die Wahrheit zu bekennen.

Hierauf thät sie einen großen Seufzer, und so
blaß sie gewesen, so roth wurde sie; inmassen selbsten
ihre Hand auf dem Stuhl wie ein Scharlaken anzusehen war, und sie die Augen nit von dem
Boden hube.

-----

*) plattdeutsch: d. i. ermuntert.
**) Ists heraus, ists heraus, hat sie gebeichtet?

R. Sie wölle auch jetzunder die reine Wahrheit bekennen, da sie wohl sähe, daß böse Leute sie des Nachts beschlichen. Sie hätte Birnstein vom Berge gehohlt, und bei der Arbeit nach ihrer Weiß, und umb sich das Grauen zu vertreiben, das lateinische carmen gerecitiret, so ihr Vater auf den durchlauch= tigsten König Gustavum Adolphum gesetzet; als der junge Rüdiger von Nienkerken, der oftermalen in ihres Vaters Haus kommen und ihr von Liebe vorgesaget, aus dem Busch getreten wäre, und da sie für Furcht aufgeschrieen, sie auf lateinisch an= geredet und in seinen Arm genommen. Selbiger hätte einen großen Wulfspelz angehabt, damit die Leute ihn nit erkennen möchten, so sie ihme etwan begegneten und es seinem Herrn Vater wieder ver= zählen, daß er des Nachts auf dem Berg gewest.

Auf solch ihre Bekenntnüß wollte ich schier ver= zweiflen und schriee für Zorn: o du gottlos, unge= horsamb Kind, also hastu doch einen Buhlen? Habe ich dir nicht verbotten des Nachts auf den Berg zu steigen? was hastu des Nachts auf dem Berg zu thun? und hub an, also zu klagen und zu winseln und meine Hände zu ringen, daß es Dn. Consulem selbsten erbarmete, und er näher trat, umb mir Trost einzusprechen. Hierzwischen aber trat sie auch selbsten heran und hub an mit vielen Thränen sich zu ver= theidigen: daß sie wider mein Verbot des Nachts

auf den Berg gestiegen, unnd so viel Birnstein zu
gewinnen, daß sie mir heimblich zu meinem Geburts=
tag die Opera Sancti Augustini, so der Cantor
in Wolgast verkaufen wölle, anschaffen müge. Und
könne sie nicht davor, daß der Junker ihr eines
Nachts aufgelauert, doch schwöre sie mir bei dem
lebendigen Gott, daß dorten nichts Ungebührliches
fürgefallen, und sie annoch eine reine Jungfer sei.

Und hiemit wurde nunmehro das erste Verhör
beschlossen; denn nachdem Dn. Consul denen Schöppen
etwas ins Ohr gemürmelt, rief er den Büttel wieder
herein, und befahle ihm: auf Ream ein gut Augen=
merk zu haben, item sie nunmehro nit mehr los
im Gefängnüß zu belassen, sondern anzuschließen.
Solches Wort stach mir abermals durch mein Herze,
und beschwur ich Se. Edlen, angesehen meines
Standes und meiner altadlichen Abkunft, mir nicht
solchen Schimpf anzuthun und mein Töchterlein
schließen zu lassen. Ich wölle mich vor Eim acht=
baren Gericht mit meinem Kopf verbürgen daß sie
nit entrinnen würde, worauf Dn. Consul, nachdem
er hinausgangen und sich die Gefängnüß angesehen,
mir auch willfährig war, und dem Büttel befahl
es mit ihr zu belassen, wie zeithero.

Capitel 19.

Wie der leidige Satan unter des gerechten Gottes Zulassung
uns ganz zu unterdrücken beflissen, und wir alle Hoffnung
fahren lassen.

———

Selbigen Tages, wohl umb 3 Uhren Nachmittags,
als ich zu dem Krüger Conrad Seep gangen
war, umb doch etwas zu genüßen, anerwogen ich
nunmehro in 2 Tagen Nichtes nicht in meinen
Mund bekommen, denn meine Thränen; er mir
auch etwas Brod und Wurst benebst einer Kannen
Bier fürgesetzet, tritt der Büttel ins Zimmer, und
grüßete von dem Amtshaubtmann, doch ohne daß
er seine Küffe*) anrührete: Ob ich nicht wölle bei
Sr. Gestrengen das Mittagsmahl speisen, S. G.
hätt es nicht gleich beachtet, daß ich wohl noch
nüchtern wär, dieweil das Verhör so lange gezögert.

———

*) wahrscheinlich Mütze.

Meinhold, Bernsteinhexe. 3. Aufl. 12

Ich gab hierauf dem Büttel zur Antwort: daß ich mir allbereits, wie er wohl einsäh, mein Mittags=brod hätte verabreichen lassen und mich bei Sr. Ge=strengen bedankete. Darüber verwunderte sich der Kerl und gab zur Antwort: ob ich nicht säh, wie gut es Se. Gestrengen mit mir vermeinete, wiewohl ich ihn, wie einen Juden abgekanzelt. Söllte doch an mein Töchterken denken, und nachlässig*) gegen Se. Gnaden sein, so könnte vielleicht noch Allens gut ablaufen. Denn Se. G. wäre nicht ein so grober Esel als Dn. Consul, und hätt es gut mit mir und mein Kind im Sinn, als einer rechtschaffenen Obrigkeit geziemete.

Als ich nun mit Mühe den dreusten Fuchs loos worden, versuchete ich ein wenig zu genüßen, aber es wollte nicht herunter, bis auf das Bier. Saß dahero bald wieder und sanne, ob ich mich bei Conrad Seep einmiethen wöllte, umb immer umb mein Kind zu sein, item, ob ich M. Vigelio dem Pfarrherrn zu Benz, nicht wöllte meine arme und verführte Gemeind übergeben, so lange mich der Herre noch in Versuchung hielte.

Da wurd ich wohl nach einer Stunden durchs Fenster gewahr, daß ein lediger Wagen für das Schloß gefahren kam, auf welchen allsobald der

---

*) nachgebend.

Amtshaubtmann und Dn. Consul mit meinem Töchterlein stiegen, item der Büttel, so hinten aufhackte. Ließ dannenhero Allens stehn und liegen und lief zu dem Wagen, demüthig fragende: wohin man mein arm Kind zu führen gesonnen? Und als ich hörete, daß sie in den Streckelberg wöllten, umb nach dem Birnstein zu sehen, bat ich, daß man mich müge mitnehmen, und bei meim Kind sitzen lassen, wer wüßte, wie lange ich noch bei ihr säß. Solches wurde mir auch verstattet, und bote mir der Amtshaubtmann unterweges an, daß ich könnte im Schloß meine Wohnung aufschlagen, und an seinem Tisch speisen, so lange mir geliebte, wie er auch meim Töchterlein alle Tage von seinem Tisch schicken würd. Denn er hätte ein christlich Herze und wüßte ganz wohl, daß wir söllten unserm Feinde verzeihen. Vor solche Freundschaft bedankete mich aber unterthänigst, wie mein Töchterlein auch that, anerwogen es uns jetzunder noch nit so arm erginge, umb uns nicht selbsten unterhalten zu können. Als wir vor der Wassermühlen vorbeikamen, hatte der gottlose Knappe wieder den Kopf durch ein Loch gestecket, und schnitt meinem Töchterlein ein schiefes Maul. Aber Lieber, es sollt ihm aufgedruckt werden! Denn der Amtshaubtmann winkete dem Büttel, daß er den Buben heraushohlen mußte, und nachdeme er ihm seinen duppelten Schabernack, so er gegen mein Kind bewiesen, fürgehalten, mußte der Büttel den Gutscher seine neue Peitsche nehmen, und ihme 50 Prügel aufzählen, die, weiß Gott, nicht aus Salz und Wasser waren. Er brüllete letzlich wie ein Ochse, welches aber Niemand vor dem Rumor der Räder in der Mühlen hörete, und da er sich stellete, als könnte er nicht mehr gehen, ließen wir ihn auf der Erden liegen und fuhren unsrer Straßen. —

In Ueckeritze lief auch viel Volks zusammen, als wir durchkamen, so sich aber ziemlich geruhsam hielte ohn allein einen Kerl, so salva venia in den Weg hoffirete, als er uns kommen sah*). Der Büttel mußte auch wieder abspringen, kunnte ihn aber nit einhohlen, und die Andern wollten ihn nicht verrathen, sondern gaben für: sie hätten nur auf unsern Wagen gesehen und es nicht beachtet. Kann auch immer wahr sein! und will es mir dahero fürkommen, daß es der leidige Satan selbsten gewest, umb über uns zu spotten, denn merke, umb Gottes willen, was uns im Streckelberg gearriviret! Ach, wir kunnten durch Verblendung des bösen Feindes die Stelle nit wiederfinden, wo wir den Birnstein gegraben. Denn wo wir vermeineten, daß sie sein mußte, war ein großer Berg Sand wie von eim

---

*) Entweder wohl um seine Verachtung auszudrücken, oder aus einem abergläubischen Beweggrund.

Sturmwind zusammengeblasen, und auch die tännin Zweige, so mein Töchterlein hingedecket, waren weg. Sie ward fast unmächtig, als sie solches sahe, und range die Hände und schriee mit ihrem Erlöser: mein Gott, mein Gott, warumb hastu mich verlassen!

Hierzwischen jedoch mußten der Büttel und der Gutscher graben. Aber es befand sich kein Stücklein Birnstein bei eines Körnleins Größe, worauf Dn. Consul das Haubt schüttelte und mein arm Kind fast hart anschnauzete. Und als ich zur Antwort gab, daß der leidige Satan wie es den Anschein hätte, uns wohl die Kuhle verschüttet, umb uns ganz in seine Gewalt zu überkommen, mußte der Büttel aus dem Busch einen hohen Staken hohlen, umb damit noch tiefer zu stoßen. Aber es war nirgends ein hart Objectum zu fühlen, obgleich der Amtshaubtmann, wie Dn. Consul und ich selbsten in meiner Angst, überall mit der Stangen probireten.

Dannenhero bat mein Töchterlein das Gericht mit gen Coserow zu kommen, wo sie annoch vielen Birnstein in ihrem Koffer hätte, so sie allhier gefunden. Denn wär es damit Teufelswerk, so würde selbiger auch wohl verwandelt sein, dieweil sie in Erfahrung gezogen, daß alle Geschenke so der Teufel denen Hexen zu verehren pflege, sich allsobald in Koth oder Kohlen umbwandelten.

Aber Gott erbarm's, Gott erbarm's! Als wir in Coserow zu gemeiner Verwunderung wieder ankamen, und mein Töchterlein an ihren Kasten trat, war alles Zeug darinnen umbgerissen und der Birnstein fort. Sie schriee hierauf so laut, daß es hätte einen Stein erbarmen mögen und rief: das hat der böse Büttel gethan; als er die Salbe aus meinem Koffer gehohlet, hat er mir elenden Magd auch den Birnstein gestohlen! — Aber der Büttel, so dabei stund, wollte ihr in die Haare fahren und schriee: du Hexe, du vermaledeiete Hexe! ist es nicht genug, daß du meinen Herrn verleumbdet, willtu mich nun auch noch verleumbden? aber Dn. Consul wehrete ihm, daß er sie nicht anfassen durfte. Item war all ihr Geld fort, so sie sich für heimblich verkauften Birnstein gespaaret, und wie sie vermeinete, schon an die 10 Fl. betragen.

Aber ihr Kleid, welches sie bei der Ankunft des durchlauchtigsten Königs Gustavi Adolphi getragen, wie die güldene Kettin mit dem Conterfett, so er ihr verehret, hatte ich wie ein Heiligthumb in meinem Kirchenkasten bei denen Altar= und Kanzeltüchern verschlossen, und fanden wirs auch noch für. Doch als ich solches entschuldigte, und sagete: daß ich es ihr hier bis auf ihren Hochzeitstag aufhegen wöllen, sahe sie mit starren Augen in den Kasten und rief: „ja, wenn ich gebrennet werd, o Jesu, Jesu, Jesu!" —

Hier schudderte sich Dn. Consul, und sprach: sieh, wie du immerdar dich mit deinen eigenen Worten schlägest. Umb Gottes und deiner Seligkeit willen bekenne, denn wenn du dich unschuldig befindest, wie kannstu daran denken, daß du brennen sollt. Aber sie schauete ihm noch immer starr in die Augen, und hube an auf lateinisch auszurufen: innocentia, quid est innocentia? ubi libido dominatur, innocentiae leve praesidium est*).

Hier schudderte sich Dn. Consul abereins also, daß ihm der Bart wackelte und sprach: was, kannstu in Wahrheit lateinisch? Wo hastu das Lateinische gelernet? und als ich solche Frage ihm beantwurtet, soviel ich für Schluchzen dazu im Stande war, schüttelte er sein Haubt und sprach: habe im Leben nicht vernommen, daß ein Weibsbild lateinisch kann. Hierauf fiel er vor ihrem Kasten auf die Kniee, und suchete alles darinnen durch, rückete ihn darauf von der Wand, und als er Nichtes gefunden, ließ er sich ihr Bette zeigen und machte es damit auch so. Solches verdroß letzlich den Amtshaubtmann und fragete ihn: ob sie nit wieder fahren wöllten, inmassen es sonsten Nacht würde? Aber er gab

---

*) Unschuld, was ist Unschuld? Wo die Begierde gebietet, da hat die Unschuld eine schwache Schutzwehr. — Worte des Cicero, wenn ich nicht irre.

zur Antwort: nein, ich muß erst den Packzeddul*) haben, so ihr der Satan gegeben, und fuhr fort überall umbherzusuchen, bis es fast tunkel war. Aber sie fanden Nichtes nicht, wiewohl Dn. Consul sammt dem Büttel in der Küchen, wie im Keller, kein Plätzlein verschoneten. Darauf stiege er brummend wieder auf den Wagen, und befahl, daß mein Töch= terlein sich so setzen mußte, daß sie ihne nicht ansäh.

Und hatten wir jetzunder mit der vermaledeieten Hexen, der alten Lise Kolken wieder dasselbige spectaculum, angesehen sie wieder in ihrer Thüren saß, als wir vorbeifuhren und aus voller Kehlen: „Herr Gott dich loben wir!" anstimmte. Quäkete aber wie ein angestochen Kalb, so daß es Dn. Con= sulem verwunderte, und nachdem er vernommen, wer sie wäre, fragete er den Amtshaubtmann, ob er sie nicht gleich wölle durch den Büttel aufgreifen und hinten an den Wagen binden lassen, umb nach= zulaufen, da wir keinen Platz mehr vor sie hätten. Denn er hätte nun schon oftmalen in Erfahrung gezogen daß alle alte Weiber, so rothe Gluderaugen und eine finnige Kehle hätten, auch Hexen wären, unangesehen, was Rea Verdächtiges gegen sie aus= gesaget. Aber er gabe zur Antwort: daß er solches

---

*) Man stand nämlich in dem Wahn, daß, wie der Mensch dem Teufel, so der Teufel dem Menschen sich handschriftlich verpflichte.

nit thun könne, dieweil die alte Lise ein unbescholten und gottesfürchtig Weibsbild wäre, wie Dn. Consul anjetzo auch selbsten hören künnte. Doch hätte er sie auf morgen mit den andern Zeugen fordern lassen. —

Ja, wahrlich, ein schön, gottesfürchtig Weibsbild! — denn wir waren kaum aus dem Dorf, als ein also schwer Wetter einbrach mit Donner, Blitze, Sturm und Hagel, daß rund umb uns das Korn zu Boden geschlagen wurde, wie von eim Drescher, und die Pferde. fast wild für dem Wagen wurden; währete aber nit lange. — Doch mußte mein arm Töchterlein auch wieder die Schuld tragen*), inmassen Dn. Consul vermeinete, daß nicht die alte Lise, wie es doch so klar, wie die Sonne ist, sondern mein arm Kind dies Wetter gemacht. Denn, Lieber sage, was hätt es ihr nutzen können, wenn sie auch die Kunst verstanden? Aber solches sahe Dn. Consul nicht ein, und der leidige Satan sollte unter des gerechten Gottes Zulassung es allsobald noch ärger mit uns machen. Denn wir waren allererst an den Herrendamm**) kommen, als er wie ein Aderbar***)

---

*) Denn die Entstehung von dergleichen plötzlichen Unge=
wittern schrieb man auch den Hexen zu.

**) führt bis auf den heutigen Tag diesen Namen und ist
eine Viertelmeile von Coserow entfernt.

***) Storch; Pogge, plattdeutsch: Frosch.

über uns angefahren kam und eine Pogge also exact
von oben nieder warf, daß sie meim Töchterlein
in den Schooß fiel. Selbige schriee hell empor,
aber ich bliese ihr ein, stille zu sitzen und wollte die
Pogge heimblich bei ein Fuß vom Wagen werfen.

Aber der Büttel hatte es gesehen und rief:
Herr Je, Herr Je, kiekt de verfluchte Hex, wat schmitt
ehr de Düwel in den Schoot? worauf sich der
Amtshaubtmann und Dn. Consul umbsahen, und
befunden, wie ihr eine Pogge in den Schooß kroch,
so der Büttel aber zuvorerst dreimal anbliese, ehe
er sie aufhub und den Herren zeigete. Davor bekam
Dn. Consul das Speien für Abscheu, und befahl,
nachdem es fürüber, dem Gutscher stille zu halten,
stieg vom Wagen und sagete: wir söllten nur nach
Hause fahren, ihm wäre übel und wölle er zu Fuß
nachlaufen, ob es besser werden möchte. Zuvor
aber bliese er noch dem Büttel heimblich ein, (wie
wir aber deutlich verstanden) er sölle allsogleich,
wenn er zu Haus käm, mein arm Kind, jedoch
menschlich anschließen, worauf weder sie noch ich
für Thränen antworten kunnten. Aber der Amts=
haubtmann hatte es auch gehöret, was er sagte,
und als wir ihn nit mehr sehen konnten, hub er
an meim Töchterlein von hinten zu die Wangen zu
streicheln: sie sölle nur zufrieden sein, er hätte auch
ein Wörtlein dazwischen zu reden und der Büttel

sölle sie noch nicht schließen. Sie möge aber doch aufhören, gegen ihn sich also hart zu gebährden, wie bishero, und übersteigen und bei ihm auf sein Bund sitzen gehen, damit er ihr heimblich einen guten Rath geben könne, was zu thun wäre. Hierauf gab sie mit vielen Thränen zur Antwort: sie wölle nur bei ihrem Vater sitzen bleiben, inmaßen sie nit wüßte, wie lange sie noch bei ihm säß, und bäte sie um Nichtes mehr, denn daß Seine Gestrengen sie möge in Frieden lassen. Aber solches that er nicht, sondern druckete sie mit seinen Knieen in den Rücken und in die Seiten und da sie solches litte, weilen es nicht zu ändern stund, wurd er dreuster und nahm es für ein gut Zeichen. Hierzwischen schriee aber Dn. Consul dicht hinter uns: (denn dieweilen ihn grauete, trottirete er dicht hinter dem Wagen) „Büttel, Büttel, kommt geschwinde her: allhier liegt ein Schweinsigel mitten im Weg!" worauf der Büttel auch vom Wagen sprung.

Solches aber machte den Amtshaubtmann noch dreuster, und stund letzlich mein Töchterlein auf und sprach: „Vater wir wollen auch zu Fuß gehen, ich kann mich vor ihme hier hinten nit mehr bergen!" Aber er riß sie beim Kleid wieder nieder und rief zornig: „wachte du boshafte Hex, ich werde dir helfen zu Fuß gehen, wiltu also, so solltu in Wahrheit noch diese Nacht an den Block", worauf sie zur

Antwort gab: „thu Er, was Er nicht lassen kann; der gerechte Gott wird hoffentlich auch einst mit Ihm thun, was er nicht lassen kann". .

Hierzwischen aber waren wir beim Schloß ankommen und kaum vom Wagen niedergestiegen, als Dn. Consul, so sich einen guten Schwitz gelauffen, auch mit dem Büttel anlangete, und diesem sogleich mein Kind übergab, so daß ich ihr kaum nach valediciren konnte. Blieb also händeringend im Tunklen auf der Dielen stehn und horchete wohin sie gingen, alldieweil ich nicht das Herz hatte nachzufolgen, als Dn. Consul so mit dem Amtshaubtmann in ein Zimmer getreten war, wieder aus der Thüren schauete und dem Büttel nachrief, Ream noch einmal wieder anherzubringen. Und als er solches thät, und ich mit in das Zimmer trate, hielt Dn. Consul einen Brief in der Hand, und nachdem er dreimal ausgespucket, hube er an: „willstu noch leugnen du verstockte Hex? horch mal zu, was der alte Ritter Hans von Nienkerken an das Gerichte schreibt!" Und hierauf las er uns für: daß sein Sohn also verstürzt sei, über die Sage so die vermaledeiete Hexe auf ihn gethan, daß er von Stund an krank worden wäre, und ihme, dem Vater, ginge es auch nicht besser. Sein Sohn Rüdiger, wäre wohl einige Mal, wenn es der Weg so gefüget, beim Pastore Schweidler eingekehret, mit dem er auf einer Reise

Kundschaft gemachet, schwüre aber, daß er schwarz werden wölle, wenn er jemalen mit der verfluchten Teufelshuren, seiner Tochter, irgend eine Kurzweil oder Narrentheidinge betrieben, geschweige Nachts auf dem Berg gewest wäre, und sie dort umb= halset hätte.

Auf solche erschröckliche Botschaft fielen wir Beide (verstehe mein Töchterlein und ich) zu gleicher Zeit in Unmacht, angesehen wir auf den Junker annoch unsere letzte Hoffnung gesetzet, und weiß ich nicht, was man weiters mit mir fürgenommen. Denn als ich wieder bei mir kam, stund der Krüger Conrad Seep über mir, und hielt mir einen Trichter zwüschen den Zähnen, in welchen er mir eine Bier= suppen einkellete, und hatte ich mich niemalen elender in meinem Leben befunden, wannenhero Meister Seep mich auch wie ein klein Kindlein ausziehen und zu Bette bringen mußte.

Capitel 20.

Von der Bosheit des Amtshaubtmanns und der alten Lisen,
item vom Zeugenverhör.

———

Am andern Morgen waren meine Haare, so bis
dato grau mengliret gewest, ganz weiß wie
ein Schnee, wiewohlen mich der Herre sonsten wunderlich gesegnet. Denn umb Tagesanbruch kam
eine Nachtigall in den Fliederbusch vor mein Fenster
und sange also lieblich, daß ich gleich gläubte, sie
sei ein guter Engel gewest. Denn nachdeme ich sie
eine Zeitlang angehöret, kunnte ich mit einem Mal
wieder beten, was ich seit dem Sonntag nit mehr
können. Und da nun der Geist unsers Herrn Jesu
Christi anhub in meinem Herzen zu schreien: „Abba
lieber Vater*)!" nahm ich daraus eine gute Zuversicht: Gott wölle mich sein elendig Kind wieder

———

*) Galat. 4, 6.

zu Gnaden annehmen, und nachdem ich ihm für so viel Barmherzigkeit gedanket, gewann ich nach langer Zeit wieder eine so erquickliche Ruhe, daß die liebe Sonne schon hoch am Himmel stund, als ich aufwachte.

Und dieweil mir noch also zuversichtlich umbs Herze war, richtete ich mich im Bette empor und sang mit heller Stimmen: „Verzage nicht du Häuflein klein!" worauf Meister Seep in die Kammer trat, vermeinende ich hätte ihn gerufen. Blieb aber andächtig stehen, bis ich fertig war, und nachdem er sich anfänglich über meine schloweißen Haare verwundert, verzählete er, daß es schon bei sieben Uhren wär, item wäre meine halbe Gemein schon allhier bei ihme versammlet, um heute Zeugniß abzulegen, worunter auch mein Ackersknecht Claus Neels. Als ich solches vernommen, mußte der Krüger selbigen allsofort aufs Schloß schicken, umb zu fragen, wann das Verhör anhübe, worauf er die Botschaft brachte: daß man es nit wisse, inmassen Dn. Consul schon heute gen Mellenthin zu dem alten Nienkerken gefahren, aber noch nicht wieder zurücke wär. Diese Botschaft gab mir wieder einen guten Muth und fragete ich den Burschen: ob er auch kommen wär, umb gegen mein arm Kind zu zeugen? Darauf sagete er: nein, ich weiß Nichtes von ihr denn Gutes und wollte ich den Kerls wohl was brauchen, aber —

Solche Rede verwunderte mich und drang ich fast heftig in ihn mir sein Herze zu offenbaren. Aber er hub an zu weinen und sagte letzlich: er wisse nichtes. Ach er wußte nur zu viel und hätte jetzunder mein arm Kind retten können, so er gewollt. Aber aus Furcht vor der Marter schwieg er stille, wie er nachgehends bekannte. Und will ich hier gleich einrücken, was ihm diesen Morgen gearriviret:

Er gehet, umb allein mit seiner Braut zu sein, welche ihm das Geleit geben (sie ist Steffen seine Tochter von Zempin, verstehe aber nicht den Bauern, sondern den lahmen Gicht=Steffen seine) heute in guter Frühzeit von Haus, und gelanget schon gegen 5 Uhren in Pudgla an, wo er aber noch Niemand im Kruge fürfindet, denn die alte Lise Kolken, welche aber auch allsobald auf das Schloß wackelt. Und dieweil seine Braut wieder heimbgekehret, wird ihm die Zeit lang und er steiget über den Krügerzaun in den Schloßgarten, allwo er hinter eim Buschwerk sich auf den Bauch wirft, umb zu schlafen. Währet aber nit lange, so kömmt der Amtshaubtmann mit der alten Lisen an und nachdem sie sich überall umbgeschauet und Niemand befunden, gehen sie in eine Laube dicht vor ihm, worauf sie ein solch Gespräch geführet:

Ille. Jetzunder wären sie beide allein, was sie nun von ihm wölle?

Illa. Sie käme, umb sich das Geld zu hohlen vor die Zauberei, so sie im Dorf angerichtet.

Ille. Was ihm alle diese Zauberei genützet! Mein Töchterlein ließe sich nicht schröcken, sondern würde immer trutziger, und gläube er nicht, daß er sie jemalen zu seinem Willen bekäm.

Illa. Sölle sich nur Zeit lassen, wenn es erst zur Angstbank ginge, würde ihr schon das Brusen*) ankommen.

Ille. Das wäre möglich, aber ehe bekäme sie auch kein Geld. —

Illa. Was? Ob sie ihm vor sein Vieh auch was brauchen sölle?

Ille. Ja, wenn ihr der podex früre, möge sies thun. Im Uebrigen gläube er, daß sie ihm selbsten schon was gebrauchet, angesehen er eine Brunst zu der Pfaffentochter hätte, wie er vormals nie verspüret.

Illa. (lachende) Dasselbige hätt er vor 30 Jahren gesagt, als er sich allererst an sie gemacht.

Ille. Pfui du alte Vettel, hilf mir nicht darauf, sondern siehe nur zu, daß du drei Zeugen bekömmst, wie ich dir letzlich gesaget, denn sonsten, sorge ich, recken sie dir doch noch die alten lahmen Lenden.

---

*) Niedriger, plattdeutscher Ausdruck.

Illa. Sie hätte die drei Zeugen und verliesse sich im Uebrigen auf ihn. Denn wenn sie gerecket würde, würde sie Allens offenbaren, was sie wüßte.

Ille. Sie sölle ihr großes Maul halten und zum Teufel gehen.

Illa. Ja, aber zuerst müßte sie ihr Geld haben.

Ille. Sie kriegte kein Geld nicht, ehbevor er mein Töchterlein zu seinem Willen bracht.

Illa. So möge er ihr doch allererst ihr Ferkelken bezahlen, so sie sich selbsten umb nicht in Mißgunst zu kommen, zu Tode gehext.

Ille. Sie könne sich wieder eines aussuchen, wenn seine Schweine trieben und sölle nur sagen, sie hätt es ihm bezahlt.

Hiemit, sagte mein Ackersknecht, wären auch schon die Schweine getrieben und eines in den Garten geloffen, da die Pforte aufgestanden, und weil der Säuhirt ihm gefolget, wären sie beide auseinander gangen; doch hätte die Hexe noch für sich gemürmelt: Nu help Düwel help, datt ick — aber ein Mehreres hätte er nicht verstanden.

Solches Alles verschwieg mir aber der furcht= same Knabe, wie oben bemeldet und sagete nur mit Thränen: er wisse Nichts. Gläubete ihm also und satzte mich vor das Fenster umb auszuschauen, wenn Dn. Consul wieder heimbkehren würde. Und als ich solches gesehen, hub ich mich allsogleich empor

und ging auf das Schloß, wo mir der Büttel auch
schon mit meim Töchterlein, so er bringen sollte,
vor dem Gerichtszimmer begegnete. Ach, sie sahe
so froh aus, wie ich sie lange nit gesehen und
lächelte mich an mit ihrem lieblichen Mündlein;
da sie aber mein schloweiß Haar erblickte, thät sie
einen Schrei, also daß Dn. Consul das Gerichtszimmer offen schlug und heraus rief: „ha, ha, du
merkest wohl schon, welche Zeitung ich dir bringe,
komm nur herein, du verstockt Teufelskind!" worauf
wir zu ihm in das Zimmer traten und er anhube
seine Worte an mich zu richten, nachdem er sich mit
dem Amtshaubtmann, so bei ihm war, niedergesetzet.

Als er mich gestern Abend vor einen Todten
hätte zu Meister Seep tragen lassen, (sagte er) und
dies mein verstockt Kind wieder wär ins Leben
bracht, hätt er sie abereins aus allen Kräften beschworen, nicht länger dem lebendigen Gott zu lügen,
sondern die Wahrheit zu bekennen, worauf sie sich
aber fast ungeberdig gestellet, die Hände gerungen,
geweint und geschluchzet und letzlich zur Antwort
geben: daß der junge Nobilis solches unmüglich
könne gesaget haben, besondern sein Vater hätte
dieses geschrieben, welcher ihr abhold wäre, wie sie
wohl gemerket, als der schwedische König in Coserow
gewest wäre. Diese ihre Sag hätte er, Dn. Consul,
zwar gleich in Zweifel gezogen, wäre aber als ein
13*

gerechter Richter, heute Morgen zu guter Zeit mit dem scriba nacher Mellenthin gefahren, umb den Junker zu verhören.

Und könne ich nun selbsten abnehmen, welch erschröckliche Bosheit in mein Kind stecke. Denn der alte Ritter hätte ihn an das Bett seines Sohnes geführet, so noch für Aerger krank läge, und selbiger hätte Allens, was der Vater geschrieben, bestättiget, und die schändliche Unholdin (wie er mein Kind genennet) verfluchet, daß sie ihm wölle seine abliche Ehre rauben. „Was sagstu nun“, fuhr er fort, „wiltu noch deine große Uebelthat leugnen? Sieh hier das Protokollum, so der Junker manu propria unterschrieben!“ Aber die elendige Magd war hierzwischen schon wieder umbgefallen, und der Büttel hatte solches nicht allsobald gesehen, als er nach der Küchen lief, und mit einem brennenden Schwefelfaden zurücke kam, den er ihr unter der Nasen halten wollte.

Aber ich wehrete es ihme und sprützete ihr einen Topf mit Wasser über das Gesicht, so daß sie auch wieder die Augen aufschlug und sich an einen Tisch in die Höhe richtete. Stand aber jetzo eine ganze Zeit, ohne ein Wörtlein zu sagen, noch meines Jammers zu achten, bis sie anhub freundlich zu lächeln und also zu sprechen: Sie sähe wohl, wie wahr der heilige Geist gesaget: „verflucht ist, der sich auf Menschen verläßt"*) und hätte die Untreue, so der Junker an ihr bewiesen, gewißlich ihr armes Herze gebrochen, wenn der barmherzige Gott ihme nicht gnädig zuvorgekommen und ihr in dieser Nacht einen Traum eingegeben, so sie erzählen wölle, nicht umb den Richter zu persuadiren, sondern umb das weiße Haubt ihres armen Vaters wieder aufzurichten.

Nachdeme ich die ganze Nacht gesessen und gewachet (sagete sie) hörte ich gegen den Morgen eine Nachtigall gar lieblich in dem Schloßgarten singen, worauf mir die Augen zufielen und ich entschlief. Alsbald kam es mir für, als wäre ich ein Lämmlein, und weidete in Coserow ruhig auf meiner Bleichen. Da sprang der Amtshaubtmann über den Zaun, wandelte sich aber in einen Wulf umb, der mich in sein Maul nahm, und mit mir auf den Streckelberg zulief, allwo er sein Nest hatte. Ich armes Lämmlein zitterte und blökete vergeblich und sahe meinen Tod für Augen, als er mich vor sein Nest niedersetzete, allwo die Wülfin mit ihren Jungen lag. Aber siehe, allsobald reckete sich eine Hand, wie eines Mannes Hand, durch das Gebüsche, und ergriff die Wülfe, einen jeglichen unter ihnen mit einem Finger und zerscheiterte sie also, daß Nichtes von ihnen übrig blieb, denn ein grau Pulver.

---

*) Jeremias 17, 5.

Darauf nahm die Hand mich selbsten auf und trug mich wieder zu meiner Bleichen.

Lieber, wie ward mir anjetzo zu Muthe, als ich dies Allens und auch von der lieben Nachtigallen hörete, woran du nunmehro auch nicht mehr zweifeln wirst, daß sie Gottes Dienerin gewest! — Ich umbhalsete mein Töchterlein sogleich mit tausend Thränen und verzählete ihr, wies mir ergangen, und gewunnen wir Beide einen solchen Muth und Zuversicht, als wir noch nie gehabt, so daß sich Dn. Consul verwunderte, wie es den Anschein hatte, der Amtshaubtmann aber blaß wurde, wie ein Laken, als sie anjetzo auf die beiden Herrschaften hinzutrat und sprach: „jetzo machet mit mir, als euch geliebet, das Lämmlein erschröcket nicht, denn es stehet in der Hand des guten Hirten!"

Hierzwischen trat nun auch Dn. Camerarius mit dem Scriba ein, entsatzte sich aber, als er ungefährlich mit dem Rockzipf mein Töchterlein an die Schürzen stieß und stund und schrapete an seim Rock, als ein Weib, so Fische schrapet. Endiglich, nachdem er zuvor zu dreien Malen ausgespieen, redete er das Gerichte an: ob sie nicht anheben wöllten, den Zeugeneid abzunehmen, angesehen alles Volk schon längstens im Schloß und Kruge versammblet wäre. Solches ward angenehm aufgenommen, und erhielt der Büttel Befehl, mein

Kind so lange in seinem Zimmer aufzubewahren, bis das Gericht sie wieder rufen würd. Ging also mit ihr; hatten aber viel Plage von dem dreusten Schalk, inmaßen er nicht blöde war, den Arm meinem Töchterlein umb die Schulter zu legen, und in mea praesentia*) von ihr ein Küßeken zu verlangen. Aber ehbevor ich noch kunnte zu Worte kommen, riß sie sich los und rief: ei du böser Schalk, soll ichs dem Gerichte klagen, hastu vergessen, was du schon aufgeladen? worauf er aber lachend zur Antwort gabe: „kiek, kiek, wo oet"**) und nunmehro fortfuhr, sie zu persuadiren, daß sie sich sölle williger finden lassen, und ihren eignen Vortheil nicht vergessen. Denn er hab es eben so gut mit ihr im Sinn, als sein Herr, sie möge es gläuben oder nicht, und was er weiters skandalisirte und ich überhöret hab. Denn ich nahm mein Töchterlein auf meinen Schooß und legte mein Haubt in ihren Nacken und so saßen wir stille und weineten.

---

*) In meiner Gegenwart.
**) Sieh, sieh, wie spröde!

Capitel 21.

De confrontatione testium*).

———

Als wir wieder vorgefordert wurden, war die
ganze Stuben voll Menschen, und schudderten
sich etzliche, als sie uns sahen, etzliche aber greineten.
Und war meines Töchterleins Sage ganz so, wie
hiebevor vermeldet worden. Als aber unsre alte
Ilse fürgerufen ward, so hinten auf einer Bank
gesessen, also daß wir sie nit sehen kunnten, war
die Kraft, womit sie der Herr angethan, wieder zu
Ende, und wiederhohlete sie des Heilands Worte:
„der mein Brod isset, tritt mich mit Füßen"**), und
hielt sich an meim Stuhl fest. Auch die alte Ilse
kunnte vor Jammer nit gerade gehn, weder vor
Thränen zu Worte kommen, sondern sie rang und

———————

*) Von der Confrontation der Zeugen.
**) Joh. 13, 18.

wande sich wie eine Gebärerin für dem Gerichte. Als sie aber Dn. Consul bedräuete, daß der Büttel ihr gleich sölle zu Wort helfen, bezeugete sie, daß mein Kind gar oft zu nachtschlafender Zeit heimblich aufgestanden, und den bösen Feind laut angerufen hätte.

Q. Ob sie gehöret, daß Satanas ihr Antwort geben?

R. Hätte sie niemalen nit gehöret.

Q. Ob sie gewahr worden, daß Rea einen Geist gehabt und in welcher Gestalt? Sie sölle an ihren Eid gedenken und die Wahrheit reden.

R. Hätte sie niemalen nit verspüret.

Q. Ob sie wohl gehöret, daß sie zum Schorn=stein heraus gefahren?

R. Nein, sie wäre immer heimblich aus der Thüren gangen.

Q. Ob sie nie am Morgen einen Besenstiel oder Ofengabel vermisset?

R. Einmal wäre ihr Besen fortgewest, sie hätte ihn aber hinter dem Backofen wiederfunden, und möchte sie selbsten ihn wohl in Gedanken dort hin=gesetzet haben.

Q. Ob sie nie gehöret, daß Rea einen Zauber vorgehabt, oder diesen und jenen verwünschet.

R. Nein, niemalen, sondern sie hätte ihrem Nächsten nur Gutes angewünschet, auch in der bittern Hungersnoth sich selbsten den Bissen aus dem Mund gezogen und ihn Andern abgetheilet.

Q. Ob sie denn auch nicht diese Salbe kenne, so man in Rea Koffer fürgefunden?

R. O ja, die Jungfer hätte sie sich vor die Haut aus Wolgast mitgebracht, auch ihr abgetheilet, als sie einmal spröde Hände gehabt, und hätte solches wacker angeschlagen.

Q. Ob sie sonsten noch was zu sagen wisse?

R. Nein, nichtes, denn alles Gute.

Hierauf wurde mein Ackersknecht Claus Neels aufgerufen. Selbiger trat auch weinend hinzu, antwortete aber auf alle Fragen mit Nein, und bezeugete endlich daß er nie Unrechtes von meinem Töchterlein gesehn noch gehöret, auch von ihrem nächtlichen Wandel nichts vernommen, angesehen er im Stall bei den Pferden schliefe, und auch sicher gläube, daß böse Leute, wobei er auf die alte Lise sah, ihr dies Herzeleid bereitet, und sie ganz un= schuldig sei.

Als nunmehro auch an dies alte Satanskind die Reihe kam, so ein Hauptzeugniß ablegen sollte, erklärete mein Töchterlein abermalen, daß sie das Gezeugniß der alten Lisen nit annehmen müge und das Gericht umb Gerechtigkeit anriefe, denn sie wäre ihr von Jugend auf gramm und länger

in dem Geschrei der Zauberei gewest, denn sie
selbsten.

Aber die alte Vettel rief: Gott vergebe dir deine
Sünden! Das ganze Dorf weiß, daß ich ein fromm
Weib bin, und meinem Gott diene, wie sich gebühret! —
worauf sie den alten Zuter Witthahn und meinen
Fürsteher Claus Bulk aufrief, welche auch für sie
Zeugniß ablegeten. Aber der alte Paasch stund und
schüttelte das Haubt, doch als mein Töchterlein sagte:
Paasch warumb schüttelt Ihr mit dem Kopf?
verzufzete*) er sich und gab zur Antwort: „i,
nicks"!**)

Dieses wurde aber auch Dn. Consul gewahr
und fragete ihn: ob er etwas Unartiges wider die
alte Lise fürzubringen habe, so möge er Gott die
Ehre geben und solches bekennen; item stünde es
einem Jeglichen erlaubt, solches zu thun, ja das
Gericht beföhl es ihme an, zu sprechen, so er etwas
wüßte.

Aber aus Furcht vor dem alten Drachen,
schwiegen sie Alle so mäuseken stille, daß man die
Fliegen kunnte brummen hören umb das Dintenfaß.
Da stund ich Elender auf, und streckete meine Arme
über mein verzagt und verstürzt Volk aus und

---

*) plattdeutsch, für zusammenfahren.
**) ei nichts.

sprach: könnet ihr mich also kreuzigen mit meim
arm Kinde, hab' ich das umb euch verdienet?
Sprecht doch, ach will Niemand sprechen? — Aber
ich hörete wohl Etzliche heulen, doch Niemanden
sprechen, und jetzunder mußte sich mein arm Töch=
terlein wohl zufrieden geben.

Und war die Bosheit der alten Vettel so groß,
daß sie meinem Kinde nicht nur die erschröcklichste
Zaubereien fürhielt, besondern auch die Zeit aus=
rechnen wollte, wann sie sich dem leidigen Satan
ergeben, umb ihr zugleich ihre jungfräuliche Ehr zu
rauben; inmaßen sie behauptete, daß dazumalen
Satanas ihr sonder Zweifel wohl die Jungfrauschaft
genommen, als sie nit mehr hätte das Viehe heilen
mügen, sondern es gestorben wär. Hierzu sagte
mein Töchterlein aber Nichtes, denn daß sie die
Augen niederschlug und erschamrothete über solche
Unfläterei und auf die andere Lästerung, so die
Vettel mit vielen Thränen ausßtieß, daß sie nämblich
ihren Mann lebendig dem Satanas übergeben,
antwortete sie, wie oben gedacht worden. Doch
als die Vettel auf ihre Umtaufe in der Sehe kam,
und fürgab, daß sie im Busch nach Erdbeeren
gesuchet, worauf sie alsbald meines Töchterleins
Stimm erkannt, und herangeschlichen wäre, und so
das Teufelswerk gewahret, fiel selbige ihr lächelnd
in die Rede, und gab zur Antwort: „ei du böses

Weib, wie kannstu meine Stimm, wenn ich an der Sehe spreche, oben auf dem Berg an der Heiden hören. Du leugst ja, denn das Mürmeln der Wellen macht es dir unmüglich!" Solches verdroß den alten Drachen, und wollt' es besser machen, macht es aber noch ärger, indem er sprach: „du rührtest ja das Maul, wie ich sehen kunnte, und daraus habe ich abgenommen, daß du den Teufel deinen Buhlen angerufen!" Denn mein Töchterlein ver= setzte allsobald: O du gottlos Weib, du sagst ja, du wärst in der Heiden gewest, als du meine Stimme gehöret; wie magstu denn in der Heiden sehen, ob ich unten am Wasser das Maul rühre, oder nit? —

Solche Widersprechung verwunderte auch Dn. Consulem und hub er an, die alte Vettel zu bedräuen, daß sie doch noch am Ende würde gerecket werden, wenn sie solche Lügen fürbrächte, worauf selbige aber zur Antwort gab: „so sehet denn, ob ich lüge! Als sie nacket ins Wasser ginge, hatte sie noch kein Zeichen an ihrem Leib, als sie aber wieder daraus herfürstieg, sahe ich, daß sie zwischen den beiden Brüsten ein Zeichen bei eines Wittens Größe hatte, woraus ich abnahm, daß der Teufel ihr solches geben, obwohl ich ihn nicht umb sie gesehen, noch sonst einen Geist oder Menschenkind, sondern es den Anschein hatte, daß sie ganz allein war".

Hierauf sprang der Amtshaubtmann von seinem
Sessel und rief: daß solchem gleich müßte nach=
geforschet werden, worauf Dn. Consul zur Antwort
gab: ja, aber nit durch uns, sondern durch ein
Paar ehrsame Weiber. Denn er achtete nit, daß
mein Töchterlein sagte: solches wäre ein Muttermaal,
und hätte sie es von ihrer Jugend auf gehabt.
Dannenhero mußte den Büttel seine Frau kommen,
welcher Dn. Consul etwas ins Ohr mürmelte, und
als kein Bitten und Weinen helfen wollte, mußte
mein Töchterlein mitgehen. Doch erhielt sie es, daß
die alte Lise Kolken ihr nicht folgen durfte, wie sie
es zwar gewollt, sondern unsre Magd, die alte Ilse.
So ging ich auch mit in meinem Gram, weilen
ich nicht wissen kunnte, was die Weibsbilder mit
ihr fürnehmen würden. Sie weinete heftig, als
selbige sie auszogen, und hielt sich für Schaam die
Hand für die Augen.

Ach Gott, sie war gerade so weiß auf ihrem
Leibe, wie meine Seelige, da sie doch in ihrer
Jugend, wie ich mich erinnere fast gelb gewest, und
sah ich mit Verwundrung den Fleck zwischen ihren
Brüsten, von dem ich vorhero auch nie was in
Erfahrung gezogen. Aber allsobald schriee sie heftig
auf und sprang zurücke, angesehen den Büttel sein
Weib, wie Niemand gewahr worden, ihr eine Nähe=
nadel in den Fleck gestoßen, also daß das rothe Blut

ihr über die Brüste lief. Darob erzürnete ich heftig, aber das Weib gab für, daß sie solches auf Geheiß des Richters gethan*), wie es auch nicht anders war. Denn als wir wieder in das Gerichtszimmer kamen und der Amtshaubtmann fragete wie es stünd, bezeugete sie, daß alldorten zwar ein Maal, bei eines Guldens Größe und gelblich anzusehen, fürhanden, daß aber Gefühl in selbigem wäre, angesehen Rea laut aufgeschrieen, als sie unvermerkt mit einer Nadel hineingestochen. Hierzwischen sprung aber Dn. Camerarius plötzlich auf und trat für mein Töchterlein, ihr die Augenlider auseinander= schiebend, worauf er zu zittern begunnte, und ausrief: sehet hier das Zeichen welches nimmer treugt**) worauf das ganze Gericht aufsprung, und ihr das kleine Maalein beschauete, so sich unter dem rechten Lide wies, was von ein Gerstenkorn gekommen, aber Niemand nit gläuben wollte. Besondern Dn. Consul sprach: Sieh, der Satan hat dich gezeichnet an Leib und Seelen? und du fährest dennoch fort, dem heiligen Geist zu lügen, aber es

---

*) Man nahm nämlich an, daß dergleichen Maale bei den Hexen alsdann unzubezweifelnde Zeichen des Teufels wären, wenn sie kein Gefühl hatten, und wurde diese Procedur mit jedem der Zauberei Verdächtigen vorgenommen.

**) Man sehe u. a. Delrio Disquisit. magicae lib. V, Tit. XIV, No. 28.

wird dir nichtes helfen, und machstu dein Urtel nur
schwerer. O du schaamlos Weibsbild, willtu der
alten Lisen ihr Gezeugniß nit annehmen, willtu es
dann auch nicht dieser Leute Zeugniß, so dich sämmt=
lich haben auf dem Berge, mit ihr, deinen Buhlen,
den Teufel, anrufen hören, worauf er dir als ein
haarigter Riese erschienen und dich geherzet und
geküsset?

Hierauf traten der alte Paaßch, Witthahnsche
und Zuter herfür und bezeugeten, daß solches umb
Mitternacht geschehen und sie auf solch Bekenntnüß
leben und sterben wöllten. Die alte Lise hätte sie
in der Sambstagsnacht bei 11 Uhren gewecket, ihnen
einen Krug Bier fürgesetzet, und sie persuadirt, der
Priestertochter heimblich nachzugehen umb zu sehen,
was sie in dem Berg thäte. Und hätten sie zu
Anfang nit gewollt, aber umb der Zauberei im
Dorf auf den Grund zu kommen, hätten sie sich
endlich nach einem andächtigen Gebet willig finden
lassen und wären ihr in Gottes Namen gefolget.

Hätten die Hexe auch bald durch das Buschwerk
im Mondschein gesehen, wo sie gethan, als wenn
sie gegraben und laut in einer absonderlichen Sprachen
geredet, worauf der grimmige Erzfeind plötzlich
erschienen, und ihr umb den Hals gefallen. Nun=
mehro wären sie verstürzet fortgerannt und mit des
allmächtigen Gottes Hülfe, auf den sie von Anbeginn

ihr Vertrauen geseßet, auch erhalten und beschüßet worden vor der Macht des bösen Feindes. Denn, wiewohlen er sich nach ihnen umbgesehen, als es im Busch gerustert, hätte er ihnen doch nit schaden mögen.

Endlich wurde es meim armen Töchterlein auch noch als ein Crimen ausgeleget, daß sie unmächtig worden, als man sie von Coserow nacher Pudgla abgeführet und wollte es abereins ihr Niemand gläuben, daß solches vor Verdruß über der alten Lisen ihren Gesang geschehen sei und nicht aus eim bösen Gewissen, wie der Richter fürgab.

Als nunmehro sämmtliche Zeugen verhöret waren, befragete Dn. Consul sie noch, ob sie letzlich das böse Wetter gemacht, item was die Pogge zu bedeuten gehabt, so ihr in den Schooß gefallen, item der Schweinsigel, so vor ihm mitten im Wege gelegen? worauf sie zur Antwort gab: daß sie so wenig das Eine gethan, als sie umb das Andre wisse, worauf aber Dn. Consul abermals mit dem Kopf schüttelte und sie dann letzlich fragete: ob sie wölle einen Advocaten haben, oder Allens der besten Einsicht des Gerichtes anheimstellen, worauf sie zur Antwort gab: daß sie in alle Wege einen Advocaten wölle, und schickete ich dannenhero des nächsten Tages meinen Ackersknecht, Claus Neels, nach Wolgast, umb den Syndicus Michelsen zu hohlen, der ein frommer Mann ist und bei dem ich etzliche Male eingekehret bin, wenn ich zur Stadt gefahren, dieweil er mich höflichst invitiret.

Auch muß ich noch notiren, daß meine alte Ilse nunmehro wieder bei mir zog, denn nachdeme die Zeugen fortgangen waren, blieb sie annoch allein im Zimmer und trat muthiglich für mich, bittend: daß ihr müge vergönnt werden, ihren alten Herrn und ihre liebe Jungfer wieder zu pflegen. Denn nunmehro hätte sie ihre arme Seel gerettet und Allens geoffenbaret was sie wüßte. Darum könne sie es nit länger mit ansehen, daß es ihrer alten Herrschaft so traurig ginge, und sie nicht einmal einen Mund voll Essen hätten, angesehen sie in Erfahrung gezogen, daß die alte Seepsche, so die Kost vor mich und mein Kind bis dato bereitet, oftermalen die Grütze hätte anbrennen lassen, item die Fische und andere Kost versalzen. Auch wäre ich vor Alter und Gram ja also schwach, daß ich Beistand haben müßte, und wölle sie mir solchen getreulich leisten, auch gerne im Stall schlafen, wo es sein müßte. Lohn verlange sie nicht dafür, und sölle ich sie nur nicht verstoßen. Solche Gutheit erbarmete mein Töchterlein zu Thränen, und sprach sie zu mir: siehe Vater, die guten Menschen kommen schon wieder zu uns, sollten uns die guten Engel denn auf immer verlassen? Ich danke dir alte Ilse,

ja du follt mir die Koft bereiten, und fie mir immer
bis an die Gefängnißthür tragen, wenn du nit
weiter gehen darfft, und leßlich darauf achten, was
der Büttel damit fürnimmt, hörftu?

Solches verfprach die Magd zu thun, und nahm
fie von jeßo an in einem Stall ihre Herberge. Gott
lohn es ihr am jüngften Gerichte, was fie für mich
und mein arm Kind gethan! Amen.

Capitel 22.

Wie der Syndicus Dn. Michelsen gearriviret und seine
Defension für mein arm Töchterlein eingerichtet.

———

Des andern Tages, umb drei Uhren Nachmittags
kam Dn. Syndicus angekarret und stieg bei
mir im Kruge ab. Er hatte einen großen Sack
mit Büchern bei sich, war aber nicht so freundlich,
als ich sonsten an ihme gewohnt gewest, besondern
ehrbar und geschweigsam. Und als er mich in meim
Zimmer salutiret und gefraget, wie es müglich wäre,
daß mein Kind zu solchem Unglück kommen, verzählete ich ihm den ganzen Fürgang, wobei er aber
nur mit dem Kopf schüttelte. Auf meine Frag, ob
er heute noch wölle zu meinem Töchterlein gehen,
antwortete er Nein! sondern daß er zuvor erst die
Akta studiren wölle. Nachdem er also ein wenig
von einer wilden Enten gessen, so meine alte Ilse
vor ihn gebraten, hielt er sich auch nit auf, sondern

ging allsofort aufs Schloß, von wannen er erst des
andern Nachmittags heimkehrete. Er war aber nicht
freundlicher, denn er bei seiner Ankunft gewest, und
folgte ich ihm mit Seufzen, als er mich invitirete,
nunmehro ihn zu meinem Töchterlein zu geleiten.
Als wir mit. dem Büttel eintraten, und ich mein
arm Kind, so in ihrem Leben niemalen ein Würmlein
gekränket, zum erstenmal in Ketten vor mir sahe,
hätte ich aufs Neu für Jammer vergehen mögen.
Doch sie lächelte und rief Dn. Syndico entgegen:
„Ist Er der Engel der mich, wie St. Petrum von
meinen Ketten befreien will?"*) worauf er mit
einem Seufzer zur Antwort gab: „das gebe der
allmächtige Gott!" Und da weiter kein Stuhl im
Gefängnüß fürhanden, (so ein garstig und stinkend
Loch war, und worinnen es so viele Kellerwürmer
hatte, als ich in meinem Leben nicht gesehn) als
der Stuhl worauf sie an der Wand saß, setzeten
Dn. Syndicus und ich uns auf ihr Bette, welches
man ihr auf mein Bitten gelassen, und befahl selbiger
dem Büttel nunmehro wieder seiner Straßen zu
gehen, bis er ihn rufen würd. Hierauf fragete er
mein Töchterlein, was sie zu ihrer Entschuldigung
herfürbringen wölle, und war sie noch nit weit in
ihrer Defension gekommen, als ich an dem Schatten,

---

*) Apostelgeschichte 12, 7.

so sich an der Thüren rührete, abnahm, daß Jemand vor selbiger stehen mußte. Trat also eiligst in die Thüre welche halb offen stund, und betraf den dreusten Büttel, welcher hiervor stehen geblieben, umb zu horchen. Solches verdroß Dn. Syndicum dermaßen, daß er seinen Stock ergriff, umb ihm das Kehraus zu geben; aber der Erzschalk lief allsobald von dannen, als er solches merkete. Dieses benützete mein Töchterlein, umb ihrem Herrn Defensori zu erzählen, was sie von diesem dreusten Kerl ausgehalten, und daß ihr müge ein anderer Büttel geben werden, inmaßen er in vergangener Nacht noch wieder in böser Absicht bei ihr gewest, so daß sie letzlich laut geschrieen und ihn mit den Ketten aufs Haubt geschlagen, worauf er endlich von ihr gewichen. Solches versprach Dn. Syndicus zu besorgen, aber ihre Defension anlangend, die sie nunmehro fortsetzte, so vermeinete er, daß es besser geschähe, wenn des impetus*) nicht weiter gedacht würde, so der Amtshaubtmann auf ihre Keuschheit versuchet. Denn, sprach er, dieweil das fürstliche Hofgericht in Wolgast dein Urtel spricht, würde dir solches Fürgeben mehr schaden, denn nützen, angesehen der Praeses desselbigen ein Vetter von dem Amtshaubtmann ist, und häufig mit ihme auf der Jagd

----

*) Angriff.

conversiret. Dazu kömmt daß du, als einer so großen Uebelthat gerüchtiget, nicht fidem hast, zumalen du keine Zeugen wider ihn stellen kannst. Es würde dannenhero immer zu Recht wider dich erkannt werden, daß du solche Sag in der Urgicht*) solltest bekräftigen, als von welcher ich dich durch meine Defension zu lösen, doch anhero kommen bin. Solche Gründe schienen letzlich uns beiden vernünftig und beschlossen wir, die Rache dem allmächtigen Gott zu überlassen, der in das Verborgene siehet, und dem wir alleine unsere Unbill klagen wöllten, da wir sie denen Menschen nicht klagen dürften. Was mein Töchterlein aber sonst fürbrachte, von der alten Lisen, item von dem guten Leumuth, in welchem sie ehedem bei männiglich gestanden, wöllte er Allens zu Papier bringen, und von dem Seinen hinzufügen, so viel und so gut es ihm müglich, umb sie von der Marter mit des allmächtigen Gottes Hülfe zu erlösen. Sie söllte sich nur geruhsam halten, und sich demselbigen empfehlen. Binnen zweener Tage Frist hoffe er mit seiner Defension fertig zu sein, umb ihr solche fürlesen zu können. — Als er nunmehro den Büttel wieder rief, kam selbiger aber nit, sondern schickete sein Weib, umb die Gefängnüß zuzuschließen, und nahm ich mit vielen

---

*) Auf der Folter.

Thränen von meim Kind Abschied, unterdeß Dn. Syndicus auf ihren dreusten Kerl schalt und ihr verzählete, was fürgefallen, umb es ihm wieder zu sagen. Doch schickete er das Weib noch einmal wegk, und kehrete alsdann wieder umb, sagende, er hätte vergessen gewisse Kundschaft einzuziehen, ob sie wirklich die lateinische Sprach verstünde. Sie möge also ihre Defension einmal auf lateinisch sagen, so es ihr müglich. Und hob sie nunmehro an, eine Viertelstunde lang und darüber, selbige also zu führen, daß nit bloß Dn. Syndicus, sondern ich selbsten mich über sie verwundern mußte, angesehen ihr kein einzig Wörtlein fehlte, denn das Wörtlein „Schweinsigel", so wir beide in der Eile aber auch nit wußten, als sie uns darumb befragete. Summa: Dn. Syndicus wurde ein groß Theil freundlicher als sie ihre Oration beendiget, und valedicirete*) ihr mit dem Versprechen, sich allsofort an die Arbeit zu machen.

Und sahe ich ihn nunmehro nit wieder, bis auf den dritten Tag, morgens umb 10 Uhren, angesehen er im Schloß auf einem Zimmer arbeitete, so ihm der Amtshaubtmann gegeben, allwo er auch gessen, wie er mir durch die alte Ilse sagen ließ, als sie ihm des andern Tages die Frühkost bringen wollte.

---

*) Nahm Abschied.

Umb vorbemeldete Zeit aber ließ er mich durch den neuen Büttel rufen, so allbereits auf sein Fürwort aus Uzdom angekommen. Denn der Amtshaubtmann hätte sich fast sehr erzürnet, als er vernommen, daß der dreuste Kerl mein Kind im Gefängnüß wäre angangen und im Zorn gerufen: „potz Element, ich werde dich caressiren helfen!" ihm darauf auch mit einer Hundepeitschen den Buckel wacker abgebläuet, so daß sie jetzunder wohl Friede vor ihm haben sölle.

Aber der neue Büttel war fast ärger, denn der alte, wie man leider bald weiters hören wird. Er hieß Meister Köppner und war ein langer Kerl mit eim grausamen Antlitz, und einem also großen Maul, daß ihm bei jeglichem Wort der Speichel zur Seiten herausfuhr, und an seim langen Bart, wie ein Seifenschaum bekleiben blieb, also daß mein Töchterlein für ihm eine absonderliche Angst hatte. Auch that er bei jeglicher Gelegenheit, als wenn er hohnlachete, welches auch beschah als er uns die Gefängnüßthüre aufgeschlossen, und mein arm Kind in ihrem Jammer sitzen sah. Ging aber alsbald ungefordert seiner Straßen, worauf Dn. Syndicus seine Defension aus der Taschen zog, umb uns solche fürzulesen. Und haben wir nur die fürnehmsten Stücke davon behalten, so ich hier anführen will, die Autores aber größtentheils vergessen:

1) hub er an daß mein Töchterlein bishero immer in eim guten Geschrei gewesen, wie nicht nur das ganze Dorf, sondern auch meine Dienstleute bezeugeten, ergo könne sie keine Hexe sein, inmaßen der Heiland gesaget: ein guter Baum kann nicht arge Früchte bringen Matth. am siebenten.

2) was die Zäuberei im Dorf anbelangte, so möchte solche wohl die alte Lise angerichtet haben, angesehen sie einen Haß gegen Ream trüge, und schon lange in eim bösen Geschrei gewest und hätte nur die Gemein aus Furcht für dieser alten Hexen, nit sprechen wöllen. Darumb müsse noch Zutern ihr klein Mädchen verhöret werden, als welche es gehört, daß ihr Ehekerl zu der alten Lisen gesaget: sie hätte einen Geist, und wölle ers dem Priester sagen. Denn wiewohl selbige annoch ein Kind wäre, stünde doch geschrieben Ps. 8: Aus dem Munde der jungen Kinder und Säuglinge hastu dir eine Macht zugerichtet, und hätte der Heiland selbsten Matth. 21 auf das Gezeugniß derer Kinder sich berufen.

3) Dannenhero möchte die alte Lise auch wohl die Ackerstücke item die Obstbäume bezaubert haben, anerwogen nicht anzunehmen stünde, daß Rea so sich bishero als eine artige Tochter bezeuget, ihrem eigenen Vater sölle das Korn behexet, oder ihm Raupen gemacht haben. Denn Niemand, sage die Schrift, könne zween Herrn dienen.

4) item möchte sie auch wohl der Grünspecht gewesen sein, so Reae wie dem alten Paaßchen im Streckelberg begegnet wäre, und selbsten ihren Eße=kerl, aus Furcht vor dem Priester, dem bösen Feind übergeben haben, anerwogen wie Spißel de expugnatione Orci beibrächte, item der malleus maleficarum*) außer Zweifel seßete, die leidigen Kinder des Satans sich oftermalen in allerlei Thiere verkehreten, nicht minder als es der garstige Unhold selbsten schon im Paradiese gethan, da er unsere ersten Aeltern unter der Gestalt einer Schlangen verführet. Genes. am 3ten.

5) Hätte die alte Lise auch wohl das böse Wetter gemacht, als Dn. Consul mit Rea vom Streckelberg gekommen, alldieweil es unmüglich wäre, daß dieses Rea gewest, indem sie auf dem Wagen gesessen und die Hexen, wenn sie Wetter macheten, immer im Wasser stünden, und sich solches rücklings über den Kopf würfen, item die Steine mit eim Stock weidlich abklopfeten, wie Haunold fürbringe. Selbige möge denn auch wohl am besten um die Pogge und den Schweinsigel wissen.

6) Würde Reae irrthümlich als ein crimen aus=geleget, was doch zu ihrer Rechtfertigung deihen

*) Der berühmte Hexenhammer Innocentius' VIII., welcher 1489 erschien und das bei den Hexenprocessen zu beobachtende Verfahren vorschrieb.

müßte, nämlich ihr plötzlicher Reichthumb. Denn der malleus maleficarum besage ausdrücklich, daß nie eine Hexe nicht reich würde, besondern Satanas, zur Unehre Gottes, sie immer umb ein Spottgeld kaufe, damit sie nit durch solchen Reichthumb sich verriethe*); dieweil nun aber Rea reich worden wäre, könne sie ihr Gut nicht durch den leidigen Erzfeind gewonnen haben, besondern es wäre wahr, daß sie Birnstein im Berg gefunden. Daß solche Ader aber nachmalen nit zu finden gewest, möge auch wohl durch den Zauber der alten Lisen beschehen sein, oder die Sehe hätte auch den Berg unten abgespühlet, wie oftermalen geschähe, also daß er oben nachgeschossen, und die Stätte verschüttet wäre; so daß hierbei nur ein miraculum naturale**) sich ereugnet. Den Beweis so er aus der Schrift beibrachte haben wir vergessen, da er auch nur gadlich***) war.

7) ihre Umtaufe anlangend; so hätte die alte Vettel selbsten gesaget, daß sie weder den Teufel noch irgend einen Geist oder Menschen umb Ream

---

*) Die Originalworte des Hexenhammers Tom. I. quaest. 18. lauten auf die Frage cur maleficae non ditentur? ut juxta complacentiam daemonis in contumeliam creatoris, quantum possibile est, pro vilissimo pretio emantur, et secundo, ne in divitiis notentur.

**) natürliches Wunder.

***) plattdeutsch, für mittelmäßig.

gesehen, und möge sie sich dannenhero immer natürlich gebadet haben, umb des andern Tages den
schwedischen König zu begrüßen, angesehen es heißes
Wetter gewesen und solches nicht geradezu die
Schaamhaftigkeit einer Jungfer turbire.

Denn daß sie Einer sehen würd, hätte sie wohl
so wenig vermuthet, als die Bathseba, die Tochter
Eliams, das Weib Uriae des Hethiters, so sich auch
gebadet, wie 2 Sam. 11, 2 geschrieben stünd, ohne
zu wissen, daß David ihrer ansichtig worden. Auch
könne ihr Maal kein Satansmaal sein, dieweil ein
Gefühl darinnen vorhanden gewest; ergo wäre es
ein natürlich Maal, und erlogen, daß sie es vor
ihrem Bade noch nicht gehabt. Ueberdieß wär in
diesem Punkt der alten Vettel gar nit zu trauen,
da sie dabei von einer Widersprechung in die andere
gerathen, wie Acta besagten.

8) Auch die Zauberei mit Paaschen seim klein
Töchterlein müge Reae nit mit Recht zugemuthet
werden. Denn da die alte Lise auch in der Stuben
aus und eingegangen, ja sich auf das Bäucheken
des kleinen Mägdleins gesetzet, als Pastor sie be-
suchet; möge dieses böse Weib, so einmalen einen
großen Groll auf Ream trüge, solches Zauberwerk
mit der Macht des bösen Feindes und unter Zulassung des gerechten Gottes, auch wohl fürgenommen
haben. Denn der Satanas sei ein Lügner und ein

Vater der Lügen, wie unser Herr Christus sage, Johannes am achten.

9) Anlangend nun den Spök des leidigen Böse= wichts, so in Gestalt eines haarigten Riesen auf dem Berg erschienen; so wäre dieses freilich das schwerste Gravamen, anerwogen nit blos die alte Lise, sondern auch drei achtbare Zeugen sein ansichtig worden. Allein wer wüßte, ob die alte Lise auch nit diesen Teufelsspök herfürgebracht, umb ihren Feind ganz zu verderben. Denn wiewohlen solcher Spök der Junker nit gewest, wie Rea für= gegeben, wäre es gar leichtlich müglich, daß sie dennoch nit gelogen, besondern den Satanas, der die Gestalt des Junkers angenommen, für selbigen angesehen. Exemplum gäbe die Schrift selbsten. Denn alle Theologi der gesammten protestantischen Kirchen stimmeten darinnen überein, daß der Spök, so die Hexe von Endor dem Könige Saul gewiesen, nicht Samuel selbsten, besondern der leidige Satanas gewest. Nichts destoweniger hätte Saulus ihn für den Samuel gehalten. Also möge die alte Vettel Reae auch wohl den leidigen Teufel herfürgezaubert haben, ohne daß sie es gemerket, daß es nicht der Junker, sondern Satanas gewest, der nur des Junkers Gestalt angenommen, umb sie zu verführen. Denn da Rea ein schön Weib sei, wäre es nicht zu ver= wundern, daß der Teufel sich mehr Müh umb sie

gäbe, denn umb eine alte trockene Vettel, angesehen er von jehero nach schönen Weibern getrachtet. Genes. 6, 2.

Endelich brachte er für: daß Rea auch nicht als eine Hexe gezeichnet und weder eine krumme Nase, noch rothe Gluderaugen hätte. Wohl aber hätte die alte Lise beides, so Theophrastus Paracelsus als ein sicher Merkzeichen der Zauberei angäbe, sprechende: „die Natur zeichnet Niemands also, es sei denn ein Mißgeräth, und seind dies die Haupt= zeichen, so die Hexen an ihnen haben, wenn sie der Geist Ascendens überwunden hat". —

Als Dn. Syndicus nunmehro mit seiner Defension fertig war, war mein Töchterlein so erfreut darüber, daß sie ihm wollte die Hand küssen; allein er riß seine Hand zurücke, und pustete dreimal darüber, so daß wir leichtlich vermuthen kunnten, es wäre ihme mit solcher Defension annoch selbsten kein Ernst. Brach auch allsobald mürrisch auf, nachdem er sie dem Schutz des Höchsten empfohlen, und bat mich, meinen Abschied kurz zu machen, da er heute noch wieder nach Hause wölle, was ich denn auch leider thun mußte.

———

Capitel 23.

———

Als nunmehro Akta an Ein lobsam Hofgericht verschicket worden, währete es wohl an die 14 Tage bevorab Antwort kam. Und war Se. Gestrengen der Amtshaubtmann sonderlich freundlich gegen mich, erlaubte auch, da das Gericht wieder heimgekehret, daß ich mein Töchterlein so oft sehen kunnte, als ich begehrete, wannenhero ich den größten Theil des Tages umb sie war. Und, wenn dem Büttel die Zeit zu lange währete, daß er auf mich passen mußte, gab ich ihme ein Trinkgeld, und ließ mich von ihm mit meim Kind einschließen. Auch war der barmherzige Gott uns gnädig, daß wir oft und gerne beten mugten. Denn wir hatten wieder eine steife Hoffnung und vermeineten, daß das Creuz, so wir gesehen, nun bald wäre

fürübergezogen und der grimmige Wulf schon seinen
Lohn bekommen würde, wenn Ein lobsam Gericht
Acta einsähe, und an die fürtreffliche Defension
gelangete, so Dn. Syndicus vor mein Kind gefabri=
ciret. Darumb fing ich auch wieder an aufzuheitern,
zumalen als ich sahe, daß meinem Töchterlein die
Wangen sich gar lieblich rötheten. Doch am
Donnerstag den 25sten mensis Augusti umb Mittag
fuhr Ein ehrsam Gericht abereins auf den Schloßhof,
als ich mit meim Kind nach meiner Weis' wieder
im Gefängnüß saß und die alte Ilse uns die Kost
brachte, so aber für Thränen uns die Nachricht nicht
geben kunnte. Aber der lange Büttel schauete
lachend zur Thüren herein und rief: „ho ho, nu
sind se da, nu wadd dat Ketteln wohl los gahn"*)
worüber mein arm Kind sich schudderte**) doch mehr
über den Kerl denn über die Botschaft. Selbiger
war auch kaum fortgangen, als er schon wieder
kam, umb ihr die Ketten abzunehmen und sie ab=
zuhohlen. Folgete ihr also in das Gerichtszimmer,
wo Dn. Consul die Sentenz Eines lobsamen Ge=
richtes fürlas, daß sie über die gefaßten Artikul
noch einmal in Güte sölle gefraget werden, und
bliebe sie verstockt, wäre sie der peinlichen scharfen

---

*) ho, ho, nun sind sie da, nun wird das Kitzeln wohl
anfangen.

**) plattdeutsch, für schauderte.

Frag zu unterwerfen, denn die beigebrachte Defension haue nicht aus, besondern es wären indicia legitima, praegnantia et sufficientia ad torturam ipsam*) fürhanden als:

1) mala fama**)

2) maleficium, publice commissum***)

3) apparitio Daemonis in monte†)

wobei Ein Hochlobsam Hofgericht an die 20 Autores citiret, wovon wir aber wenig behalten. Als Dn. Consul solches meinem Töchterlein fürgelesen, hub er wiederumb an, sie mit vielen Worten zu ver=mahnen, daß sie müge in Güte bekennen, denn die Wahrheit käme jetzunder doch an den Tag.

Hierauf gab sie standhaft zur Antwort: daß sie nach der Defension Dn. Syndici zwar ein besser Urtel gehoffet; allein, da es Gott gefiele, sie annoch härter zu prüfen, beföhle sie sich ganz in seine gnädige Hand und könne sie nicht anders bekennen, denn sie vorhero gethan, daß sie nämblich unschuldig sei und böse Menschen sie in dies Elend geführet. Hierauf winkete Dn. Consul dem Büttel, welcher

---

*) rechtmäßige, überwiegende und hinreichende Gründe zur Tortur.

**) böses Gerücht.

***) öffentlich begangene Zauberei.

†) die Erscheinung des Teufels auf dem Berge.

aus der andern Stuben Pastorem Benzensem*) in seinem Chorrock hereinließ, so von dem Gericht bestellet war, umb sie noch besser aus Gottes Wort zu vermahnen. Selbiger thät einen großen Seufzer und sprach: „Maria, Maria, wie muß ich dich wiedersehen!" worauf sie anhub gar heftig zu weinen, und ihre Unschuld abermals zu betheuern. Aber er kehrete sich nicht an ihrem Jammer, besondern nachdem er sie hatte das „Vaterunser, Aller Augen und Gott der Vater wohn uns bei" beten lassen, hub er an ihr den Gräuel fürzustellen, den der lebendige Gott an allen Zauberern hätte, angesehen ihnen nicht nur im alten Testamente die Strafe des Feuers wäre zuerkannt worden, sondern auch der heilige Geist im N. Testament ausdrücklich sage, Gall. am fünften: daß die Zauberer nimmer würden das Reich Gottes erben, sondern ihr Theil würde sein in dem Pfuhl, der mit Feuer und Schwefel brennet, welches ist der andere Tod Apocal. 21. Sie möge also nicht trotziglich sein, noch dem Gericht die Schuld geben, wenn sie also geplaget würde, denn das Alles geschähe aus christlicher Liebe und umb ihre arme Seele zu retten. So müge sie denn umb Gottes und ihrer Seeligkeit willen nicht länger

---

*) Den Prediger zu Benz, einem unfern von Pudagla belegenen Kirchdorfe.

ihre Buße verschieben, ihren Leib martern lassen, und ihre arme Seele dem leidigen Satan übergeben, welcher ihr doch nicht in der Höllen halten würde, was er ihr hier auf Erden versprochen, denn er wäre ein Mörder von Anfang und ein Vater der Lügen, Joh. am 8ten.

O Maria, rief er aus, mein Kindlein, die du so oft auf meinem Schooß gesessen und für die ich jetzunder alle Morgen und Abend zu meinem Gotte schreie, wiltu mit dir und mir kein Erbarmen tragen, so trage Erbarmen mit deinem rechtschaffenen Vater, den ich für Thränen nicht ansehen kann, da sein Haar in wenig Tagen schlooweiß worden, und rette deine Seele mein Kind, und bekenne! Siehe, dein himmlischer Vater betrübet sich anjetzo nicht minder über dich, denn dein leiblicher Vater; die heiligen Engel verhüllen für dir ihre Augen daß du, die du einst ihr lieblich Schwesterlein warest, nunmehro eine Schwester und Braut des leidigen Teufels worden bist. Darumb kehre umb und thue Buße! Dein Heiland rufet dich verirrtes Lämmelein heute wieder zurück zu seiner Heerden. Sollte nicht gelöset werden diese, die doch Abrahams Tochter ist, von den Banden, welche Satanas gebunden hat? lautet sein barmherzig Wort Lukas am dreizehnten; item: kehre wieder du abtrünnige Seele, so will ich mein Antlitz nicht gegen dich verstellen, denn ich bin barmherzig, Jeremias am dritten. So kehre denn wieder du abtrünnige Seele zu dem Herrn deinem Gotte! — Der eines abgöttischen Manasses sein bußfertiges Gebet erhöret, 2 Chronika 33., der die Zäuberer zu Epheso durch Paulum zu Gnaden aufgenommen, Act. 19: Derselbige dein barmherziger Gott rufet dir anjetzo zu, wie dorten dem Engel der Gemein zu Epheso: gedenke, wovon du gefallen bist und thue Buße Apocal. 2. — O, Maria, Maria, gedenke, wovon du gefallen bist mein Töchterlein und thue Buße! —

Als er hierauf stille schwiege, währete es eine fast große Zeit, ehebevor sie für Thränen und Schluchzen ein Wörtlein herfürbringen konnte, bis sie endlich zur Antwort gab: wenn Lügen Gott nicht minder verhaßt seind, als die Zauberei; so darf ich auch nicht lügen, sondern muß umb Gottes willen bekennen, wie ich immer bekennet, daß ich unschuldig bin.

Hierauf ergrimmete Dn. Consul in seinen Mienen und fragete den langen Büttel, ob Alles in Bereitschaft sei, item die Weiber bei der Hand wären, umb Ream auszukleiden, worauf er nach seiner Weise lachend zur Antwort gab: „hoho an mir hat's noch niemalen gefehlt und soll's auch heute nicht fehlen, ich will sie schon kitzeln, daß sie bekennen soll".

Als er solches gesaget, redete Dn. Consul wieder

mein Töchterlein an und sprach: du bist ein dumm
Ding, und kennest die Pein nit, so dir bevorstehet,
darumb bist und bleibst du verstockt. Aber folge
mir anjeßo in die Marterkammer, daß der Angst=
mann dir Instrumenta zeige, ob du vielleicht noch
einen andern Sinn bekömmst, wenn du erst gesehen,
was die peinliche Frag bedeutet.

Hierauf ging er voran in ein ander Zimmer
und folgete ihm der Büttel mit meim Kind. Doch
als ich nachgehen wollte, hielt mich Pastor Benzensis
fest und beschwore mich mit vielen Thränen solches
nicht zu thun, besondern hier zu verbleiben. Aber
ich hörete nicht auf ihn, sondern riß mich los und
schwur dagegen, so lange sich noch eine Ader und
Sehne in meinem armen Leib rührete, wöllte ich
mein Kind nicht verlassen. Kam also auch in das
andere Zimmer, und von dannen in einen Keller
nieder, wo die Marterkammer war, in der es aber
keine Fenstern hatte, damit Niemand das Geschrei
derer Geängsteten von draußen hören müge. Darumb
brenneten hier bereits zween Fackeln, als ich eintrat,
und wiewohlen Dn. Consul mich gleich zurückweisen
wollte, ließ er sich leßlich doch erbarmen, daß ich
bleiben durfte.

Und trat nun dieser höllische Hund, der Büttel,
herfür und zeigete meinem armen Kind mit Froh=
locken, zuerst die Leiter sprechende: sieh! darauf

wirst du zuerst gesetzet und die Hände und Füße dir angebunden. · Darauf bekommst du hier die Daumschrauben an, wovon dir gleich das Blut aus den Fingerspitzen herfürsprützet, wie du sehen kannst, daß sie annoch roth sind vom Blut der alten Gust Biehlkschen, welche vor einem Jahr gebrennet wurde, und anfänglich auch nit bekennen wollte. · Wiltu dann noch nit bekennen, so ziehe ich dir hier die spanischen Stiefeln an, und seind sie dir zu groß, so klopfe ich dir einen Keil dazwischen, daß die Wade so hinten ist, sich nach vorne zeucht und das Blut dir aus den Füßen herausscheußt, als wenn du Brummelbeeren durch einen Beutel preßest.

Wiltu dann noch nit bekennen — holla! brüllete er anjetzo und stieß mit dem Fuß an eine Thür hinter ihme, daß das ganze Gewelbe erbebete, und mein arm Kind für Schreck in die Kniee fiel. Währete auch nit lange, so brachten zween Weiber einen Kessel, in welchem glühend Pech und Schwefel brobbelte*). Ließ also der Höllenhund den Kessel zur Erden setzen, hohlete unter seim rothen Mantel, so er umbhatte, eine Fledderwisch herfür, woraus er an die sechs Posen zog und selbige alsdann in den glühenden Schwefel tunkete. Als solches geschehen,

---

*) brodelte.

und er sie eine Zeitlang im Kessel gehalten, wurf er sie auf die Erden, worauf sie hin und herfuhren, und den Schwefel wieder von sich sprützeten. Nunmehro rief er wieder meim armen Kind zu: sieh! diese Posen werf ich dir alsdann auf die weißen Lenden, und frißt der glühende Schwefel dir sogleich das Fleisch bis auf die Knochen durch, damit du einen Vorschmack gewinnest von der Lust der Höllen, die dein harret.

Als er soviel mit Hohnlachen gesprochen, überkam mich ein so großer Jachzorn, daß ich aus der Ecken herfürsprang, wo ich mein zitternd Gebein an einer alten Tonnen gestützet, und schriee: „o du höllischer Hund sprichstu das aus dir selbsten, oder haben es dich Andere geheißen", wofür der Kerl aber mir einen Stoß auf die Brust gab, daß ich an die Wand zurücke fiel, und Dn. Consul im großen Zorn rief: Alter Narre, da Er ja durchaus allhier verbleiben will; so lasse Er mir den Büttel in Frieden, wo nicht, so lasse ich ihn allsogleich aus der Kammer bringen. Was der Büttel gesaget, ist seine Schuldigkeit, und wird es Seiner Tochter also ergehen, wenn sie nicht bekennet, und zu vermuthen steht, daß der höllische Feind ihr was gegen die Pein gebrauchet*). Hierauf

---

*) Denn man wähnte, wenn die Hexen die Marter mit ungewöhnlicher Geduld ertrugen oder gar dabei einschliefen, wie unbegreiflicher Weise öfter vorkam, der Teufel hätte diese

fuhr der höllische Hund wieder zu meim armen
Töchterlein fort, ohne mein weiters zu achten, als
daß er mir in das Angesicht lachete: „sieh! wenn
dir nunmehro deine Wolle genommen ist, ho ho ho,
ziehe ich dich durch diese zwo Ringe unten an der
Erden und oben am Boden in die Höhe, recke dir
die Arme aus und binde sie oben an die Decken,
worauf ich diese beiden Fackeln nehme und solche
dir unter den Achseln halte, daß deine Haut gleich
wird als die Schwarte von einem Schinken, so im
Rauch gehänget. Alsdann soll dir dein höllischer
Buhler nit mehr beistehen und du sollt die Wahrheit
schon bekennen. — Nunmehro hast du Allens gesehen
und gehöret, was ich mit dir im Namen Gottes
und der Oberkeit fürnehme“.

Jetzunder trat wiederumb Dn. Consul für und
vermahnete sie nochmals die Wahrheit zu bekennen.
Als sie aber bei ihrer Sag verharrete, übergab er
sie denen beiden Weibern so den Kessel gebracht,
daß sie sie nackend ausziehen söllten, wie sie von
Mutterleib kommen, und ihr darauf das schwarze
Marterhemd anziehen, nachgehends aber noch einmal
und zwar baarfuß, die Treppe hinaufleiten vor Ein
ehrsam Gericht. Aber da die eine von diesen

Gefühllosigkeit ihnen durch ein Amulet verliehen, das sie an
geheimen Theilen des Körpers verborgen hielten. Zedler's Uni-
versallexikon Bd. 44 unter dem Artikel Tortur.

Weibsbildern des Amtshaubtmanns seine Aus=
gebersche war (die andere war den dreusten Büttel
seine Frau) sagte mein Töchterlein, daß sie sich nur
wölle von ehrsamen Weibern angreifen lassen, nicht
aber von der Ausgeberschen und müge Dn. Consul
ihre Magd rufen lassen, so wohl annoch in ihrem
Gefängnüß säße und in der Bibel läse, wenn er
sonsten kein ehrsam Weibsbild in der Nähe wüßte.
Hierauf erhub die Ausgebersche ein groß Maul und
ein gewaltig Schimpfen, was ihr aber Dn. Consul
verbott, und meinem Töchterlein zur Antwort gab:
daß er auch dieses ihr nachsehen wölle und müge
nur den dreusten Büttel seine Frau die Magd aus
dem Gefängnüß anhero rufen. Nachdem er solches
gesaget, griff er mich unter meinen Arm und flehete
mich also lange mit ihm gen Oben zu kommen,
dieweil meinem Töchterlein annoch kein Leides
geschehen würde, bis ich seinen Willen thate.

Währete aber nit lange, so kam sie selbsten
baarfuß und in dem schwarzen Marterhemde mit
den beiden Weibsbildern heraufgestiegen, doch also
blaß, daß ich sie kaum selbsten kennen kunnte. Der
abscheuliche Büttel aber, so dicht hinter ihr ging,
griff sie an die Hand, und stellete sie vor Ein
ehrsam Gericht.

Nachdem solches geschehen, ging das Vermahnen
wieder los und sagte Dn. Consul: sie sölle einmal

niedersehen auf die braunen Flecken, so in dem Hemde wären. Dieses wäre auch noch das Blut der alten Biehlkschen, und müge sie bedenken, daß umb wenig Minuten ihr eigen Blut auch daraus herfürsprützen würde. Hierauf gab sie aber zur Antwort: „dieses bedenke ich gar wohl, doch hoffe ich, daß mein treuer Heiland, der mir unschuldig diese Pein hat auferleget, selbige mir auch wird tragen helfen, wie den heiligen Märtyrern. Denn haben diese mit Gottes Hülfe die Pein im rechten Glauben überwunden, so ihnen die blinden Heiden anthaten, kann ich auch die Pein überwinden, welche mir blinde Heiden anthun, so zwar Christen sein wöllen, aber grausamer seind, denn die alten. Denn die alten Heiden haben die heiligen Jungfrauen doch nur von denen grimmigen Bestien zureißen lassen, ihr aber, welche ihr das neue Gebot habet: daß ihr euch unter einander lieben sollt, wie Euer Heiland euch geliebet hat, damit Jedermann daran erkenne, daß ihr seine Jünger seid, Johannes am dreizehnten, ihr wollet selbsten diese grimmigen Bestien spielen und den Leib einer unschuldigen Jungfrauen, so eure Schwester ist, und euch nie was Leides gethan, lebendig zureißen. So thut denn, was euch geliebet, doch sorget, wie ihr es für eurem höchsten Richter verantworten wöllet. Ich sage nochmals: das Lämmlein erschröcket nicht, denn es stehet in der Hand des guten Hirten".

Als mein unvergleichlich Kind also geredet, stund Dn. Consul auf, und nahm seine schwarze Kappen ab, so er immer trug, dieweil ihme die Haare auf dem Scheitel schon ausgefallen, verneigte sich auch vor dem Gericht und sprach: Eim ehrsamen Gericht wird angezeiget, daß nunmehro die Urgicht und peinliche Frag der verstockten und gotteslästerlichen Hexen Maria Schweidlers anheben soll, im Namen Gottes des Vaters, des Sohnes und des heiligen Geistes. Amen.

Hierauf stund das ganze Gericht auf bis auf den Amtshaubtmann, so schon vorhero ufgestanden, und unruhig in der Stuben uf= und abgegangen war. Doch weiß ich von Allem, was nunmehro erfolget und ich selbsten gethan hab, kein Wörtlein mehr, will es aber getreulich berichten, wie es mir mein Töchterlein und andere testes vermeldet. Und zwar verzählen sie also:

Als Dn. Consul nach solchen Worten die Sand= uhr genommen, so auf dem Tische stund und vorauf getreten, habe ich durchaus mit wöllen, worauf erstlich Pastor Benzensis mit vielen Worten und Thränen mich gebeten von meinem Fürhaben ab= zulassen, darauf aber, wie es nichtes verfangen,

mein Töchterlein selbsten mir die Wangen gestreichelt,
und gesprochen: Vater habt Ihr auch gelesen, daß
die heilige Jungfrau dabei geweft, als man ihren
unschuldigen Sohn gegeißelt? Darumb gehet nunmehro auch zur Seiten. An meinem Scheiterhaufen
aber sollet Ihr stehen, das verspreche ich Euch, wie
die heilige Jungfrau unter dem Creuze gestanden
hat, doch anjetzo gehet, gehet, denn Ihr werdet es
nicht ertragen, und ich auch nicht! —

Als solches aber auch nit verschlagen, hat Dn.
Consul dem Büttel Befehl geben, mich mit Gewalt
zu greifen und in ein Zimmer einzusperren, worauf
ich mich aber losgerissen, ihme zu Füssen gefallen
und ihn beschworen bei den Wunden Jesu Christi,
er wölle mich nit von meinem Töchterlein reißen.
Solche Gnade und Gutthat würde ich ihm nimmermehr vergessen, besondern Tag und Nacht für ihn
beten, auch am jüngsten Gericht vor Gott und den
heiligen Engeln sein Fürbitter sein, wenn er mich
mitgehen ließe. Ich wölle mich auch ganz geruhsam
verhalten, und kein einzig Wörtlein sagen; nur
mitgehen müßte ich, etc.

Solches hat den guten Mann also erbarmet,
daß er in Thränen ausgebrochen und also gezittert
hat für Mitleid mit mir, daß die Sanduhr ihm
aus der Hand gefallen, und dem Amtshaubtmann

für die Füße getründelt*) ist, als hätt ihm unser
Herr Gott selbsten ein Zeichen gegeben, daß seine
Uhr bald abgelaufen wär. Hat es auch gar wohl
verstanden; denn er ist blaß worden, wie ein Kalk,
als er sie aufgenommen, und Dn. Consuli wiederumb
zugestellet. Selbiger hat endlich nachgegeben, indeme
er gesaget, daß dieser Tag ihn an die zehn Jahre
älter machen würd, doch dem dreusten Büttel be=
fohlen, welcher auch mitgangen ist, mich allsogleich
wegzuführen, so ich in währender Marter rumor
machen söllte. Und ist nun das ganze Gericht
niedergestiegen, doch, ohne den Amtshaubtmann,
der gesaget, daß ihm der Kopf wehe thät, und er
gläube, daß sein alt malum, die Gicht, wiederkäme,
weshalben er in ein ander Zimmer gangen ist.
Item ist Pastor Benzensis auch von dannen ge=
gangen.

Drunten im Keller hätten allererst die Büttel
Tische und Stühle gebracht, worauf sich das Gericht
gesetzet, und Dn. Consul mir auch einen Stuhl
hingeschoben; doch wäre ich nit darauf niedergesessen,
besondern hätte mich in einer Ecken auf meine Kniee
geworfen. Als solches beschehen, wäre das leidige
Vermahnen wieder losgangen, doch da mein Töch=
terlein, wie ihr unschuldiger Heiland für seinen

---

*) plattdeutsch, für gerollet.

ungerechten Richtern, kein einzig Wörtlein Antwort
geben, wäre Dn. Consul aufgestanden und hätte
dem langen Büttel Befehl gegeben, sie nunmehro
auf die Marterbank zu setzen.

Sie hätte gezittert wie ein Espenlaub, als er
ihr die Füße und Hände festgebunden, und als er
nunmehro ein alt garstig und köthigt Tuch, worin
er den Tag Fische getragen, wie meine Magd
gesehen, und worauf noch die hellen Schuppen bei
Haufen gesessen, ihr umb ihre lieblichen Aeugeleins
binden wöllen, wäre ichs gewahr worden und hätte
mein seidin Halstuch abgelöset, bittende, er wölle
dieses nehmen, welches er auch gethan. Hierauf
wären ihr die Daumschrauben angeleget und sie
nochmals im Guten befraget; doch sie hätte nur
ihr blindes Haupt geschüttelt und mit ihrem sterben=
den Heiland geseufzet: Eli, Eli, lama sabachthani,
und hierauf griechisch: $\vartheta\varepsilon\acute{\varepsilon}\ \mu o\upsilon, \vartheta\varepsilon\acute{\varepsilon}\ \mu o\upsilon, \H{\iota}\nu\alpha\ \tau\acute{\iota}\ \mu\varepsilon$
$\dot{\varepsilon}\gamma\kappa\alpha\tau\acute{\varepsilon}\lambda\iota\pi\varepsilon\varsigma$*). Darauf wäre Dn. Consul zurück=
geprallet, und hätte ein Creuz geschlagen (denn
dieweil er kein Griechisch verstunde, hätte er gegläubet,
wie er nachgehends selbsten sagte, sie hätte den
Teufel angerufen ihr zu helfen) und nunmehro mit
lauter Stimmen dem Büttel zugeschrieen: schraubet!

---

*) Mein Gott, mein Gott, warum hast du mich verlassen.
Matth. 27, 46.

Als ich aber solches gehöret, hätte ich einen erschröcklichen Schrei herfürgestoßen, daß das ganze Gewelbe gezittert, worauf mein, für Angst und Verzweiflung sterbendes Kind, da sie meine Stimme erkennet, erstlich mit ihren gebundenen Händen und Füßen gerucket, wie ein Lämmlein auf der Schlacht= bank, so verscheiden will, und darauf gerufen: „lasset mich los, ich will Allens bekennen, was ihr wollet". Dieses hätte Dn. Consulem also erfreuet, daß er in währender Zeit der Büttel sie losgebunden, auf seine Kniee gefallen und Gott gedanket hätte, daß er ihme von dieser Qual geholfen. Doch wäre mein verzweifelt Kind nicht allsobald abgebunden und hätte ihre Dornenkron (verstehe mein seidin Halstuch) abgelegt, als sie von der Leiter gesprungen und sich auf mich gestürzet, der ich wie ein Todter in tiefer Unmacht in der Ecken gelegen.

Solches hätte Ein ehrsam Gericht verdroßen, und nachdem die beiden Büttel mich wegkgetragen, wäre Rea vermahnet nunmehro, wie sie versprochen, ihre Urgicht zu thun. Wäre aber zu schwach gewest, um auf ihren Füssen zu stehen, und wiewohlen Dn. Camerarius gebrummet, hätte Dn. Consul ihr dennoch einen Stuhl geben, auf welchem sie sich gesetzet. Und seind dieses die hauptsächlichsten Fragen gewest, so ihr auf Befehlich Eines Hoch= lobsamen Hofgerichtes wie Dn. Consul gesaget,

fürgeleget worden, und ad protocollum genommen
sind:

Q. Ob sie zaubern könne?

R. Ja sie könne zaubern.

Q. Wer ihr solches gelehret?

R. Der leidige Satan selbsten.

Q. Wieviel Teufel sie habe?

R. Sie hätte an einem genug.

Q. Wie dieser Teufel hieße?

Illa. (sich besinnende) hieße Disidaemonia*).

Hierauf hätte sich Dn. Consul geschuddert und
gesaget: das müßte ein recht erschröcklicher Teufel
sein, dieweil er niemalen solchen Namen gehöret.
Sie sölle selbigen buchstabiren, damit der Scriba
keinen error mache, welches sie auch gethan, und
ist hierauf fortgefahren wie folget:

Q. In welcher Gestalt ihr selbiger erschienen?

R. In der Gestalt des Amtshaubtmanns,
oftmalen auch wie ein Bock mit grimmigen Hörnen.

Q. Ob und wo sie Satan umgetaufet?

R. In der Sehe.

Q. Welchen Namen er ihr geben?

---

*) Griechisch und nach der Erasmusschen Aussprache: Deisi=
daimonia, d. i. der Aberglaube. Welch bewundernswürdiges
Weib! —

R.*)

Q. Ob auch Etzliche aus der Nachbarschaft bei ihrer Umtaufe gewest und welche?

Hier hat mein unvergleichlich Kind ihre Aeugelein gen Himmel geschlagen, eine Zeitlang stille geschwiegen, als besänne sie sich, ob sie die alte Lise angeben sölle, oder nicht und dann endlich gesaget: nein!

Q. Müßte doch Pathen gehabt haben! Welches diese gewesen und was sie ihr eingebunden zum Pathengeld?

R. Wären nur Geister dabei gewest, weßhalben die alte Lise auch nichtes gesehen, als sie über die Umtaufe hinzugekommen.

Q. Ob der Teufel ihr beigewohnet?

R. Sie hätte nirgend anders denn bei ihrem Vater ihre Wohnung gehabt.

Q. Sie wölle wohl nit verstehen. Ob sie mit dem leidigen Satan Unzucht getrieben, und sich fleischlich mit ihm vermischet?

Hier ist sie also verschaamrothet, daß sie sich mit beiden Händen die Augen zugehalten, und darauf angehoben zu weinen und zu schluchzen, und da sie nach vielen Fragen keine Stimme von sich geben, ist sie vermahnet worden, die Wahrheit zu

----

*) Dieser Name ist durchaus nicht im Manuscript zu enträthseln.

reden, widrigenfalls sie der Angstmann wieder auf die Leiter heben würd. Hat jedoch endlich „nein!“ gesaget, welches aber Ein ehrsam Gericht nicht gegläubet, sondern sie dem Angstmann abermals befohlen, worauf sie mit ja geantwortet.

Q.*) —

Q. Ob sie von dem Satan in Wochen gekommen, oder einen Wechselbalg erzeuget und in welcher Gestalt?

R. Nein wäre nie geschehen.

Q. Ob ihr der böse Geist kein Zeichen oder Maal an ihrem Leib geben und wo?

R. Die Maale hätte Ein ehrsam Gericht ja allbereits gesehen.

Nunmehro seind wieder die Zaubereien im Dorf fürgekommen, so sie alle eingestanden. Doch hat sie Nichtes wissen wöllen umb den alten Seden seinen Tod, item umb der kleinen Paaßchin ihre Krankheit, wie letzlich, daß sie mit der Macht des bösen Feindes mein Ackerstück umgehaket, und mir Raupen in meinem Kohlgarten gemacht. Und wiewohlen sie abermals mit der Folter bedräuet worden, der Angstmann sie auch zum Schein hat wieder auf die Bank setzen müssen und ihr die Daum-

---

*) Diese abscheuliche Frage kann ich nicht einmal lateinisch hersetzen, obgleich sie in allen Hexenprocessen vorkömmt.

schrauben anlegen, ist sie doch standhaft verblieben, und hat gesprochen: was wöllet Ihr mich martern, da ich doch weit schwerere Dinge bekennet, denn diese sind, so mir nicht das Leben aufhalten werden, wenn ich sie leugne.

Dieses hat auch Ein ehrsam Gericht letzlich eingesehen und sie wieder von der Marterbank heben lassen, zumalen da sie den articulum principalem*) eingestanden, daß ihr Satan wahrhaftiglichen als ein Riese wäre auf dem Berg erschienen. Von dem Wetter und der Poggen, item dem Schweinzigel ist aber nichtes mehr fürgekommen, alldieweilen Ein ehrsam Gericht nunmehro wohl selbsten die Unsinnigkeit eingesehen, daß sie hätte Wetter machen söllen, da sie ruhig auf dem Wagen gesessen. Schließlich hat sie noch gebeten, daß ihr müge vergönnt werden, in demselbigen Kleid dereinst ihren Tod zu erleiden, welches sie angehabt, als sie den schwedischen König salutiret, item ihrem elenden Vater zu vergönnen, daß er mit zum Scheiterhaufen führe, und dabei stünde, wenn sie gebrennet würde, wie sie ihm solches in Gegenwart Eines ehrsamen Gerichtes versprochen.

Darauf ist sie dem langen Büttel wieder überliefert und selbigem anbefohlen worden, sie in ein

---

*) Hauptartikel.

ander und schwerer Gefängnüß zu setzen. Doch
ehe er mit ihr aus der Kammer gangen, ist den
Amtshaubtmann sein Hurenbalg, so er mit der
Ausgeberschen gezeuget, mit einer Trummel in den
Keller kommen, hat immerzu getrummelt und ge=
schrieen: „kamt tom Gosebraden, kamt tom Gose=
braden"*) so daß Dn. Consul in einen schweren
Zorn gerathen, und hinter ihm her geloffen. Aber
er hat ihne nicht kriegen mögen, dieweil er in dem
Keller guten Bescheid gewußt. Und hat mir der
Herr sonder Zweifel meine Unmacht geschicket, daß
ich dieses neue Herzeleid nicht mehr haben sollte.
Darumb sei ihm allein die Ehre. Amen.

---

*) Kommt zum Gänsebraten!

Capitel 24.

Wie der Teufel in meiner Gegenwärtigkeit die alte Lise
Kolken hohlet.

———

Als ich mich nach meiner obgedachten Unmacht
wiederumb verhohlet, stand den Krüger sein
Weib über mir mit meiner alten Magd und kelleten
mir eine Biersuppen ein. Die alte getreue Person
schrice laut auf für Freuden, als ich meine Augen
wieder aufschlug, und erzählete mir darauf auf
meine Erkundigunge, daß mein Töchterlein sich nit
hätte recken lassen, besondern freiwillig ihre Uebelthat
bekennet, und sich für eine Hexe ausgegeben. Solche
Kundschaft war mir in meinem Jammer fast er=
quicklich, angesehen ich das Feuer für eine geringere
Strafe erachtete, denn die Marter. Aber als ich
anheben wollte zu beten, wollt' es nicht gehen,
worüber ich abereins in großen Mißmuth und Ver=
zweiflung kam, und gläubete, daß der heilige Geist

gänzlich sein Angesicht von mir elenden Menschen
abgewendet hätte. Und wiewohlen die alte Magd,
als sie solches merkete, sich für mein Bette stellete,
und anhub mir vorzubeten, war es doch umbsonst,
und war und blieb ich ein verstockter Sünder.
Doch erbarmete der Herr sich mein, ohne mein
Verdienst und Würdigkeit, maßen ich bald in einen
tiefen Schlaf verfiele, und am andern Morgen umb
Betglockenzeit erstlich wieder aufwachete, wo ich auch
wieder beten kunnte, und über solche Gnade Gottes
annoch in meinem Herzen jubilirete, als mein Ackers=
knecht Claus Neels zur Thüren hereintrat, und
verzählete, daß er schon gestern gekommen wäre,
umb mir Kundschaft zu geben von wegen meinem
Hafer, dieweil er nunmehro Allens eingeaustet*).
Und wäre auch der Büttel mit ihm kommen, so
die alte Lise Kolken eingehohlet, inmaßen Ein lobsam
Hofgericht, wie der Büttel fürgegeben, solches be=
fohlen. Und wäre das ganze Dorf darüber in
Freuden gewest, aber auch Rea hätte gesungen und
jubiliret und unterwegs zu ihme und dem Büttel
gesaget, (denn der Büttel hätte ihn ein wenig hinten
aufhacken lassen) das sölle dem Amtshaubtmann
was Schönes bedeuten. Sie sölle nur für Gericht
kommen, dann werde sie wahrhaftig kein Blatt vor

---

*) eingeerntet, plattdeutsch.

ihren Mund nehmen, und männiglich sich verwun=
dern, was sie herfürbringen würde. Solch ein
Gericht wäre ihr ja was Lächerlichs, und hofirete
sie salva venia in die ganze Brüderschaft, et caet.

Als ich solches gehöret, faßte ich wieder eine
steife Hoffnung und stund auf, umb zu der alten
Lisen zu gehen. Hatte mich aber noch nicht ganz
verkleidet*), als sie selbsten schon den dreusten Büttel
schickete, daß ich doch ganz eilends zu ihr kommen
und ihr das Nachtmahl geben müge, dieweil sie
diese Nacht fast schwach worden. Dachte dabei mein
gut Theil und folgete dem Büttel in Hast, wiewohl
nicht, umb ihr das Nachtmahl zu geben, wie männig=
lich vor sich selbsten abnehmen kann. Dabei vergaß
ich alter schwacher Mann aber, mir Zeugen mit=
zunehmen. Denn aller Jammer, so ich zeithero
gelitten, hatte mir meine Sinne also umbschattet,
daß mir solches gar nicht in die Gedanken kam.
Nur der dreuste Büttel folgete mir und wird man
weiters hören, wie dieser Bube dem Satan Leib
und Seele übergeben, umb mein Kind zu opfern,
da er sie doch hätte retten mügen. Denn als er
die Gefängnüß aufgeschlossen (es war dasselbe Loch
wo mein Töchterlein zeithero gesessen) sahen wir
die alte Lise auf der Erden liegen in ein Bund

---

*) angekleidet.

Stroh und einen Besen zum Kopfküssen (als wöllte sie jetzunder damit zur Höllen fahren, da sie nit mehr darauf zum Blocksberg fahren kunnte) so daß ich mich schudderte, als ich ihr ansichtig wurde.

Und war ich kaum eingetreten, als sie ängstlich schriee: „ick bin ene Hex, ick bin ene Hex, erbarm he sich un geb he mi fix*) dat Nachtmal, ick will Em uck Allens bekennen!" Und als ich ihr zurief: so bekenne! sprach sie: daß sie selbsten allen Zauber mit dem Amtshaubtmann im Dorf angerichtet, und mein Kindlein so unschuldig daran wäre, als die Sonne am Himmel. Doch hätte der Amtshaubt=mann mehr schuld, angesehen er ein Hexenpriester wäre, und einen weit stärkeren Geist denn sie hätte, welcher Dudaim**) hieße, und sie die Nacht in das Genicke gestoßen, also daß sie es nimmer hohlen würd. Selbiger Geist hätte das Ackerstück umb=

---

*) schnell.

**) Dieses merkwürdige Wort kommt schon 1 Mos. 30, 15 ff. als der Name einer Pflanze vor, welche die weibliche Fruchtbarkeit erregt; doch sind die Ausleger von jeher über das Wesen und die Natur derselben uneins gewesen. Die LXX geben es durch mandragoras und ist von den zuverlässigsten älteren und neueren Theologen angenommen, daß es die, in der Geschichte der Zauberei so berüchtigte Alraunwurzel gewesen ist. Sonst führen, seltsamer Weise, die Teufel immer christliche Namen, wie auch bald darauf der Geist der alten Lise Stoffer d. i. Christoph genannt wird.

gepflüget, den Birnstein verschüttet, das Wetter
gemachet, meinem Töchterlein die Pogge auf ihren
Schooß geworfen, item ihren alten Ehekerl durch
die Luft von dannen geführt.

Und als ich fragete, wie solches müglich gewesen,
da ihr Kerl doch bis fast nahe an sein Ende ein
Kind Gottes gewest, und gerne hätte beten mögen,
wiewohl ich mich gewundert, daß er plötzlichen in
seiner letzten Krankheit andere Gedanken gekriegt,
gab sie zur Antwort: daß derselbige eines Tages
ihren Geist gesehen, so sie in Gestalt einer schwarzen
Katzen in ihrem Koffer gehabt und Stoffer hieße
und dieweil er gedrohet; solches mir zu verzählen,
wäre ihr bange worden, und hätte sie ihn durch
ihren Geist also krank machen lassen, daß er an
seiner Aufkunft verzaget wäre. Nunmehro hätte
sie ihn vertröstet, daß sie ihn allsobald wieder heilen
wölle, wenn er Gott absagete, der ihm doch nit
helfen könnte, wie er wohl einsäh. Solches hätte
er zu thun versprochen, und da sie ihn allsobald
wieder wacker gemacht, wären sie mit dem Silber,
so ich vor ihn von dem neuen Abendmahlskelch
abgeschrapet hätte, zur Nachtzeit an den Strand
gangen, wo er selbiges mit den Worten in die
Sehe hätte schütten müssen: „so wenig dieses Silber
wieder an seinen Kelch kömmt, komme meine Seele
wieder zu Gott!" worauf ihn der Amtshaubtmann

so auch da gewest, umbgetaufet im Namen des
Satans und ihne Hans genennet. Päthen hätte
er nit mehr gehabt, denn sie (verstehe die alte Lise)
allein. Da er aber in der Johannisnacht zum
ersten Male mit ihnen auf dem Blocksberg gewest
(es wäre aber der Herrenberg*) ihr Blocksberg) wäre
auch von mein Töchterlein die Rede gewest. Und
hätte Satanas dem Amtshaubtmann es selbsten
zugeschworen, daß er sie haben sölle. Er wölle dem
Alten (womit der Bösewicht Gott gemeinet) wohl
zeigen was er könne, und sölle der Zimmermanns-
junge vor Aerger was Schönes in seinen Hosen
finden (pfui du Erzbösewicht, daß du solches von
meinem Erlöser geredet!) Hierüber hätte ihr alter
Kerl gemürmelt, und da sie ihme niemalen recht
getrauet, hätte der Geist Dudaim ihn eines Tages
auf des Amtshaubtmanns Befehlg durch die Luft
geführet, dieweil ihr Geist, Stoffer geheißen, zu
schwach gewest, umb ihn zu tragen. Selbiger Dudaim
wäre auch der Grünspecht gewesen, so mein Töchterlein
und nachgehends den alten Paasschen, mit seinem

---

*) Berg in der Nähe von Coserow. In fast allen Hexen-
processen kommen Berge dieser Art in der Nähe des Wohnorts
der betheiligten Personen vor, wo der Teufel in der Walpurgis-
und Johannisnacht mit ihnen schmauset, tanzet und Unzucht
treibt, auch von den Hexenpriestern die satanischen Sacramente
ausgeübt werden, welche eine Nachäfferei der göttlichen sind.

Geschrei herbeigelocket, umb sie zu verderben. Doch wäre der Riese so auf dem Streckelberg erschienen, kein Teufel gewest, sondern, wie ihr Geist Stoffer gesagt, der Junker von Mellenthin selbsten.

Und wäre dies Allens die reine Wahrheit, worauf sie leben und sterben wölle. Bäte dahero umb Gottes Willen, ich wölle mich ihrer erbarmen und ihr auf solch ihr bußfertig Bekenntnüß die Vergebung ihrer Sünden sprechen und das Nachtmahl reichen, denn ihr Geist stünde dort am Ofen und lachete wie ein Spitzbube, daß es nunmehro mit ihr aus wäre. Aber ich gabe zur Antwort: ich wollte ja lieber einer alten Sau das Nachtmahl geben, denn dir vermaledeyeten Hexen, die du nicht blos deinen eigenen Ehekerl dem Satanas übergeben, besondern auch mich und mein arm Kind mit Höllenpein zu Tode marterst. Doch ehe sie noch antworten kunnte, begab es sich, daß ein Wurm bei eines Fingers Länge, und gelb an seinem Steiß, in die Gefängnüß= thüre gekrochen kam. Als sie solchen sahe, thät sie ein Geschreie, wie ich es nimmermehr gehöret, noch zu hören begehre. Denn als ich in meiner Jugend in der Schlesien sahe, wie ein feindlicher Soldat einer Mutter in ihrer Gegenwärtigkeit ein Kindlein spießete, meinete ich, das sei ein Geschrei gewest, so die Mutter thät; aber dieses Geschrei war ein Kinderspiel gegen das Geschrei der alten Lisen. Alle meine Haare recketen sich gen Himmel, und auch ihre rothen Haare wurden also steif, und wie die Reiser von dem Besen anzusehen, worauf sie lag. Brüllete auch ebenmäßig: „das ist der Geist Dudaim, den mir der verfluchte Amtshaubtmann schicket, das Nachtmahl, umb Gottes willen das Nachtmahl — ich will auch noch viel mehr bekennen, — ich bin schon an die 30 Jahre eine Hexe! — das Nacht= mahl, das Nachtmahl!" — Also brüllende schlug sie mit Händen und Füßen umb sich, dieweil das garstige Gewürm sich gehoben, und allbereits umb ihr Lager schnurrete und burrete, daß es ein Gräuel anzusehen und hören war. Und rief die Unholdin umwechselnd bald Gott, bald ihren Geist Stoffer, bald mich an, ihr beizuspringen, bis das Gewürm ihr mit einem Male in den offenen Rachen fuhr, worauf sie allsogleich verreckete und schwarz und blau, wie eine Brummelbeer wurde.

Hörete darauf weiter nichtes, als daß das Fenster klirrete, doch nicht gar harte, besondern als wenn eine Erbse dagegen geworfen würd, woraus ich leichtlich abnehmen kunnte, daß Satanas mit ihrer Seelen hindurch gefahren. Der barmherzige Gott bewahre doch jedes Mutterkind für solches Ende umb Jesu Christi unsers lieben Herrn und Heilandes willen, Amen.

Als ich mich in etwas wieder verhohlet, was

aber lange dauerte, inmaßen mein Blut zu Eis
gerunnen, und meine Füße so steif wie ein Stock
waren, hub ich an nach dem dreusten Büttel zu
schreien, welcher aber nicht mehr im Gefängnüß
war. Solches nahm mich ein Wunder, da ich ihn
doch kurz zuvorab noch gesehen, ehe denn der Wurmb
kam und ahnete mir gleich nichts Gutes. Und
also geschah es auch. Denn als er endlich auf
mein Rufen hereinkam, und ich sagete: er möge
das Aas auskarren lassen, so hier eben im Namen
des Teufels verrecket wäre, that er ganz verwundert
und als ich ihme zuhielt, er würde doch ein Zeugnüß
ablegen für mein Töchterlein, von wegen ihrer
Unschuld, so die Vettel auf ihrem Todeslager be=
kennet, stellete er sich noch mehr verwundert und
sprach: daß er Nichtes gehört hätte. Dieses stieß
mir wie ein Schwert durch mein Herze und fiel ich
draußen an einen Piler*), wo ich wohl eine ganze
Zeit gestanden. Ging aber, als ich wieder zu mir
selbsten kam zu Dn. Consul, welcher nach Usedom
abfahren wollte und schon auf dem Wagen saß.
Auf mein demüthig Bitten aber kam er wieder in
das Gerichtszimmer mit dem Camerario und Scriba
herab, und verzählete ich anjetzo ihnen Allens was
fürgefallen, und wie der gottlose Büttel leugne,

---

*) Pfeiler, plattdeutsch.

solches auch gehört zu haben. Hierunter habe ich aber viel Wirrisches gesprochen, und unter andern gesaget: daß die Fischlein alle zu meim Töchterlein in den Keller geschwummen kämen, umb sie zu erlösen. Nichts destoweniger ließ Dn. Consul, welcher oftmalen sein Haupt schüttelte, den dreusten Büttel rufen, und befragete ihn nach seinem Gezeugnüß. Aber der Kerl gab für, daß er gleich wäre fortgangen, da er gemerket daß die alte Lise beichten wölle, umb nicht abereins angeschnauzet zu werden. Er habe darumb auch Nichtes gehöret. Hierauf hätte ich, wie Dn. Consul nachgehends dem Benzer Pastoren gesaget meine Fäuste geballet und geantwurtet: was du Erzschalk, krochst du nicht wie ein Wurmb in der Stuben umbher? Darumb hätte er mich auch, wie einen wirrischen Menschen, nicht weiter angehöret, noch dem Büttel einen Eid abgenommen, sondern hätte mich im Zimmer stehen lassen, und wäre wieder auf seinen Wagen gestiegen.

Weiß auch nicht, wie ich herauskommen bin, und war mir am andern Morgen als die Sonne aufginge und ich bei Meister Seep, dem Krüger, in meim Bette lag, der ganze casus, wie ein Traumb. Kunnte auch nit aufstehen, besondern mußte den lieben Sonnabend und Sonntag stille liegen, wo ich viel Allotria geschwätzet. Erst den Sonntag gegen Abend als ich angehoben mich zu speien und

die grüne Galle ausgebrochen, (ist kein Wunder
nicht!) ist es besser mit mir worden. Umb diese Zeit
kamb auch Pastor Benzensis vor mein Bette und
verzählete mir, wie ich es wirrisch gemachet, richtete
mich aber durch Gottes Wort also auf, daß ich
wieder recht aus dem Herzen beten kunnte, was der
barmherzige Gott meinem lieben Gevatter noch am
jüngsten Gericht vergelten wölle. Denn das Gebet
ist fast ein so wackerer Tröster, wie der heilige Geist
selbsten, von dem es kommt und verbleibe ich dabei,
so lange ein Mensch noch beten kann, daß er nicht
im äußersten Unglück sei, wenn ihm sunsten auch
Leib und Seele verschmachtet wäre. (Psf. 73.)

Capitel 25.

Wie Satanas mich wie den Waizen sichtet, mein Töchterlein
aber ihm wackeren Widerstand thut.

———

Am Montag fuhr ich bei guter Zeit von meinem
Lager und alldieweil ich mich ziemlich wacker
fühlete, ging ich aufs Schloß, ob ich nicht möchte
zu mein Töchterlein gelangen. Konnte aber keinen
einzigen Büttel nit finden, vor die ich ein Paar
Schreckensberger*) als ein Biergeld mit genommen.
Das Volk so ich antraf, wollte mir's auch nit sagen,
wo sie wären, item den dreusten Büttel sein Weib
auch nit, so in der Küchen stand und Schwefelfaden
machete. Und als ich fragete: wann ihr Mann
denn wiederkäme? vermeinete sie, es würde wohl
nit viel vor morgen frühe werden, item käm auch

———

*) Eine alte Silbermünze mit dem Bilde eines Engels,
welche 3 bis 4 Sgr. galt.

Meinhold, Bernsteinhexe. 3. Aufl.   17

der andere Büttel nit ehender. So bat ich sie
denn, mich selbsten zu meinem Töchterlein zu geleiten, ihr die zwo Schreckensberger zeigende; aber
sie gab zur Antwort, daß sie die Schlüssel nit hätte,
und auch nit zu überkommen wüßte. Ebenmäßig
wollte sie auch nit in Erfahrung gezogen haben,
wo mein Töchterlein jetzunder säße, damit ich durch
die Thür mit ihr sprechen künnte. Item sageten
der Koch, der Jäger und wene ich sonsten in meinem
Gram begegnete, sie wüßten nicht in welchem Loch
die Hexe sitzen müge.

Ging dannenhero rund umb das Schloß, und
legete an jedes Fensterken, so mir wohl den Anschein
hatte, daß es ihr Fensterken wär, meine Ohren und
rufete: Maria, mein Töchterlein wo bistu? item,
wo ich ein Gegitter fand, fiel ich auf meine Kniee,
neigete mein Haupt und rufete eben also in den
Keller. Doch es war Allens umbsonst, ich bekam
nirgends nicht eine Antwort. Solches hatte endiglichen der Amtshaubtmann gesehen, und kam mit
gar freundlicher Mienen zu mir aus dem Schloß
gangen, griff mich bei meiner Hand, und fragete,
was ich wölle? Und als ich ihm zur Antwort gab:
daß ich mein einzig Kind seit verschienenen Donnerstag
nit gesehen und er sich erbarmen möge, und mich
zu ihr führen lassen, sprach er, daß solches nit
anginge, doch sölle ich mit ihm auf sein Zimmer

kommen, umb über die Sache ein Mehres zu reden. Unterweges sagete er: die alte Hexe hat Euch wohl was Schönes von mir verzählet, aber Ihr sehet, wie der allmächtige Gott sie in sein gerecht Gericht genommen. Sie ist schon lange reif gewest vor das Feuer, aber meine große Langmuth, worin eine gute Obrigkeit immer dem Herren nacheifern muß, hat es bis dato übersehen und nun machet sie mir zum Dank solches Geschreie. Und als ich ihm versetzete: „wie weiß Ew. G. daß die Hexe Ihme ein solch Geschrei gemachet?" hub er anfänglich an zu stöttern und sprach alsdann: Ei, Ihr habet es ja selbsten dem Richter geklaget. Aber derowegen habe ich dennoch keinen Zorn auf Euch, sondern weiß Gott im Himmel, daß Ihr alter, schwacher Mann mich erbarmet und ich Euch gerne hülfe, so ich könnte. Hierzwischen führete er mich an die vier bis fünf Treppen hinauf, so daß ich alter Mann ihme letzlich nit mehr folgen kunnte, und stille stund und nach Luft jappete. Aber er faßete mich bei meiner Hand und sprach: „kummet nur, ich muß Euch allhier erst sehen lassen, wie es steht, denn sonst nehmet Ihr doch nit meine Hülf an, wie ich sorge, und stürzet Euch selbsten ins Verderben!" Und traten wir anjetzo auf ein Altan oben am Schloß, wo man nach dem Wasser überschauet, worauf der Bösewicht fortfuhr, also zu sprechen:

Ehrn Abraham müget Ihr gut in der Ferne sehen? und als ich sagete: daß ich solches ehender wohl gekunnt, mir aber die vielen Thränen anjetzo wohl möchten meine Augen betrübt haben, zeigete er auf den Streckelberg und sprach: sehet Ihr dorten Nichtes? Ego: Nichtes, denn ein schwarzes Flecklein, so ich aber nicht erkennen mag. Ille: so wisset: dieses ist der Scheiterhaufen auf dem Euer Kind Morgen frühe umb 10 Uhren soll gebrennet werden, und den die Büttel bauen!

Als der Höllenhund solches sagte, thät ich einen lauten Schrei und wurde unmächtig. Ach du lieber Gott, ich weiß nicht, wie ich diesen Schmerz mit meinem Leben überwunden, aber du hast mich selbsten unnatürlich gestärket, umb mich nach so vielem Heulen und Weinen wieder mit Freude zu über= schütten, denn sonst achte ich, wär es unmüglich gewesen, solche Trübsal zu überwinden, darumb sei deinem Namen auch ewiglich Preis und Ehr, o du Gott Israels*).

Als ich wieder zu mir selbsten kame lag ich in eim schönen Zimmer auf einem Bett und empfunde einen Geschmack in meinem Munde, wie Wein. Aber dieweil ich den Amtshaubtmann allein umb mich sahe mit einem Krug in der Hand, schudderte

---

*) Tobias 3, 22. 23.

ich mich und thät meine Augen wieder zu, umb
mich zu besinnen, was ich thun und sagen wöllte.
Solches wurde er aber allsobald gewahr und sprach:
schuddert Euch nicht also, ich meine es gut mit
Euch und will Euch darumb eine Frage fürlegen,
welche Ihr mir auf Euer priesterlich Gewissen
beantworten sollet. Saget Ehrn Abraham, welches
ist eine größere Sünde: Hurerei treiben, oder zween
Menschen ihr Leben nehmen? Und als ich ihm
zur Antwort gab: zween Menschen ihr Leben nehmen!
fuhre er fort: ei nun sehet, das will Euer verstockt
Kind thun! Ehender sie sich mir ergiebet, der ich
sie immer retten gewöllt, und noch heute retten
kann, wiewohl ihr Scheiterhaufen schon aufgebauet
wird, will sie sich selbsten das Leben nehmen und
Euch elendem Menschen ihrem Vater dazu, denn ich
achte, daß Ihr diese Trübsal schwerlich überwinden
werdet. Darumb beredet sie doch umb Gottes
willen, daß sie sich auf ein Besseres besinnet, so
lange es mir noch müglich ist, sie zu erlösen. Sehet
ich habe ein Häuslein zwo Meilen von hier, mitten
in der Heiden belegen, wo kein Mensch hingelanget,
dahin lasse ich sie in dieser Nacht annoch bringen,
und möget Ihr bei ihr wohnen Euer Lebelang, so
es Euch gefällt. Ihr sollet es so gut haben, als
Ihr nur wünschen müget, und lasse ich morgen
frühe ein Geschreie machen, die Hexe wäre zur Nacht

mit ihrem Vater fortgelaufen und Niemand wisse,
wohin sie kommen sei. —

Also sprach die Schlange zu mir, wie weiland
zu unsrer Aeltermutter der Eva, und mir elenden
Sünder kam es auch für, als ob der Baum des
Todes, den sie mir zeigete, ein Baum des Lebens
wäre, also lieblich war er anzuschauen. Doch gabe
ich zur Antwort: dieses wird mein Töchterlein
nimmermehr thun, und ihrer Seelen Seeligkeit auf=
geben, umb ihr arm Leben sich zu erhalten. Aber
auch jetzo war die Schlange wieder listiger, denn
alle Thiere des Feldes (verstehe insonderheit mich
alten Thoren) und sprach: ei wer saget denn, daß
sie ihrer Seelen Seeligkeit aufgeben soll? Ehrn
Abraham muß ich Euch die Schrift lehren? Hat
nicht unser Herr Christus die Mariam Magdalenam
zu Gnaden aufgenommen, so doch in offenbarer
Hurerei gelebet, und hat er nicht der armen Ehe=
brecherin die Vergebung angekündiget, so doch noch
ein weit größer crimen*) begangen; ja sagt St. Paulus
nit geradezu, daß die Hure Rahab selig worden,
Hebräer am 11ten, item St. Jacobus am zweiten,
das Nämbliche? Wo aber leset Ihr, daß ein Mensche
seelig worden, so sich selbsten und seinem Vater
muthwillig das Leben genommen? Darumb beredet

____

*) Verbrechen.

doch umb Gottes willen Euer Kind, daß ſie in ihrem verſtockten Sinn nicht muthwillig Leib und Seele dem Teufel übergeb, ſondern ſich retten laſſe, dieweil es noch Zeit iſt. Ihr möget ja bei ihr bleiben und Allens wieder wegbeten, ſo ſie geſündiget, auch mir mit Eurem Beiſtand gewärtig ſein, der ich gar gerne bekenne, daß ich ein armer Sünder bin, und Euch viel Leides zugefüget, doch noch lange nicht ſo viel Leides, Ehrn Abraham, denn David dem Uriae, welcher aber gleichwohl ſeelig worden, unangeſehen er den Mann ſchändlich umb ſein Leben brachte, und nachgehends ſein Weib beſchlief. Darumb hoffe ich armer Menſch auch ſeelig zu werden, der ich müglichſt noch eine größere Brunſt zu Eurem Töchterlein habe, denn dieſer David zur Bathſeba, und will ich Euch Allens gar gerne duppelt wieder vergelten, wenn wir nur erſtlich in der Hütten ſeind.

Als der Verſucher ſolches geredet, bedünketen mich ſeine Worte ſüßer denn Honig und gab ich zur Antwort: ach, geſtrenger Herr, ich ſchäme mich, ihr mit ſolchem Antrag unter die Augen zu treten, worauf er aber allſobald ſprach: ſo ſchreibet es ihr, kummet, hier iſt Black, Feder und Papier.

Da nahm ich, wie Eva, die Frucht und aß, und gabe ſie meinem Töchterlein, daß ſie auch eſſen ſollte, will ſagen: ich recapitulirete Allens, ſo mir Satanas eingegeben auf dem Papier, jedoch in lateinischer Sprachen, dieweil ich mich schämete, es deutsch zu schreiben, und beschwure sie letzlich, nicht sich und mich umb das Leben zu bringen, besondern sich in Gottes wunderliche Schickung zu fügen. Auch wurden mir meine Augen gar nicht aufgethan, als ich gessen (verstehe geschrieben) noch merkete ich, daß nicht Honig, besondern Galle unter der Tinten war, sondern ich übersetzete dem Amtshaubtmann denselbigen mit Lächeln, wie ein besoffener Mensche (dieweil er kein lateinisch verstunde) worauf er mich auf die Schulter klopfete, und nachdem ich den Brief mit seinem Signet verschlossen, rief er den Jäger, und gab ihm selbigen, umb ihn meinem Töchterlein zu bringen, item fügete er Black, Feder und Papier, benebst dem Signet hinzu, daß sie mir allsogleich antwurten möge.

Hierzwischen nun war er gar lieblich zu reden, lobete mich und mein Kind, und mußte ich ihm unterschiedlichen Malen Bescheid thun aus seinem großen Kruge, in welchem er einen fast schönen Wein hatte, trat auch an einen Schrank und hohlete mir Pretzeln zum Zubeißen, sagende: so söllte ich es nunmehro alle Tage haben. Als aber nach einer halben Stunden wohl, der Jäger mit ihrer Antwort zurücke kehrete und ich selbige angesehen, begab es sich allererst, daß meine Augen aufgethan wurden und ich erkannte, was gut und böse war.

Hätte ich ein Feigenblatt gehabt, so würde ich selbiges auch aus Schaam dafür gehalten haben, so aber hielt ich meine Hand dafür und weinete also heftiglich, daß der Amtshaubtmann in einen schweren Zorn geriethe und fluchend mir befahl, ihm zu sagen, was sie geschrieben. Verdollmetschete ihm also den Brief, welchen ich anhero setze, damit man meine Thorheit und meines Töchterleins Weisheit daraus erlerne. Es lautete aber derselbe wie folget*):

† † †

I E S V S!

Pater infelix!

Ego cras non magis pallebo rogum aspectura, et rogus non magis erubescet, me suscipiens, quam pallui et iterum erubescui, literas tuas legens. Quid? et te pium patrem, pium servum Domini, ita Satanas sollicitavit, ut communionem facias cum inimicis meis et non intelligas: in tali vita esse mortem, et in tali morte vitam?

---

*) Er ist sichtbar von einer weiblichen Hand geschrieben und wahrscheinlich die Originalhandschrift. Siegellack oder Wachs ist aber daran nicht zu bemerken, weshalb ich annehmen möchte, daß er offen überbracht wurde, was bei seinem fremden Inhalt ja auch keine Gefahr hatte. Uebrigens lasse ich absichtlich die wenigen Sprachfehler stehen, welche er enthält, da mir jede Correctur dieses Kleinodes als ein Verrath an dem Charakter dieses unvergleichlichen Weibes erscheinen würde.

Scilicet si clementissimus Deus Mariae Magdalenae aliisque ignovit, ignovit, quia recipiscerent ob carnis debilitatem, et non iterum peccarent. Et ego peccarem cum quavis detestatione carnis et non semel, sed iterum atque iterum sine reversione usque ad mortem? Quomodo clementissimus deus hoc sceleratissimae ignoscere posset? infelix pater! recordare, quid mihi dixisti de sanctis Martyribus et virginibus domini, quae omnes mallent vitam quam pudicitiam perdere. His et ego sequar, et sponsus meus, Jesus Christus, et mihi miserae, ut spero, coronam aeternam dabit, quamvis eum non minus offendi ob debilitatem carnis ut Maria, et me sontem declaravi, cum insons sum. Fac igitur, ut valeas et ora pro me apud Deum et non apud Satanam, ut et ego mox coram Deo pro te orare possim.

Maria S.
captiva.

Uebersetzung.
† † †
JESUS!

Unglücklicher Vater!

Ich werde morgen nicht mehr erblassen, wenn ich den Scheiterhaufen erblicke, und der Scheiterhaufen wird nicht mehr erröthen, wenn er mich aufnimmt, als ich erblassete und wiederum erröthete, als ich deinen Brief las. Wie? auch dich

Als der Amtshaubtmann solches gehöret, wurf er den Krug, so er annoch in Händen hielt, also zur Erden nieder, daß er zerborste, und schriee: die verfluchte Teufelshure, so soll der Büttel sie dafür auch eine ganze Stunde piepen lassen und was er ein Mehres herfürstieß in seiner Bosheit, und ich vergessen hab. Doch bald wurde er wieder als gütlich und sprach: „sie ist unklug, gehet einmal

---

frommen Vater und frommen Knecht des Herrn hat Satan so verführt, daß du Gemeinschaft machst mit meinen Feinden, und nicht einsiehst, daß der Tod in solchem Leben, und in solchem Tode das Leben sei? Denn wenn der gnädige Gott der Maria Magdalena und andern verziehen hat, so verziehe er ihnen, weil sie Buße thaten wegen der Schwäche ihres Fleisches und nicht abermals sündigten. Und ich sollte sündigen bei einem gänzlichen Abscheu meines Fleisches, und nicht einmal, sondern wiederholt, ohne Umkehr, bis an meinen Tod? Wie würde der gnädige Gott dies dem verworfensten aller Weiber verzeihen können? Unglücklicher Vater, erinnere dich, was du mir gesagt hast von den heiligen Märtyrern und den Jungfrauen des Herrn, welche alle lieber das Leben, als ihre Keuschheit verlieren wollten. Diesen will auch ich folgen, und mein Heiland Jesus Christus wird auch mir Elenden, wie ich hoffe, die ewige Krone geben, obgleich ich ihn nicht minder beleidigt habe wegen Schwäche meines Fleisches wie Maria, und mich für schuldig erklärt, da ich doch unschuldig bin. Suche also stark zu werden und bitte für mich bei Gott, und nicht beim Teufel, damit auch ich bald im Angesicht Gottes für dich beten kann.

Die gefangene Maria S.

selbsten zu ihr, ob Ihr sie zu Eurem und ihrem
eigenen Vortheil bereden möget; der Jäger soll
Euch einlassen, und horchet der Kerl, so gebet ihm
nur gleich in meinem Namen ein Paar Ohrfeigen,
höret Ihr Ehrn Abraham! Geht geschwinde und
bringet mir sobald als müglich eine Antwort!"
Ging also dem Jäger nach, welcher mich in einen
Keller geleitete, wohin kaum so viel Licht durch ein
Loch fiel, als ein Gulden groß, und wo mein Töchterlein auf ihrem Bette saß und weinete. Und kann
man vor sich selbsten abnehmen, daß ich auch allsogleich angefangen hab und nichts Besseres kunnte,
denn sie. Lagen uns also eine lange Zeit stumm
in den Armen, bis ich sie letzlich um Vergebung
bat, von wegen meinem Brief, aber von dem Amtshaubtmann seinen Auftrag sagete ich ihr Nichtes,
wie es gleich mein Fürsatz war. Es währete aber
nit lange, so hörten wir ihn selbsten schon in den
Keller von oben niederschreien: „was — (hier thät
er einen schweren Fluch) machet ihr dort so lange?
im Augenblick Ehrn Johannes herauf!" so daß ich
kaum noch Zeit hatte, ihr ein Küßeken zu geben,
als der Jäger auch schon wieder mit den Schlüsseln
da war, und wir uns trennen mußten, obgleich wir
annoch von Nichtes gesprochen, als daß ich ihr mit
Wenigem verzählet, wies mit der alten Lisen gearriviret sei. Und kann man schwerlich gläuben, in

welche Bosheit der Amtshaubtmann geriethe, als
ich ihm sagete: mein Töchterlein verbliebe stark,
und wölle ihm nicht Gehör geben. Er stieß mich
vor meine Brust, und rief: „so geh zum Teufel
infamer Pfaff!" und als ich mich umbwendete umb
wegzugehen, riß er mich wieder zurück und sprach:
aber sagstu von Allem, so wir fürgehabt, ein Wört=
lein, siehe so laß ich dich auch brennen, du alter,
grauer Hexenvater, worauf ich mir ein Herze faßte
und zur Antwort gab: daß mir solches eine große
Freude sein würde, insonderheit wenn es schon
morgen mit meim Töchterlein zusammen beschehen
könnte. Antwortete aber nichtes, sondern schlug die
Thüre hinter mir zu. Aber schlag du nur, ich sorge
der gerechte Gott wird dir die Thüre des Himmel=
reichs auch dermaleinst wieder vor deiner Nasen
zuschlagen!

Capitel 26.

Nun sollte wohl männiglich judiciret haben, daß ich in der schweren Dienstagsnacht kein Auge zugethan, aber Lieber, hier siehstu, daß der Herr mehr thun kann, denn wir bitten und verstehen, und seine Barmherzigkeit alle Morgen neu ist. Denn ich schlief wieder umb die Morgenzeit ganz geruhlich ein, als hätte ich keine Sorge mehr auf meim Herzen. Und als ich aufwachete, kunnte ich auch wiederumb so wacker beten, als ich lange nicht gekonnt, so daß ich in aller meiner Trübsal für Freuden weinete, über solche Gnade des Herrn. Doch betete ich nun Nichtes, als daß er meinem Töchterlein wölle Kraft und Stärke verleihen, ihr Marterthum, so er ihr auferlegt, in christlicher Geduld zu ertragen, mir Elenden aber einen solchen Schmerzensstich durch seinen Engel in mein Herze zu geben, wenn ich mein Töchterlein brennen säh, daß es allsofort stille stünd, und ich ihr folgen künnte. Also betete noch, als die Magd in ihrem schwarzen Putz hereintrat, mit meines Lämmeleins seidinem Zeug auf ihrem Aermel und mit vielen Thränen vermeldete: daß das arme Sünderglöcklein vom Schloßthurn schon zum ersten Male geläutet, auch mein Töchterlein nach ihr geschicket, umb sie anzuputzen, dieweil das Gerichte aus Uzdom allbereits angelanget, und sie umb zween Stunden schon ihren letzten Gang thun würde. Auch ließe sie ihr sagen, daß sie ihr Blüme=kens blau und gelb von Farb zu einem Kranz mit=bringen möge, fragete dannenhero, was für Blüme=kens sie nehmen sölle. Und dieweil für dem Fenster ein Topf mit Feuerlilien und blau Aeugeleins*) stunde, so sie mir gestern hereingesetzet, sprach ich: du kannst keine besseren Blümekens vor sie pflücken, denn diese seind, darumb bringe ihr solche, und sage ihr: daß ich um einer halben Glockenstunden dir nachkommen würde, umb mit ihr das Nachtmahl zu genüßen. Hierauf bat die alte treue Person, daß sie mit zum Nachtmahl gehen müge, was ich

---

*) vielleicht Vergißmeinnicht.

ihr auch versprach. Und hatte ich mich kaum ver=
kleidet und meinen Chorrock angezogen, als Pastor
Benzensis auch schon in die Thüre trat und mir
stumm wie ein Fisch, umb meinen Hals fiel und
weinete. Als er die Sprache wieder gewunn, ver=
zählete er von einem großen miraculum (verstehe
Daemonis), so beim Begräbnüß der alten Lisen sich
eräugnet. Denn als die Träger den Sark hätten
in die Grube hinunter lassen wöllen, hätt' es also
laut in selbigem rumort, als wenn ein Tischler ein
tännin Brett bohrt. Hätten also gegläubet, die
alte Vettel wäre wieder aufgelebet, und den Sark
wiederumb ufgemachet. Aber sie wäre noch gelegen
wie sonst, braun und blau von Farb und kalt wie
Eis; doch wären ihr ihre Augen offen gangen
gewest, so daß männiglich sich entsetzet, und einen
Teufelsspök vermuthet, als denn auch gleich darauf
eine lebendige Ratze aus dem Sark gesprungen und
in einen Todtenkopf gefahren wäre, der am Grabe
gelegen. Nunmehro wäre Allens fortgelaufen, dieweil
die alte Lise von jeher in ein bösen Geschrei gewest,
bis er selbsten letzlich wieder an das Grab getreten,
worauf die Ratze verschwunden gewest, und nunmehro
die Andern auch wieder einen Muth bekommen hätten.
Also verzählete der Mann, und wird man nun
leichtlich auguriren, daß dies in Wahrheit Satanas
gewest, so der Vettel als ein Wurmb in den Rachen

gefahren, und eigentlich die Gestalt einer Ratzen gehabt, wiewohl es mich wiederumb wundert, was er so lange in dem Aas gemachet; es möchte denn sein, daß die bösen Geister Allens was garstig, ebenso lieb haben, als die Engellein Gottes Allens, was schön und lieblich ist. Aber dieses lasse ich in seinen Würden, summa: ich entsatzte mich nicht wenig für seiner Rede, und fragete ihn, was er nunmehro von dem Amtshaubtmann gläube? — Hierauf zuckete er mit seinen Achseln und sprach: selbiger wäre, so lange er denken könne, ein böser Bube gewesen, hätte ihm inner 10 Jahren auch sein Mistkorn nicht mehr geliefert, doch daß er ein Hexer wäre, wie die alte Lise gesagt, gläube er nicht. Denn wiewohlen er bei ihme noch gar nicht zu Gottes Tisch gewest, hätt er doch vernommen, daß er in Stettin oftermalen mit S. fr. G. dem Herzogen hinzugegangen und ihme der Pastor an der Schloß= kirchen solches selbsten durch sein Communionbuch documentiret. Dannenhero könne er auch unmüglich gläuben, daß er mein Töchterlein sölle unschuldig in ihr Elend stürzen, wie die Vettel gesaget. Auch hätte mein Töchterlein sich ja gutwillig für eine Hexe ausgeben. Hierauf gab ich zur Antwort: daß sie es aus Furcht vor der Marter gethan; sonst, ihren Tod anlangend, so scheue sie selbigen nicht, worauf ich ihm mit vielen Seufzern berichtete, wie

der Amtshaubtmann gestern mich elenden und un=
gläubigen Knecht zum Bösen gereizet, daß ich schier
willens gewest, mein einzig Kind ihme und dem
Satan zu verkaufen, und nicht würdig wäre, heute
das Sacrament zu empfahen. Wie mein Töchterlein
aber einen viel steiferen Glauben, denn ich gehabt,
was er aus ihrem Schreiben sehen könnte, so ich
annoch in der Taschen hätte. Gab es ihm also in
seine Hand, und nachdeme er es gelesen, seufzete er
nicht anders, denn ein Vater und sprach: wäre es
müglich, so könnte ich für Schmerz in die Erde
sinken, aber kummet, kummet mein Bruder, auf daß
ich ihren Glauben selbsten sehe.

Und gingen wir nunmehro auf das Schloß;
doch standen unterweges auf dem Brink vor dem
Förster, item umb das Schloß, schon Allens voller
Menschen so aber sich annoch geruhsam verhielten,
als wir fürüber gingen. Meldeten uns also wieder
bei dem Jäger (seinen Namen habe ich niemals
behalten mügen, dieweil er ein Polacke war, doch
war er ein anderer, als der Kerl, welcher mein
Töchterlein freien sollte, und den der Amtshaubtmann
wegkgejaget) welcher uns auch allsofort in ein schön,
groß Zimmer brachte, wohin mein Töchterlein schon
aus dem Gefängnüß abgehohlet war. Auch hatte
die Magd sie allbereits geputzet, und war sie so
schön, als ein Engel, anzusehen. Hatte die güldene

Kettin mit dem Conterfett wieder umb ihren Hals, item den Kranz in ihren Haaren, und lächelte als wir hineintraten, sagende: „ich bin bereit!" — Hiefür entsaßte sich aber Ehrn Martinus und sprach: „ei du gottlos Weißsbild, nun sage mir Niemand mehr von deiner Unschuld! du willt zum Nachtmahl und nachgehends zum Tode gehen, und stolzierest einher, als ein Weltkind, so auf den Tanzboden trottiret?" Hierauf gab sie zur Antwort: verdenk Ers mir nicht Herr Päte, daß ich in demselbigen Puß, in welchem ich leßlich für den guten, schwedischen König getreten, auch will für meinen guten, himmlischen König treten. Solches stärket mein schwach und verzagt Fleisch, angesehen ich hoffe, daß der treue Heiland mich auch so an sein Herz nehmen und mir sein Conterfett umbhängen wird, wenn ich demüthig die Hände zu ihm ausstrecke und ihm mein carmen aufsage, welches lautet: „o Lamm Gottes unschuldig, am Stamm des Kreuzes geschlachtet, gieb mir deinen Frieden o Jesu". Solches erbarmete meinen lieben Gevatter und er sprach: ach Päte, Päte, ich wollte dir zürnen, und du zwingest mich, mit dir zu weinen, bistu denn unschuldig? Ja, sprach sie: Ihme Herr Päte kann ichs wohl sagen, ich bin unschuldig, so wahr mir Gott helfe in meiner leßten Noth, durch Jesum Christum, Amen.

Als dieses die Magd hörete, erhube sie ein so großes Geschreie, daß es mir leid wurde, daß ich sie mitgenommen und hatten wir alle sie genug aus Gotts Wort zu trösten, bis sie wieder in etwas geruhlich wurde. Und als solches beschehen, sprach mein lieber Gevatter: wenn du so hoch deine Unschuld betheurest, muß ich solches zuvor dem Gericht auf mein priesterlich Gewissen vermelden, und wollte aus der Thüren. Aber sie hielt ihn feste und fiel zur Erden und umklammerte seine Füße und sprach: ich bitte Ihne umb die Wunden Jesu, daß Er schweiget. Sie werden mich auf die Folter strecken und meine Schaam blößen, und ich elendes, schwaches Weib werde Allens in solcher Marter bekennen, was sie wöllen, zumalen wenn mein Vater wieder dabei ist, und mir also Leib und Seele zusammen gemartert wird. Darumb bleib Er, bleib Er, ist es denn ein Unglück unschuldig zu sterben, und nicht besser unschuldig, denn schuldig?

Solches versprach mein guter Gevatter letzlich und nachdeme er eine Zeit gestanden und vor sich gebetet, wischte er sich seine Thränen ab, und hielt nunmehro die Vermahnung zur Beichte, über Esaiä 43 v. 1 und 2: „fürchte dich nicht denn ich habe dich erlöset, ich habe dich bei deinem Namen gerufen, du bist mein! So du ins Feuer gehest, solltu nicht brennen und die Flamme soll dich nicht anzünden, denn ich bin der Herr dein Gott, der Heilige in Israel, dein Heiland".

Und als er seine tröstende Ansprach geendiget, und sie nunmehro fragete, ob sie auch williglich, bis zur letzten Stunde das Creuz tragen wölle, so der barmherzige Gott ihr nach seinem unerforschlichen Willen auferleget, sprach sie die schönen Worte, von welchen mein Gevatter nachgehends sagte, daß er sie in seinem Leben nicht vergessen würde, dieweil er niemalen eine also gläubige, freudige, und dennoch hochbetrübte Gebährde gesehen. Sie sprach aber: „o heiliges Creuz, welches mein Jesus mit seinem unschuldigen Leiden geheiliget, o liebes Creuz, welches von der Hand eines gnädigen Vaters mir auferleget wird, o seeliges Creuz, durch welches ich meinem Jesu gleich gemacht und zur ewigen Herrlichkeit und Seeligkeit gefördert werde, was sollt ich dich nicht willig tragen, du süßes Creuz meines Bräutigams und Bruders!"

Kaum hatte Ehrn Johannes uns darauf die Absolution und nachgehends das heilige Sacrament mit vielen Thränen gereichet, als wir auch schon einen großen Tumult auf der Dielen vernahmen und gleich darauf der dreuste Büttel zur Thüren hereinschauete, uns fragende: ob wir fertig wären, alldieweil Ein ehrsam Gericht schon auf uns warte. Und als er solches vernommen, wollte mein

Töchterlein erstlich von mir ihren Abschied nehmen,
was ich ihr aber wehrete und sprach: nicht also,
du weißt was du mir versprochen; wo du hingehest,
da will ich auch hingehen, wo du bleibest, da bleibe
ich auch, wo du stirbst, da sterbe ich auch*), so
anders der Herr, wie ich hoffe, die brünstigen Seufzer
meiner armen Seelen erhöret. Darumb ließ sie mich
fahren und umbhalsete nur die alte Magd und
dankete ihr für alles Gute, so sie ihr von Jugend
auf gethan, und bate, daß sie nicht mitgehen und
ihr ihren Tod durch ihr Geschreie noch mehr ver-
bittern wölle. Die alte treue Person kunnte lange
nicht für ihren Thränen zu Worte kommen. Letzlich
aber bat sie mein arm Töchterlein um Vergebung,
daß sie selbige auch unwissend angeklaget und sagte,
daß sie ihr für ihr Lohn an die 5 Ließpfund Flachs
gekaufet, damit sie bald von ihrem Leben käm.

Solches hätte heute Morgen schon der Schäfer
von Pudgla mit gen Coserow genommen und sölle
sie es sich recht dicht umb ihren Leib legen, dieweil
sie gesehen, daß die alte Schurnsche so in der Liepen
gebrennet wäre, viele Qual ausgestanden von wegen
dem nassen Holz, ehebevor sie zu Tode kommen.

Doch ehender ihr mein Töchterlein noch danken
kunnte, begunnte das erschröckliche Blutgeschrei im

---

*) Buch Ruth 1, 16.

Gerichtszimmer, denn eine Stimme schriee so laut sie konnte: „Zeter über die vermaledeyete Hexe, Maria Schweidlerin, daß sie von dem lebendigen Gotte abgefallen!" und alles Volk draußen schriee nach: Zeter über die vermaledeyete Hexe! — Als ich solches hörete fiel ich gegen die Wand, aber mein süßes Kind strakete mir mit ihren süßen Händeleins meine Wangen und sprach: Vater, Vater gedenket doch, daß das Volk über den unschuldigen Jesum auch kreuzige, kreuzige! geschrieen, sollten wir den Kelch nicht trinken, den uns unser himmlischer Vater gegeben hat? —

Nunmehro ging auch schon die Thüre auf, und trat der Büttel unter eim großen Tumult des Volks herein, ein blankes scharfes Schwert in seinen Händen tragende, neigete es dreimal vor meinem Töchterlein und schriee: „Zeter über die vermaledeyete Hexe, Maria Schweidlerin, daß sie von dem lebendigen Gotte abgefallen!" und alles Volk auf der Dielen und draußen schriee ihm nach, so laut es kunnte: „Zeter über die vermaledeyete Hexe!"

Hierauf sprach er: „Maria Schweidlerin komm für Ein hochnoth-peinliches Halsgericht!" worauf sie ihme mit uns beiden elenden Männern folgete (denn Pastor Benzensis war nicht weniger geschlagen, als ich selbsten) die alte Magd aber blieb für todt auf der Erden liegen.

Und als wir uns mit Noth durch das viele Volk durchgedränget, blieb der Büttel vor dem offenen Gerichtszimmer stehen, senkete abermahlen sein Schwerdt vor meim Töchterlein und schriee zum dritten Mal: „Zeter über die vermaledeyete Hexe Maria Schweidlerin, daß sie von dem lebendigen Gotte abgefallen!" und alles Volk wie die grausamen Richter selbsten, schrieen nach, so laut sie kunnten: „Zeter über die vermaledeyete Hexe!"

Als wir nunmehro ins Zimmer traten, fragete Dn. Consul erstlich meinen Herrn Gevatter: ob die Hexe bei ihrem freiwilligen Bekänntnüß in der Beicht verblieben, worauf er nach kurzem Besinnen zur Antwort gab: man müge sie selbsten fragen, da stünde sie ja. Selbiger sprach also ein Papier in seiner Hand nehmend, so vor ihm auf dem Tische lag: Maria Schweidlerin, nachdeme du deine Beichte gethan und das heilige hochwürdige Sakrament des Abendmahls empfangen, so gieb mir noch einmal Antwort auf jetzt folgende Fragen:

1) wahr, daß du von deim lebendigen Gott abgefallen und dich dem leidigen Satan ergeben;

2) wahr, daß du einen Geist gehabt, Disidaemonia genennet, der dich umbgetaufet und mit welchem du dich unnatürlich vermischet;

3) wahr, daß du dem Vieh allerhand Uebles zugefüget;

4) wahr, daß dir Satanas auf dem Streckelberg als ein haarigter Riese erschienen? —

Als sie dieses Alles mit vielen Seufzern bejahete, stund er auf, nahm seinen Stab in eine Hand und ein zwotes Papier in die andere, setzte auch seine Brill auf die Nasen und sprach: so höre jetzunder dein Urtel:

(Dieses Urtel hab ich mir nachgehends abgeschrieben; die anderen Acta wollte er mir aber nicht überlassen, sondern gab für, daß sie in Wolgast lägen und lautete selbiges wörtlich also:)

Wir, zu Einem hoch=noth=peinlichen Halsgericht verordnete Amtshaubtmann und Schöppen:

nachdem Maria Schweidlerin, des Pastoren zu Coserow, Abraham Schweidleri Tochter, nach angestellter Inquisition wiederhohlentlich das gütliche Bekänntnüß abgeleget: daß sie einen Teufel habe Disidaemonia genennet, der sie in der Sehe umbgetaufet, und mit dem sie sich fleischlich und unnatürlich vermischet, item daß sie durch selbigen dem Vieh Schaden zugefüget, er ihr auch auf dem Streckelberg als ein haarigter Riese erschienen: erkennen und sprechen für Recht: daß Rea ihr zur wohlverdienten Strafe und Andern zum Exempel, billig mit vier glühnden Zangenrissen an ihren Brüsten zu belegen und nachmals mit dem Feuer vom Leben zum Tode zu bringen sei. Dieweil wir

aber, in Betrachtung ihres Alters, sie mit den Zangen=
rissen aus Gnaden zu verschonen gewilliget, als soll
sie nur durch die einfache Feuerstraf vom Leben
zum Tode gebracht werden. Inmaßen sie denn dazu
hiemit condemniret und verurtheilt wird. Von
peinlichen Rechts wegen.

Publicatum Pudgla zu Schloß, den 30sten
mensis Augusti anno salutis 1630*).

Als er das letzte Wort ausgesprochen, zubrach
er seinen Stab und warf meinem unschuldigen
Lämmelein die Stücken vor ihre Füße, indem er zu
dem Büttel sprach: „jetzt thut Eure Schuldigkeit!"

Aber es stürzeten so viel Menschen, beides Männer
und Weiber auf die Erde, umb die Stücken des

---

*) Leser, welche mit der abscheulichen Gerechtigkeitspflege
der Zeit nicht bekannt sind, werden sich wundern über dies
schnelle und eigenmächtige Verfahren. Allein es liegen mir
Original=Hexenprocesse vor, worin ein simpler Notar auf die
Folter, wie auf den Tod ohne Weiteres erkannt hat, und ist
es schon als ein Zeichen der Humanität zu betrachten, wenn
man die Acten, zur Feststellung der peinlichen Frage, an eine
Universität, oder einen fremden Schöppenstuhl versandte. Das
Todesurtel scheint dagegen fast immer von den Untergerichten
gesprochen zu sein, wobei an Appellation nicht zu denken war.
Dabei sputeten und hasteten sich die Herren so unglaublich,
wie es hier auch wieder geschieht, daß dies, beiläufig gesagt,
die einzige gute Eigenschaft sein möchte, die der neueren Ge=
rechtigkeitspflege von der alten anzuwünschen wäre.

Stabs zu greifen (dieweil es gut sein soll vor die reißende Gicht, item vor das Vieh, wenn es Läuse hat) daß der Büttel über ein Weibsbild zu Boden fiel, so vor ihm auf den Knieen lag, und ihme also auch von dem gerechten Gott sein naher Tod vorgebildet wurde. Solches beschahe auch dem Amtshaubtmann jetzunder zum andern Mal; denn da das Gerichte nunmehro aufstand und Tische, Stühle und Bänke umbwarf, fiel ihm ein Tisch, dieweil ein Paar Jungen darunter saßen, so sich um den Stab schlugen, also auf seinen Fuß, daß er in großen Zorn gerieth, und dem Volk mit der Faust dräuete, daß Jeder sölle 50 Prügel haben, beides Männer und Weiber, so sie nicht augen= blicklich geruhsam wären und aus der Stuben gingen. Solches setzte eine Furcht, und nachdem sich das Volk auf die Straße verlaufen, zog der Büttel ein Seil aus seiner Taschen, womit er mein Lämmelein also ihre Hände auf den Rücken zusammenbande, daß sie laut zu schreien begunnte; aber dieweil sie sahe, wie es mich wieder an mein Herze stieß, sich allsofort begriff und sprach: „ach Vater bedenket, daß es dem lieben Heiland auch nicht besser ergangen!" Dieweil aber mein lieber Gevatter, so hinter ihr stund, sahe, daß ihre Händelein und absonderlich die Nägel braun und blau worden waren, thät er eine Fürsprache bei Eim ehrsamen Gericht, worauf

aber der abscheuliche Amtshaubtmann zur Antwort
gab: ei lasset sie nur, sie muß fühlen, was es
bedeutet, von dem lebendigen Gotte abzufallen.
Aber Dn. Consul war glimpflicher, inmaßen er
dem Büttel Befehl gab, nachdem er die Stricke
befühlet, sie menschlich zu binden und ein wenig
nachzulassen, was selbiger nunmehro auch thun
mußte. Hiemit war mein lieber Gevatter aber noch
nicht zufrieden, sondern bat, daß man sie müge ohne
Bande auf den Wagen setzen, damit sie ihr Gesangbuch gebrauchen könne. Denn er hätte die Schule
bestellet, um unterweges ein geistlich Lied zu ihrer
Tröstunge zu singen, und wollte sich verbürgen, da
er selbsten mitzufahren gesonnen, daß sie nicht von
dem Wagen kommen sölle. Im Uebrigen pflegeten
ja auch Kerls mit Forken*) umb den Wagen derer
armen Sünder und absonderlich derer Hexen zu
gehen. Aber solches wollte der grausame Amtshaubtmann nit zugeben, dahero es verblieb, wie es
war, indeme der dreuste Büttel sie alsbald auch
bei ihrem Arm ergriff und aus dem Gerichtszimmer
führete. Auf der Dielen aber hatte es einen großen
Scandalum, so mir wiederumb mein Herze durchschnitt. Denn die Ausgebersche und den dreusten
Büttel sein Weib schlugen sich dort umb meines

---

*) Heugabeln.

Töchterleins ihre Betten, wie umb ihr alltagsch Zeug, so die Ausgebersche vor sich gehohlet, das andere Weib aber auch haben wollte.

Selbige rief nunmehro gleich ihren Mann zur Hülfe, welcher auch furts mein Töchterlein fahren ließe, und der Ausgeberschen mit seiner Faust also in ihr Maul schlug, daß ihr das Blut daraus herfürging und sie ein grausam Geschrei gegen den Amtshaubtmann erhube, welcher mit dem Gericht uns folgete. Selbiger bedräuete sie beide vergeblich, und sagte, daß er nachgehends, wenn er wiederkäm, die Sache untersuchen und einem Jeglichen seinen Theil geben wölle. — Hierauf wollten sie aber nit hören, bis mein Töchterlein Dn. Consulem fragte: ob ein Jeglicher, so da stürbe, und also auch ein armer Sünder die Macht habe, sein Haabe und Gut zu vermachen, weme er wölle? Und als er zur Antwort gab: „ja, bis auf die Kleider so dem Scharfrichter gehören!" sprach sie: „gut, so kann der Büttel meine Kleider nehmen, mein Bette aber soll Niemand haben, denn meine alte getreue Magd Ilse geheißen!" Hierauf erhub die Ausgebersche ein lautes Fluchen und Schimpfen gegen mein Kind, welche aber nicht darauf achtete, sondern nunmehro aus der Thüren vor den Wagen trat, wo also viel Volks stunde, daß man Nichtes sahe, denn Kopf an Kopf. Und drängete sich solches

alsbald mit solchem Rumor umb uns zusammen,
daß der Amtshaubtmann, so inzwüschen auf seinen
Schimmel gestiegen war, dem Volk immer rechtes
und linkes mit seiner Reitpeitschen in die Augen
hauete, und sie doch kaum weichen wollten. Und
als es letzlich doch half und sich an die zehn Kerls
mit langen Forken umb unsern Wagen gestellet, so
meistentheils auch noch Stoßdegen an ihrer Seiten
hatten, hub der Büttel mein Töchterlein hinauf und
band sie an den Leiterbaum feste. Mich selbsten
hub der alte Paasch hinauf, so dabei stunde, und
auch mein lieber Gevatter mußte sich hinaufheben
lassen, also schwach war er von allem Jammer
worden. Selbiger winkete nunmehro seinem Küster,
Meister Krekow, daß er mit der Schulen vor dem
Wagen vorauf gehen, und von Zeit zu Zeit einen
Versch aus dem feinen Liedlein: „Ich hab' mein
Sach Gott heimgestellt" anheben sölle, was er auch
zu thun versprach. — Und will ich annoch notiren,
daß ich selbsten mich bei mein Töchterlein auf das
Stroh setzte, und unser lieber Beichtvater Ehrn
Martinus rückwärts saß. Der Büttel jedoch hackete
mit dem bloßen Schwerte hinten auf. Als solches
Allens beschehen, item das Gericht auf einen andern
Wagen gestiegen, gab der Amtshaubtmann Befehlig
zum Abfahren.

———— ————

Capitel 27.

Wie es uns unterwegen ergangen; item von dem erschröcklichen Tode des Amtshaubtmanns bei der Mühlen.

———

Wir hatten aber viel Wunder unterwegen und
groß Herzeleid. Denn gleich an der Brücken,
so über die Bach führet, die in den Schmollen*)
läuft, stund der Ausgeberschen ihr abscheulicher Junge
wieder, trummelte und schriee, so laut er kunnte:
„tom Gosebraden, tom Gosebraden!" worüber das
Volk allsobald ein groß Gelächter erhube und ihm
nachrief: ja, tom Gosebraden, ˙tom Gosebraden!
Doch als Meister Krekow den zwoten Versch an-
stimmete, waren sie wieder in etwas geruhlich, denn
die meisten halfen ihm singen aus ihren Büchern,
so sie sich mitgebracht hatten. Als er aber darauf
in etwas inne hielte, ging der Lärm wiederumb

———

*) See, nahe bei Pudagla.

von vorne an. Etzliche schrieen, der Teufel hätte
ihr dieses Kleid geben und sie also herausgeputzet,
kamen dahero auch, und weil der Amtshaubtmann
vorauf geritten, umb den Wagen und befühleten
ihr Kleid, insonderheit die Weiber und jungen
Mädkens; etzliche aber schrieen wiederumb dem
Jungen nach: tom Gosebraden, tom Gosebraden!
worauf ein Kerl zur Antwort gab: „se wadd sich
noch nich braden laten, gewt man Paß*) se p . . t
dat Für ut!" Dieses und annoch ein Mehreres
an Unflätereien, so ich aber aus Schaam nit notiren
mag, mußten wir mit anhören und schnitt es mir
insonderheit durch mein Herze, als ein Kerl schwur
daß er von ihrer Aschen etwas haben wölle, da er
von dem Stab nichts gekriegt, denn es gäbe fast
nichts Besseres vor das Fieber und die Gicht, denn
Hexenasche. Winkete also dem Custodi wieder umb
anzuheben, worauf sie sich eine Zeitlang d. i. so
lange der Versch währete, auch wieder geruhsam
hielten, nachgehends aber es fast noch ärger macheten,
denn zuvor. Doch dieweil wir jetzunder zwischen denen
Wiesen waren, und mein Töchterlein die schönen
Blümeleins sahe, so rings umb den Graben stunden,
verfiel sie in tiefe Gedanken und hub wieder an, aus
dem feinen Liedlein St. Augustini zu recitiren wie folget:

---

*) Achtung.

flos perpetuus rosarum ver agit perpetuum,
candent lilia, rubescit crocus, sudat balsamum,
virent prata, vernant sata, rivi mellis influunt,
pigmentorum spirat odor liquor et aromatum,
pendent poma floridorum non lapsura nemorum,
non alternat luna vices, sol vel cursus syderum:
agnus est foelicis urbis lumen inocciduum*).

Durch diesen Casus gewunnen wir, daß alles
Volk sich fluchend von dem Wagen verlief und bei
einem guten Musketenschuß hinter uns her trottirete,
dieweil sie gläubeten, daß mein Töchterlein den leidigen
Satan umb Hülfe anriefe. Nur ein Bursche von
25 Jahren, so ich aber nicht kennete, blieb wenig
Schritte hinter dem Wagen, bis sein Vater kam
und da er nit mit Gutem weichen wollte, ihn also
in den Graben stieß, daß er bis an die Hüften ins
Wasser versunk. Hierüber mußte selbsten mein arm
Töchterlein lächeln und fragete mich ob ich nicht

----

*) Ewig blüht die Rosenknospe hier im ew'gen Frühling auch,
    Weiß die Lilie, roth der Krokus, duftend träuft der
                Balsamstrauch,
    Grün die Wiesen, grün die Saaten, und von Honig
                rinnt der Bach,
    Das Aroma süßer Blumen haucht und duftet tausendfach;
    Blüh'nde Wälder tragen Aepfel, deren Stengel nimmer bricht
    Und nicht Sonne, Mond noch Sterne wechseln dorten
                mehr ihr Licht.
    Denn ihr Licht, das nimmer schwindet, ist des Lammes
                Angesicht.

mehr lateinische Lieder wüßte, umb uns das tumme und unflätige Volk noch ferner vom Leibe zu halten. Aber, sage Lieber, wie hätte ich jetzunder lateinische Lieder recitiren mügen, so ich sie auch gewußt! Doch mein Confrater, Ehrn Martinus, wußte annoch ein solches, so zwar ein ketzerisches Lied ist; doch weil es meinem Töchterlein über die Maßen gefiel, und er ihr manchen Versch an die drei und vier mal vorbeten mußte, bis sie ihn nachbeten kunnte, sagete ich Nichtes. Sonst bin ich immer sehr streng gegen Ketzereien gewest; aber ich tröstete mich, daß unser Herr Gott es ihr in ihrer Einfalt wohl verzeihen würde. Und lautete die erste Zeil also: dies irae, dies ille*). Insonderheit aber gefielen ihr diese beiden Versche, so sie oftmals mit großer Erbauung betete, und ich darumb hieher setzen will:

judex ergo cum sedebit,
quidquid latet, apparebit
nil inultum remanebit;
    item:
rex tremendae majestatis
qui salvandos salvas gratis,
salva me, fons pietatis! —**)

----

*) Jener Tag, der Tag des Zornes ꝛc., eines der schönsten katholischen Kirchenlieder.

**) D. i.: Wenn der ernste Richter schlichtet
    Und der Herzen Dunkel lichtet,
    Bleibt nichts Böses ungerichtet;

Als aber die Kerls mit den Forken, so umb
den Wagen gingen, solches höreten, und zugleich ein
schwer Wetter vom Achterwater*) aufkam, vermeineten
sie nit anders, denn daß mein Töchterlein es ge=
machet, und da das Volk, so hinten nachsetzete, auch
schrie: „dat hett de Hex dahn, dat hett de verfluchte
Hex dahn!" sprungen sie alle zehn bis auf einen,
so verblieb, über den Graben und liefen ihrer Straßen.
Solches sahe aber Dn. Consul nit allsobald, welcher
mit Eim ehrsamen Gericht hinter uns fuhr, als er
dem Büttel zurief: was solches bedeute? und der
Büttel rief über den Amtshaubtmann, so ein wenig
vorauf war, aber allsobald umbkehrete, und nachdem
er die Ursache erfahren, denen Kerls nachschriee, daß
er sie alle wölle an den ersten besten Baum an=
henken lassen, und mit ihrem Fleisch seine Falken
füttern, wenn sie nit allsobald umbkehreten. Solches
half abereins und als sie wieder kamen, gab er
einem Jeglichen an die sechs Schmisse mit seiner
Reitpeitschen, worauf sie verblieben, doch so weit
von dem Wagen sich hielten, als sie für den Graben
kunnten.

---

ingleichen:
König majestät'scher Größe,
Der umsonst deckt unsre Blöße,
Quell der Liebe, komm, erlöse! —

*) Ein Meerbusen, den die Peene in dieser Gegend bildet.

Hierzwischen aber kam das Unwetter von Süden näher, mit Donner, Blitze, Hagel und Sturmwind, als wenn der gerechte Gott seinen Zorn offenbaren wöllte über die ruchlosen Mörder und schlug die Wipfel derer hohen Buchen umb uns zusammen, wie Besen, also daß unser Wagen ganz mit Blättern wie mit Hagel bedecket war und Niemand vor dem Rumor sein eigen Wort hören kunnte. Solches geschahe gerade, als wir von dem Klosterdamm in die Heiden hinabfuhren. Und ritt der Amtshaubt= mann jetzunder hinter uns bei dem Wagen, auf welchem Dn. Consul saß. Doch als wir alsbald über die Brücke wollten vor der Wassermühlen, faßte uns der Sturmwind, so vom Achterwater aus einer Lucken herüberblies also, daß wir vermeineten, er würde unsern Wagen in den Abgrund stoßen, so wohl an die 30 Fuß tief war und drüber. Und da gleicherweise die Pferde thäten als gingen sie auf Glatteis und nicht stehen kunnten, hielt der Gutscher stille, umb erst das Wetter fürüber gehen zu lassen, welches aber der Amtshaubtmann nit allso= bald gewahr wurde, als er herbeigesprenget kam und dem Gutscher befahl allsogleich weiter zu fahren. Sel= biger hauete also die Pferde an, aber sie spartelten*), daß es absonderlich anzusehen war, wannenhero auch

---

*) plattdeutsch: straucheln.

unsere Wächter mit den Forken zurückeblieben, und mein Töchterlein für Angst einen lauten Schrei thät. Und waren wir gerade so weit kommen, wo das große Rad unter uns lief, als der Gutscher mit dem Pferde stürzete, und selbiges sich einen Fuß zubrach. Jetzo sprang der Büttel vom Wagen, stürzete aber auch allsobald auf den glatten Boden, item der Gutscher, nachdem er sich aufgerichtet, fiel er alsbald wieder nieder. Dannenhero gab der Amtshaubtmann seinem Schimmel fluchend die Sporen, welcher aber auch anhub zu sparteln, wie unsere Pferde gethan. Doch kam er damit gegen uns gespartelt, ohne daß er gestürzet wäre, und dieweil er sahe, daß das Pferd mit dem zubrochenen Fuß sich immer wieder aufrichten wollte, aber allsobald wieder auf dem glatten Boden zusammenschoß, brüllete und winkete er, daß die Kerls mit den Forken kommen möchten, und die Mähre ausspannen, item den Wagen hinüberschieben, damit er nicht in den Abgrund gerissen würd. Hierzwischen aber kam ein langer Blitzstrahl für uns in das Wasser niedergefahren, welchem ein Donner also plötzlich und greulich folgete, daß die ganze Brücke erbebete, und den Amtshaubtmann sein Pferd (unsere Pferde wurden aber stille) einige Schritte zurückprallete, worauf es den Boden verlohre und mit dem Amtshaubtmann kopfüber auf das große Mühlenrad hinunter schoß, daß sich ein ungeheuer Geschrei von allen Menschen erhub, so hinter uns an der Brücken stunden. Und war eine Zeitlang vor dem weißen Schaum Nichtes zu sehen, bis den Amtshaubtmann seine Beine mit dem Rad in die Höhe kamen, und hierauf auch der Rumpf, aber der Kopf steckete zwischen den Schaufeln des Rades, und also lief er, erschröcklich anzusehen mit selbigem immer rundum. Seinem Schimmel aber fehlete nichts, sondern schwamm selbiger hinten im Mühlenteich. Als ich solches sahe, ergriff ich die Hand meines Lämmeleins und rief: siehstu Maria, unser Herr Gott lebet noch, und fähret annoch heute auf dem Cherub, und fliegt daher und schwebt auf den Fittigen des Windes und will unsere Feinde zustoßen wie Staub vor dem Winde, und will sie wegräumen, wie den Koth auf den Gassen*). Da schaue nieder was der allmächtige Gott gethan.

Als sie hierauf ihre Augen seufzend gen Himmel erhub, höreten wir Dn. Consulem so laut hinter uns schreien, als er kunnte; da aber Niemand nicht für dem grausamen Wetter und Tumult des Gewässers ihn verstunde, sprung er von dem Wagen und wollte zu Fuß über die Brücke gehen, fiel aber gleichfalls auf seine Nase, also daß sie blutete, und

____

*) Psalm 18, 11. 43.

er nunmehro auf Händen und Füßen wieder zurücke
kroch, und alsbald ein groß Wort mit Dn. Camerario hatte, welcher sich aber nicht auf dem Wagen
rührete. Hierzwischen hatten schon der Büttel und
der Gutscher das verwundete Pferd ausgespannet,
gebunden und von der Brücken geschleift, kamen
dahero wieder zum Wagen, und befohlen uns von
selbigem zu steigen, und zu Fuß über die Brücke
zu gehen, welches auch geschahe, inmaßen der Büttel
mit vielem Fluchen und Schimpfen mein Töchterlein
ablösete, auch dräuete sie nachgehends für ihre Bosheit
bis auf den späten Abend zu braten. (Konnte es
ihme nicht so sehr verdenken, denn es war fürwahr
ein seltsam Ding!) Aber obwohl sie selbsten gut
hinüberkam, fielen wir beide, Ehrn Martinus und
ich, wie alle Anderen, doch auch an die drei Malen
zu Boden, bis wir endlich durch Gottes Gnade vor
dem Müllerhause wohlbehalten angelangeten, allwo
der Büttel dem Müller bei Leibes Leben mein Töch=
terlein übergab und an den Mühlenteich niederrannte,
umb den Amtshaubtmann seinen Schimmel zu retten.
Der Gutscher sölle aber unterdeß sehen, daß er den
Wagen und die anderen Pferde von der behexten
Brücken brächte.

Wir hatten aber noch nicht lange bei dem Müller
vor der Thüren unter einem großen Eichbaum gestanden, als Dn. Consul mit Einm ehrbaren Gericht

und allem Volk schon über die kleine Brücke gefahren kam, so nur ein Paar Mousquetenschüsse von der ersten entfernet ist, und selbiger kaum das Volk ab= halten kunnte, daß sie nicht mein Kind angriffen und lebendig zurissen, angesehen Alle, wie auch Dn. Consul selbsten vermeineten, daß kein Anderer, denn sie, benebst dem Wetter, auch die Brücke behext (zumalen sie selbsten nicht darauf gefallen) und den Amtshaubtmann um sein Leben gebracht, was doch Allens erstunken und erlogen war, wie man Weiters hören wird. Er schalt sie dannenhero für eine ver= maledeyete Unholdin, die nach abgelegter Beicht und dem Genuß des heiligen Nachtmahls noch nicht von dem leidigen Satan abgefallen wäre. Aber es sölle ihr Allens nicht helfen, sie werde dennoch ihren Lohn alsbald empfangen. Und dieweil sie stille schwiege, gab ich hierauf zwar zur Antwort: ob er nicht sähe, daß der gerechte Gott dies also gefüget, daß der Amtshaubtmann, so meim un= schuldigen Kind Ehre, Leib und Leben zu nehmen gedacht, allhier als ein erschröcklich Exempel sein eigen Leben lassen müssen; aber es wollte nit ver= fangen, sondern er vermeinete: daß dieses Wetter unser Herr Gott nicht gemachet, könne ein Kind einsehen, oder ob ich vielleicht auch vermeinete, daß unser Herr Gott die Brücke behext? Ich müge doch endlich aufhören mein boshaft Kind zu recht=

fertigen und sie lieber zur Buße vermahnen, da dies schon das zweite Mal sei, daß sie Wetter gemacht, und mir doch kein vernünftiger Mensch glauben würde, was ich sage, etc.

Hierzwischen aber hatte der Müller allbereits die Mühle angehalten, item sein Wasser gestauet, und waren an die vier bis fünf Kerls mit dem Büttel auf das große Rad niedergestiegen, umb den Amtshaubtmann, so bis dato noch immer auf und niedergangen war, aus denen Schaufeln zu ziehen. Solches kunnten sie aber nicht ehender, als sie eine Schaufel zersaget, und wie sie ihn letzlich ans Land brachten, befand es sich, daß er sich das Genicke abgestürzet und bereits so blau, als eine Trembse*) anzusehen war. Auch war ihme der Hals abgeschunden und das Blut lief ihm annoch aus Maul und Nasen. Doch hatte das Volk mein Töchterlein nicht schimpfiret, so schimpfirete es sie jetzunder, und wollte sie mit Koth und Steinen werfen, wenn es Ein ehrsam Gericht nicht mit aller Macht gewehret, sagende: sie würde ja alsbald ihre wohlverdiente Straf empfangen.

Auch stieg mein lieber Gevatter Ehrn Martinus wieder auf den Wagen und vermahnete das Volk, der Oberkeit nit vorzugreifen, angesehen das Wetter

---

*) Kornblume.

wiederumb ein wenig nachgelassen, daß man ihn
hören konnte. Und als es sich in etwas zufrieden
gestellet, übergab Dn. Consul dem Müller das Leich
von dem Amtshaubtmann, bis er mit Gottes Hülf
wiederkäme, item den Schimmel ließ er so lange
an die Eiche binden, dieweil der Müller schwur,
er hätte keinen Raum in der Mühlen, inmaßen sein
Pferdestall annoch voll Stroh läge, er wölle dem
Schimmel aber etwas Heu fürgeben, und ein gut
Augenmerk auf ihn haben.

Und jetzo mußten wir elendigen Menschen, nachdem der unerforschliche Gott unsere Hoffnung auf
Neue zu Wasser gemacht, wieder auf den Wagen
steigen, und der Büttel flätschete die Zähne für
Grimm, als er die Stricke aus der Taschen hohlete,
umb mein arm Töchterlein abereins an die Leiter
zu binden. Hohlete dannenhero, da ich leichtlich es
ihm ansehen kunnte, was er im Sinne hätte, zween
Schreckensberger aus meiner Taschen und bliese ihm
in das Ohr: „macht es gnädig, sie kann Euch ja
nimmermehr fortlaufen, und helfet Ihr ihr nachgehends recht bald zu Tode, so söllet Ihr annoch
zehn Schreckensberger von mir haben!" .Solches
half, und wiewohl er für dem Volk sich gestellete,
als hohlete er tüchtig an, dieweil es aus allen
Kehlen schrie: „hahl düchtig, hahl düchtig!" bund
er ihre Händekens in Wahrheit doch gelinder, denn

früher und zwar, ohne sie an der Leiter feste zu
machen, hackete aber wiederumb hinter uns mit dem
blanken Schwert uf, und nachdeme Dn. Consul
nunmehro ein lautes: „Gott der Vater wohn' uns
bei" gebetet, auch der Custos wiederumb ein neu
Lied angefangen, (weiß nicht mehr, was er gesungen,
mein Töchterlein weiß es auch nit mehr) ging es
nach dem Willen des unerforschlichen Gottes weiter,
und zwar also, daß Ein ehrsam Gericht nunmehro
vorauf fuhr, alles Volk aber zu unserer Freude
nachblieb, so wie auch die Kerls mit den Forken ein
gut Ende hinter uns trottireten, dieweil der Amts=
haubtmann todt war.

Capitel 28.

————

Hierzwischen war ich aber, von wegen meinem Unglauben, womit mich Satanas wiederumb versuchete, also schwach worden, daß ich meinen Rücken an den Büttel seine Kniee stützen mußte, und nicht vermeinete, ich würde das Ende bis an den Berg mehr ableben. Denn nunmehro war auch die letzte Hoffnung, so ich mir gemachet, verschwunden, und ich sahe, daß mein unschuldigen Lämmelein auch also umb ihr Herze war. Hierzu kam, daß Ehrn Martinus sie schalt, wie Dn. Consul gethan und sagte: er sähe anjetzo selbsten, daß alle ihre Schwüre Lügen gewest und sie in Wahrheit Wetter machen könne. Hierauf gab sie zur Antwort und zwar lächelnde, obwohl sie so weiß, wie ein Laken anzusehen war: „Ei Herr Päte, gläubet Er denn

in Wahrheit, daß unser Herr Gott nicht mehr das
Wetter macht? Seind denn Gewitter umb diese
Jahreszeit also selten, daß sie der böse Feind nur
machen kann? Nein, ich habe den Taufbund, so
Er einstmals für mich geschlossen nicht gebrochen
und will ihn nimmer brechen, so wahr mir Gott
gnädig sei in meinem letzten Stündlein, so nunmehro
schon geschlagen!" Aber Ehrn Martinus schüttelte
ungläubig mit seinem Kopf und sagte: Der Teufel
muß dir viel versprochen haben, daß du bis an
dein Ende also verstockt bleibest, und den Herren
deinen Gott lästerst, aber harre! du wirst bald mit
Schrecken gewahr werden, daß er ein Vater der
Lügen ist, Joh. am achten.

Als er solches und ein Mehres gesaget, kamen
wir in Ueckeritze an, wo alles Volk Groß und Klein
wieder aus den Thüren stürzete, auch Jakob Schwarten
sein Weib, so in der letzten Nacht, wie wir ver=
nahmen, nur ihre Niederkunft gehalten. Und kam
ihr Kerl ihr vergeblich nachgerannt, umb sie auf=
zuhalten. Sie sagte: er wäre ein Narr, das wäre
schon so lange her, und sölle sie den Berg auf
ihren Knieen hinaufkriechen, so wölle sie die Priester=
hexe doch auch brennen sehen. Hätte sich lange
darauf gefreuet, und wenn er sie nicht fahren
ließe, wölle sie ihme Eins auf sein Maul
geben, etc.

Also geberdete sich das grobe und unflätige
Volk umb unsern Wagen und da sie nicht wußten,
was unterwegen gearriviret, liefen sie so nahe gegen
uns, daß das Wagenrad einem Jungen über seinen
Fuß ging; kamen auch, und insonderheit die Mäd=
kens wiederumb an, und befühleten meinem Töch=
terlein ihre Kleider, wollten ihre Schuhe und Strümpfe
aber auch sehen und frageten wie ihr zu Muthe
wär, item ein Kerl: ob sie eins trinken wölle, und
was sie sonsten mehr für Narrentheidinge trieben,
so daß sie letzlich, und als Etzliche kamen und sie
umb ihren Kranz, und die güldene Kette baten, ihr
Haupt lächelnd zu mir wendete und sprach: „Vater
ich muß nur wieder auf lateinisch anfangen, denn
sonst läßt mir das Volk keine Ruhe!“ Aber es
war dieses Mal nit vonnöthen. Denn da unsere
Wächter mit ihren Forken nunmehro die hintersten
auch erreichet, und ohne Zweifel verzählet hatten,
was fürgefallen, höreten wir alsbald ein groß Gerüfte
hinter uns: daß sie umb Gottes Willen zurücke
kommen söllten, ehebevor ihnen die Hexe etwas
anthät, und da Jakob Schwarten sein Weib sich
nicht daran kehrete, sondern mein Töchterlein immer=
fort quälete, daß sie ihr ihren Schurzfleck zu eim
Taufkleid vor ihr Kindlein geben müge, dieweil er
ja doch nur verbrenne, schmiß ihr letzlich ihr Kerl
mit einem Knüppel, so er von eim Zaun brach,

also in den Nacken, daß sie mit großem Geschrei
niederstürzete, und wie er kam, umb sie aufzurichten,
ihn bei seinen Haaren niederzog und, wie Ehrn
Martinus sagte, nunmehro doch in Ausführung
brachte, was sie ihm gelobet, angesehen sie ihn mit
einer Faust immer aus aller Macht auf die Nase
geschlagen, bis die anderen Leute hinzugeloffen und sie
abgehalten hätten. Hierzwischen aber hatte das Wetter
sich fast verzogen und sackete*) nach der Sehe zu.

Und als wir nunmehro auch durch die kleine
Heide gelanget, sahen wir plötzlich den Streckelberg
für uns mit vielem Volk und den Scheiterhaufen
auf seiner Spitzen, auf welchem der lange Büttel
sprung, als er uns ankommen sahe und mit der
Mützen winkete, so viel er kunnte. Hierüber vergingen mir aber meine Sinnen, und ist es meinem
Lämmelein auch nit viel anders ergangen. Denn
sie hat hin und her geschwanket, wie ein Rohr,
und abereins ausgerufen, ihre gebundenen Händeleins
gen Himmel streckende:

Rex tremendae majestatis! —
qui salvandos salvas gratis,
Salva me fons pietatis. —**)

---

*) plattdeutsch: sich senken.

**) König majestät'scher Größe,
Der umsonst deckt unsre Blöße,
Quell der Liebe, komm, erlöse!

Und siehe, wie sie es kaum ausgesprochen, ist
die liebe Sonne wieder herfürgetreten und hat einen
Regenbogen auf dem Gewölk geformiret, recht über
dem Berg, also, daß es lustig anzusehen gewest.
Und war dieses offenbarlich ein Zeichen des barm=
herzigen Gottes, wie er uns oftermalen solche Zeichen
giebet; aber wir blinden und ungläubigen Menschen
achten es nit sonderlich. So hat sie es auch nit
geachtet, denn obwohl sie an den ersten Regenbogen
gedacht, so uns unsere Trübsal fürgebildet, hat es
ihr doch unmüglich geschienen, daß sie annoch könnte
errettet werden, und ist also matt worden, daß sie
auf das liebe Gnadenzeichen weiter gar nicht geachtet,
und ihr Kopf, (dieweil sie ihne nicht mehr an mich
lehnen konnte, angesehen ich so lang ich gewachsen,
in dem Wagen gelegen) ihr also war vorne über=
gesacket, daß ihr Kränzlein meinem Herrn Gevatter
fast seine Knie berühret. Und hat selbiger nunmehro
dem Gutscher anbefohlen, einen Augenblick stille zu
halten, und zu einer kleinen Flaschen mit Wein
gegriffen, so er immer in seiner Taschen führet,
wenn Hexen gebrennet werden*) umb ihnen in solcher
Angst beizuspringen, (will es hinführo auch so halten,

---

*) Dies geschah in damaliger Zeit so häufig, daß in
manchen Parochien Pommerns wohl sechs bis sieben solcher
elenden Weiber jährlich den Scheiterhaufen besteigen mußten.

dieweil mir diese Mode von meim lieben Gevatter
wohl gefällt). Von solchem Wein hat er erstlich
mir in meinen Hals gegossen, und nachgehends auch
meinem Töchterlein, und seind wir kaum wieder zu
uns kommen, als ein grausamer Rumor und Tumult
sich unter dem Volke hinter uns erhoben, und selbiges
nicht nur in Todesangst gerufen: der Amtshaubt=
mann kommt widder! besondern auch, da es weder
vorwärts noch rückwärts entweichen mügen (denn
hinter sich scheueten sie das Gespenst und vor sich
mein Töchterlein) zur Seiten gelaufen, und zum
Theil in den Busch gesprungen, zum Theil aber
bis an den Hals in das Achterwasser gewatet.
Item ist Dom. Camerarius, sobald er gesehen, daß
das Gespenst auf dem Schimmel aus dem Busch
gekommen, so auch einen grauen Hut mit einer
grauen Feder aufgehabt, wie der Amtshaubtmann
hätte, unter ein Bund Stroh in den Wagen nieder=
gekrochen; Dn. Consul aber hat abereins mein Kind
verwünschet, und schon denen Gutschern Befehlig
gegeben, so toll zu fahren als sie könnten, wenn
auch alle Pferde darauf gingen, als der dreuste
Büttel hinter uns ihme zugeschrieen: „es ist nicht
der Amtshaubtmann, besondern der Junker von
Nienkerken, der die Hexe sicherlich wird retten wöllen,
soll ich ihr darum mit dem Schwert das Genicke
abstoßen?“

Bei diesen erschröcklichen Worten kamen mein Töchterlein und ich erst wieder gänzlich zur Besinnung, und hohlete der Kerl schon hinter ihr mit seinem blanken Schwert aus, dieweilen ihm Dn. Consul ein Zeichen mit der Hand gab, als mein lieber Gevatter, so es gewahr worden (Gott müge es ihme an jenem Tage lohnen, ich kann es ihme nicht lohnen) mein Töchterlein mit aller Gewalt rückwärts auf seinen Schooß riß. Und wollte der Bube sie nunmehro auf seinem Schooß erstechen. Aber der Junker war auch schon da, und als er solches sahe, juge er ihm seinen Jägerspieß, so er in Händen hatte, zwischen die Schultern, daß er gleich kopfüber zur Erden fiel, und sein eigen Schwert ihme mit Schickung des gerechten Gottes also in seine Seite fuhr, daß es aus der andern wieder herausbrach. Lag also und brüllete, was aber der Junker nicht achtete, sondern zu meinem Töchterlein sprach: „Jungfer, meine liebe Jungfer, Gott sei Dank, daß Sie gerettet ist!" Dieweil er aber ihre gebundenen Händekens sahe, knirschete er mit seinen Zähnen, sprang allsofort, ihre Richter verwünschend, vom Rosse, und schnitt ihr mit dem Schwerte, so er in der Rechten hielt, den Strang durch, nahm darauf ihre Hand und sprach: „ach liebe Jungfer, wie viel habe ich mich umb Sie gegrämet, aber ich kunnte Sie nicht retten, dieweil ich, wie Sie

felbften in Ketten gelegen hab, was Sie mir auch
wohl anfehen wird".

Aber mein Töchterlein kunnte ihm kein Wörtlein
Antwort geben, befondern fiel für Freuden abereins
in Unmacht, kam aber alsbald, da mein lieber
Gevatter noch etwas Fürrath an Wein hatte, wieder
bei fich. Unterdeffen aber that mir der liebe Junker
Unrecht, was ich ihm aber gerne verzeihen will.
Denn er fchnarchete mich an und nannte mich ein
altes Weib, das Nichtes künnte als heulen und
wehklagen. Warumb ich nit allfogleich dem fchwe=
difchen König nachgereifet wäre, oder warumb ich
nicht felbften nacher Mellenthin gekommen und fein
Gezeugnüß mir gehohlet, da ich ja wüßte, was er
von denen Hexen dächte? (Ja, du lieber Gott,
wie konnte ich anders, als die Richter gläuben, fo
dort gewefen waren. Das hätten wohl mehr Leut
gethan, denn alte Weiber; aber an den fchwedifchen
König hatte ich keine Gedanken, und, Lieber fage,
wie hätte ich auch zu ihm reifen und mein eigen
Kind verlaffen mögen! Aber folches bedenken junge
Leute nicht, dieweil fie nit wiffen, wie einem Vater
zu Muthe.)

Nunmehro war aber Dn. Camerarius, da er
gehöret, daß es der Junker fei, wieder unter dem
Stroh herfürgekrochen, item Dn. Consul vom Wagen
gefprungen und herbeigeloffen laut den Junker

scheltende und fragende: aus was Macht und Zu=
versicht er solches thäte, da er zuvor doch diese
gottlose Hexe selbsten verdammet? Aber der Junker
zeigte mit dem Schwert auf seine Leute, welche an
die 18 Kerls mächtig, jetzunder auch mit Säbeln,
Pieken und Mousqueten aus dem Busch geritten
kamen, und sprach: da seh Er meine Macht, und
würd' ich Ihme hier gleich etwas vor seinen podex
geben lassen, wenn ich nit wüßte, daß Er ein
dummer Esel wäre. Wann hat Er mir ein Ge=
zeugnüß über diese rechtschaffene Jungfer abge=
nommen? — Er lügt in seinen Hals, wenn Er
solches behauptet. Und als Dn. Consul nun stund
und sich verschwure, verzählete der Junker zu Aller
Verwunderung, wie folget:

Nachdem er von dem Unglück gehöret, so mich
und mein Kind getroffen, hätte er allsogleich sein
Pferd satteln lassen, umb gen Pudgla zu reuten
und ein Zeugnüß von unserer Unschuld abzulegen.
Solches hätte aber sein alter Vater nicht gestatten
wöllen, alldieweil er vermeinet, dadurch seine adeliche
Ehre einzubüßen, wenn es an den Tag käme, daß
sein Sohn mit einer verrufenen Hexen die Nacht
auf dem Streckelberge conversiret habe. Hätte ihm
dahero, da er mit Bitten und Drohen nichts aus=
gerichtet, Hände und Füsse binden, und in das
Burgverließ setzen lassen, wo bis dato ein alter

Diener sein gepfleget, der ihn nicht hätte los geben wöllen, so viel Geld er ihme auch geboten; wannenhero er in große Angst und Verzweiflung gerathen, daß unschuldig Blut umb seinet willen fließen sölle. Aber der gerechte Gott hätte es annoch gnädig abgewendet. Denn da sein Vater von dem Aerger fast heftig krank worden, und die ganze Zeit über auf dem Bette gelegen, hätte es sich heute Morgen umb Betglockenzeit begeben, daß der Jäger nach eim Rudeärpel im Schloßteich geschossen, unversehens aber seines Vaters seinen Lieblingshund Packan geheißen, schwer verwundet. Solcher wäre schreiend zu seines Vaters Bett gekrochen, und alldorten verrecket, worüber der Alte in seiner Schwachheit sich also geärgert, daß ihn allsofort der Schlag gerühret, und er auch seinen Geist aufgegeben.

Nunmehro hätten ihn aber seine Leute herfürgezogen und nachdem er seines Vaters Augen zugedrücket, und ein Vaterunser über ihm gebetet, hätte er sich allsogleich mit allem Volk ufgemachet, so er in der Burg auftreiben können, umb die unschuldige Jungfer zu retten. Denn er bezeuge hieselbsten vor männiglich und auf Ritter Wort und Ehre, ja bei seiner Seelen Seeligkeit, daß Er der Teufel gewest, so der Jungfer auf dem Berg als ein haarigter Riese erschienen. Denn dieweil er durch das Gerücht es vernommen, daß selbige oftermalen dorthin gehe, hätte er gerne wissen wöllen, was sie dorten thäte, und sich in einen Wulfspelz verkleidet, daß Niemand ihn kennen müge, von wegen seinem harten Vater. Und hätte er schon zwei Nächte dorten zugebracht, bis die Jungfer in der dritten gekommen und er gesehen hätte, daß sie nach Birnstein in den Berg gegraben, auch nicht den Satanas angerufen, sondern vor sich ein lateinisch carmen gerecitiret. Solches hätte er dahero in Pudgla zeugen wöllen, aber aus gedachter Ursachen nicht gekönnet, besondern sein Vater hätte seinen Vetter Clas von Nienkerken, so bei ihm zum Besuch gewest, sich für ihn in das Bette legen, und ein falsch Gezeugnüß ablegen lassen. Denn, alldieweilen Dn. Consul ihne (verstehe den Junker) in langen Jahren nicht gesehen, anerwogen er in der Fremde gestudieret; so hätte sein Vater wohl gegläubet, daß er leichtlich getäuschet werden müge, wie denn auch beschehen."

Als solches der rechtschaffene Junker vor Dn. Consule und allem Volk bezeugte, welches nunmehro wieder in Haufen herbeigelaufen kam, da es hörete, daß der Junker kein Gespenst gewesen, fiel es mir wie ein Mühlenstein von meinem Herzen, und dieweil mich das Volk rief, (so bereits den Büttel unter dem Wagen herfürgezogen, und also dicke um ihn wimmelte, wie ein Bienenschwarm) daß er sterben wölle, mir aber zuvorab noch etwas offenbaren, sprang ich so leicht wie ein Junggeselle von dem Wagen, und rief Dn. Consulem und den Junker gleich mit mir, gestalt ich wohl mir abnehmen kunnte, was er auf seinem Herzen hätte. Und saß er auf eim Stein, und das Blut stund ihm wie ein Pferdeschwanz aus seiner Seiten, (angesehen man ihm das Schwert herausgezogen) wimmerte, als er mich sahe und sprach: daß er in Wahrheit Allens hinter der Thüren gehöret, was die alte Lise mir gebeichtet, als nämlich, daß sie alle Zaubereien selbsten mit dem Amtshaubtmann an Menschen und Viehe angerichtet, umb mein arm Kind zu erschröcken und also zu einer Huren zu machen. Solches hätte er aber verschwiegen, dieweil der Amtshaubtmann ihm dafür ein Großes versprochen, müßte es aber jetzunder, wo der gerechte Gott die Unschuld meines Töchterleins an den Tag brächte, freiwillig bekennen. Bäte dahero mich und mein Kind, ihme zu ver=geben, und als Dn. Consul ihn hierauf kopf=schüttelnd fragete, ob er auf solch sein Bekenntnüß leben und sterben wölle, sprach er noch „ja!" fiel sodann aber allsogleich auf die Seite zur Erden nieder und gab seinen Geist auf.

Hierzwischen aber war dem Volk auf dem Berge, so von Coserow, vom Zitze, vom Gnitze etc. all=dorten zusammengelaufen war, umb mein Töchterlein brennen zu sehen, die Zeit lang worden und kamen sie nunmehro wie die Gänse, einer nach dem andern, in langer Reihe den Berg niedergeloffen, umb zu sehen, was gearriviret. Und war auch mein Ackersknecht Claus Neels darunter. Als selbiger aber sahe und hörete, was geschehen, hube der gute Kerl vor Freuden an, laut zu weinen und verzählete nun auch, was er in dem Garten den Amtshaubtmann zu der alten Lisen sprechende gehöret, und wie er ihr ein Schwein versprochen, dafür daß sie ihr eigen Ferkelken todt gehexet, umb mein Töchterlein in ein böses Geschrei zu bringen, summa: Allens, was ich schon oben notirt habe und er bis dato aus Furcht vor der Marter verschwiegen. Hierüber verwunderte sich alles Volk, und entstunde ein groß Lamentiren, so daß Etzliche kamen, worunter auch der alte Paasch befindlich, und mir wie meinem Töchterlein Hände und Füsse küssen wöllten und uns nunmehro eben so lobeten, als sie uns vorhero verachtet hatten. Aber so ist das Volk; dannenhero auch mein Vater seliger zu sagen pflegte:

Volkes Haß:
Ein schneidend Glas;
Volkes Gunst:
Ein blauer Dunst!

Auch caressirete mein lieber Gevatter mein Töchterlein in einem zu, sie auf seinen Schooß haltend,

und wie ein Vater weinend (denn ich kunnte nicht
mehr weinen, als er weinete). Sie ſelbſten aber
weinete nicht, beſondern bat den Junker, welcher
wieder an den Wagen getreten war, einen Reuter
an ihre alte, treue Magd nacher Pudgla zu ſchicken,
umb ihr zu ſagen, was gearriviret, welches er auch
allſogleich ihr zu Willen that. Aber Ein ehrſam
Gericht, (denn nunmehro hatten Dn. Camerarius
und der Scriba ſich auch ein Herz gefaſſet und
waren von dem Wagen geſtiegen) war annoch nicht
zufrieden geſtellet, angeſehen Dn. Consul anhub dem
Junker von der behexten Brücken zu verzählen, welche
kein anderer könne bezäubert haben, denn mein Töch=
terlein. Hierauf gab der Junker zur Antwort: daß
ſolches in Wahrheit ein ſeltſam Ding ſei, inmaßen
ſein eigen Roß ſich darauf ein Bein zubrochen, und
er darumb den Amtshaubtmann ſein Pferd ge=
nommen, ſo er unter der Mühlen angebunden
geſehen. Er gläube aber nicht, daß dieſes der
Jungfer zuzuhalten wäre, ſondern daß es ganz
natürlich zuginge, wie er ſchon halb und halb ver=
ſpüret, aber nit die Zeit gehabt, es zu unterſuchen.
Darumb wölle er bitten, daß Ein ehrſam Gericht
und alles Volk, wie mein Töchterlein ſelbſten, wieder
umbkehre, umb ſelbige mit Gottes Hülfe auch von
ſolchem Verdacht rein zu waſchen, und männiglich
ihre gänzliche Unſchuld zu bezeugen.

In solches Fürhaben willigte Ein ehrsam Gericht
und dieweil der Junker den Amtshaubtmann seinen
Schimmel meinem Ackersknecht übergeben, umb den
Leichnam, so man dem Roß vorne über den Hals
geleget, nacher Coserow abzuführen, stieg der Junker
bei uns auf den Wagen, aber setzete sich nicht bei
meim Töchterlein, besondern rückwärts bei meim
lieben Gevatter nieder, gab auch Befehlig, daß nit
der alte Gutscher, sondern einer von seinen Unter-
thanen unsern Wagen fahren sölle, und also kehreten
wir in Gottes Namen wieder umb. Custos Benzensis, welcher auch mit den Kindern in die Wicken
gelaufen war, so annoch am Wege stunden (mein
seliger Custos sollt es nicht geweft sein, der hatte
mehr Courage), ging wieder mit der lieben Jugend
fürauf und mußte nunmehro, auf Befehlig seines
Herrn Pastoren, den ambrosianischen Lobgesang an-
stimmen, welches uns alle mächtiglich erbarmete,
insonderheit mein Töchterlein, so daß ihr Buch naß
wurde von ihren Thränen, und sie es letzlich wegk-
legete und sprach, indem sie dem Junker ihre Hand
reichete: „wie soll ich es Gott und Ihme danken,
was Er an mir gethan?“ worauf der Junker zur
Antwort gab: „ich habe mehr Ursache Gotte zu
danken, als Sie liebe Jungfer, angesehen Sie unschuldig in Ihrem Kerker gelitten, ich aber habe
schuldig gelitten, dieweil ich durch meine Leicht-

fertigkeit Ihr Ungelücke angerichtet. Gläube Sie mir, als ich heute Morgen das arme Sünderglöcklein zum ersten Male in meim Verließ klingen hörete, vermeinete ich schon zu vergehen, und als es sich zum dritten Male vernehmen ließe, wäre ich wohl unsinnig worden in meinem Schmerz, wenn der barmherzige Gott es nicht so gefüget, daß er fast in selbigem Augenblick meinem wunderlichen Vater sein Leben genommen, umb Ihr unschuldig Leben durch mich retten zu lassen. Darumb habe ich auch dem lieben Gotteshause einen neuen Thurm angelobet, und was sich sonsten befinden wird, denn nichts Bittreres hätte mir auf Erden geschehen mügen, denn Ihr Tod liebe Jungfer, und nichts Süßeres, denn Ihr Leben!"

Aber mein Töchterlein weinete und seufzete nur bei diesen Worten, und wenn er sie ansahe, sahe sie zitternde auf ihren Schooß nieder, so daß ich gleich argumentirete, mein Jammer sei annoch nicht zu Ende, sondern sölle nur ein ander Thränenfaß angestochen werden, was denn auch geschahe. Hiezu kam, daß der Esel von custos, nachdem er den Lobgesang beendet und wir annoch nicht zur Stelle waren, gleich den nachfolgenden Gesang anhube, welcher aber ein Sterbenslied war, nämlich dieses: Nun lasset uns den Leib begraben. (Gott sei Dank, hat solches aber bis dato noch nichts Böses bedeutet.)

Mein lieber Herr Gevatter schnarchete ihn davor nicht wenig an und sölle er aus Strafe vor seine Dummheit auch das Geld vor die Schuhe nit kriegen, so er ihm allbereits aus dem Kirchenblock versprochen. Aber mein Töchterlein getröstete ihn und versprach ihme vor eigene Unkosten ein Paar Schuhe, angesehen es vielleicht besser für sie wäre, er stimmete umb sie einen Leichen= denn einen Freudengesang an.

Und als den Junker solches verdroß und er sprach: „ei liebe Jungfer, Sie weiß nit wie Sie Gott und mir vor Ihre Rettung danken soll, und Sie spricht also?" gab sie wehmüthig lächelnde zur Antwort: sie hab es nur gesaget, umb den armen custodem zu beruhigen. Aber ich sahe es ihr gleich an, daß es ihr Ernst war, dieweil sie schon jetzt bei sich befunde, daß sie zwar aus einer Brunst gerettet, doch in die andere kommen sei.

Hierzwischen gelangeten wir wieder bei der Brücken an und stunde alles Volk und sperreten die Mäuler auf, als der Junker vom Wagen sprang, und nachdem er zuvor sein Roß erstochen, so noch auf der Brücken lag und spartelte, auf seine Knice fiel, mit der Hand auf dem Boden hin und her wischete und letzlich Ein ehrsam Gericht herbeirief, dieweil er nunmehro den Zauber aufgefunden. Aber es wollte Niemand nicht ihm folgen, denn Dn. Consul

und ein Paar Kerls aus dem Haufen, worunter auch
der alte Paasch befindlich, item ich und mein lieber
Gevatter, und zeigete uns der Junker nunmehro
ein Stücklein Talg bei der Größe einer guten Nuß,
so auf dem Boden lage und womit die ganze Brücke
übergeschmieret war, so daß sie fast ein weißlich
Ansehn hatte, was aber männiglich in der Angst
für Mehlstaub aus der Mühlen gehalten, item mit
einer andern materia, so als Marderdreck stunk, wir
aber nicht erkannten. Bald darauf funde ein Kerl
auch noch ein ander Stücklein Talg, und zeigete es
dem Volk, worauf ich ausrief: ho, ho! das hat
Niemand, denn der gottlose Mühlenknappe gethan
vor die Prügel, die ihm der Amtshaubtmann hat
geben lassen, weil er mein Töchterlein gelästert —
und erzählete nunmehro den Fürfall, von welchem
Dn. Consul auch gehöret, und dannenhero allsogleich
den Müller rufen ließ.

Selbiger that aber, als wüßte er von Nichtes,
und berichtete nur, daß sein Mühlenknappe seit einer
Stunden abgewandert sei. Doch sagete ein Mädken,
so bei dem Müller im Dienst stunde, daß sie heute
Morgen für Tagesanbruch, als sie ufgestanden, umb
das Vieh auszulassen, den Knappen habe auf der
Brücken liegen und scheuren sehen. Hätte sich
weiters nicht daran gekehret, sondern wäre als=
bald noch wieder eine Stunde schlafen gangen.

Wohin der böse Bube aber gewandert, wollte sie
so wenig in Erfahrung gezogen haben, denn der
Müller.

Als der Junker diese Kundschaft erlanget, stieg
er auf den Wagen und hub an das Volk zu ver=
mahnende, wobei er letzlich es auch persuadiren
wollte, nicht mehr an Zauberei zu gläuben, dieweil
sie sähen, wie es mit der Hexerei befindlich wäre.
Als ich solches hörete, entsatzte ich mich, wie billig
in meim priesterlichen Gewissen, und stieg auf das
Wagenrad und bliese ihm ein: daß er umb Gottes
willen von dieser Materia aufhören sölle, die=
weil das Volk, wenn es den Teufel nicht mehr
fürchte, auch unsern Herrgott nicht mehr fürchten
würde.

Solches thät der liebe Junker mir auch allsogleich
zu Gefallen, und fragete nur das Volk noch, ob sie
jetzunder mein Töchterlein ganz für unschuldig hielten.
Und nachdem sie „ja!“ gesaget, bate er sie, nun=
mehro geruhsam nach Hause zu gehen und Gott
zu danken, daß er unschuldig Blut gerettet. Er
wölle jetzo auch wieder umbkehren und hoffe er,
daß Niemand mich und mein Töchterlein beschweren
würde, wenn er uns allein nacher Coserow zurück=
fahren ließe. Hierauf wandte er sich eilends an
selbige, gab ihr die Hand und sprach: „Lebe Sie
wohl liebe Jungfer, ich hoffe Ihre Ehre auch bald

vor der Welt zu retten, und danke Sie nicht mir, sondern Gott!" Also machte es auch mit mir und meinem lieben Gevatter, worauf er von dem Wagen sprang und bei Dn. Consuli auf seinen Wagen sitzen ging. Selbiger hatte auch bereits etzliche Worte zum Volk gesprochen, und mich und mein Kind umb Vergebung angerufen, (und muß es ihme zur Ehre nachrühmen, daß seine Thränen dabei auf die Backen niederflossen) wurde aber von dem Junker also sehr gedränget, daß er kürzlich abbrechen mußte, und sie ohne sich umbzusehen über die kleine Brücke von dannen fuhren. Nur Dn. Consul sahe sich noch einmal umb und rief mir zu: daß er in der Eil vergessen habe, dem Scharfrichter zu avertiren, daß heute nicht gebrennet würde; ich müge also in seinem Namen meinen Fürsteher von Ueckeritze auf den Berg schicken und ihm solches sagen lassen, was ich auch that. Und ist der Bluthund auch noch in Wahrheit auf dem Berg gewest; doch obwohl er längst gehöret was fürgefallen, hat er doch so erschröcklich zu fluchen angefangen, wie der Schulze ihm den Befehl Eines ehrsamen Gerichtes überbracht, daß es einen Stein hätte erwecken mögen, hat auch seine Mütze sich abgerissen, und selbige mit Füssen getreten, woraus man gießen mag, was an ihme ist.

Doch umb wieder auf uns zu kommen, so saß mein Töchterlein, also still und blaß wie eine

Salzsäule, nachdem der Junker sie so plötziglich und
unvermuthet verlassen, wurde aber alsbald in Etwas
wieder getröstet, als die alte Magd angelaufen kam,
ihre Röcke bis an die Knie aufgeschürzet, und ihre
Strümpfe und Schuhe in den Händen tragend.
Wir höreten sie schon aus der Ferne für Freuden
heulen, dieweil die Mühle stille stund, und fiel sie
wohl an die dreien Malen auf der Brücken, kam
aber letzlich auch glücklich hinüber und küßete bald
mir, bald meinem Töchterlein Hände und Füße,
nur bittende: wir wöllten sie nicht verstoßen, beson=
dern sie bis an ihr selig Ende bei uns behalten,
was wir auch zu thun versprachen. Und mußte sie
hinten aufhacken, da wo der dreuste Büttel ufgehacket
war, gestalt mein lieber Herr Gevatter mich nicht
verlassen wollte, bis ich wieder in meine Widemen
gekommen. Und da den Junker sein Kerl bei dem
andern Wagen aufgehacket war, fuhr uns der alte
Paassch zurück, und alles Volk so bis dato gewartet,
trottirete jetzt wieder umb den Wagen her, und
lobete und beklagete uns, wie es uns vorhero ver=
achtet und geschmähet hatte. Wir waren aber kaum
durch Ueckeritze gelanget, als ein abermalig Geschrei
erging: „de Junker kümmt, de Junker kümmt!"
so daß mein Töchterlein hoch auffuhr für Freuden und
so roth wie eine Erdbeer wurde; von dem Volk aber
Etzliche schon wieder begunnten in den Buchweizen

zu laufen, so am Wege stunde, dieweil sie abermals
vermeineten, es wäre ein Spökels*). Es war aber
in Wahrheit der Junker wieder, so auf eim schwarzen
Rappen angesprenget kam, und als er gegen uns
war ausrief: „so eilig ich es auch habe liebe Jungfer,
so muß ich dennoch umbkehren und Sie bis in Ihr
Haus geleiten, angesehen ich eben gehöret, daß das
unflätige Volk Sie unterweges schimpfiret, und ich
nicht weiß, ob Sie jetzunder sicher genug ist. Hierauf
trieb er den alten Paasch zur Eile an, und da
das Ampeln**) mit seinen Beinen, so er fürnahm,
nicht sonderlich die Pferde in den Trab bringen
wollte, schlug er von Zeit zu Zeit das Sattelpferd
mit der flachen Klingen über den Rücken, so daß
wir in Kurzem in das Dorf und vor die Widemen
gelangeten. Doch als ich ihn bate, ein wenig nieder=
zusteigen, wollte er nicht, besondern entschuldigte sich,
daß er heute noch über Uzdom nacher Anclam reisen
müsse, empfohle aber dem alten Paasch so ein
Schulze bei uns war, mein Töchterlein auf seinen
Kopf an, und müge er allsogleich, wenn etwas
Sonderbares sich eräugnen sollte, selbiges dem
Rentmeister in Pudgla, oder Dn. Consuli in
Uzdom vermelden, worauf er, als der Mann
solches zu thun versprach, mit der Hand uns

---

*) Gespenst. **) plattdeutsch: zappeln.

winkete, und wieder von dannen jagte, so sehr
er kunnte.

Aber er war noch nit bei Pagels umb die Ecke
kommen, kehrete er zum dritten Male zurück, und
als wir uns verwunderten, sprach er: wir möchten
ihme vergeben, daß er heute kurz von Gedanken sei.

Ich hätte ihme doch vormals gesaget, daß ich
annoch meinen Adelsbrief hätte, und bäte er mich,
ihm selbigen einige Zeit zu lehnen. Hierauf gab
ich zur Antwort: daß ich selbigen erst herfürsuchen
müßte, und müge er dannenhero ein wenig nieder=
steigen. Aber er wollte nit, besondern entschuldigte
sich abereins, daß er keine Zeit nit hätte. Blieb
darumb vor der Thüren halten, bis ich ihme den
Brief brachte, worauf er sich bedankete und sprach:
„laß Er sich dieses nicht verwundern; Er wird bald
sehen, was ich im Sinne habe!“ Und hiemit stieß
er seinem Rappen die Sporen in die Seite und
kam nit wieder.

Capitel 29.

Von unsrer grossen, abermaligen Trübsal und letzlicher Freud.

Und hätten wir jetzunder wohl zufrieden sein und Gotte Tag und Nacht auf unsern Knieen danken mögen. Denn unangesehen, daß er uns so gnädiglich aus so großer Trübsal erlöset, hatte er auch das Herze meiner lieben Beichtkinder also umbgekehret, daß sie nicht wußten, was sie uns Gutes thun söllten. Brachten alle Tage Fische, Fleisch, Eier, Würste und was sie mir sonsten bescheeren thäten, und ich wieder vergessen hab. Kamen auch den nächsten Sonntag alle zur Kirchen, Groß und Klein (außer der Klienschen in Zempin so unterdessen einen kleinen Jungen gekriegt und annoch ihre Wochen hielt), allwo ich über Hiob 5, Verse 17, 18, 19 meine Dankpredigt hielte: „siehe, selig ist der Mensche den Gott strafet, darum wegere dich der Züchtigung des Allmächtigen nicht. Denn er verletzet und

verbindet, er zuschmeißet und seine Hand heilet.
Aus sechs Trübsalen wird er dich erretten, und in
der siebenten wird dich kein Uebel rühren", wobei
ich oftermalen von wegen dem Heulen ein wenig
inne halten mußte, daß sie sich verpusten könnten.
Und hätt ich mich in Wahrheit anjetzo mit dem
Hiob, nachdeme ihn der Herr wiederumb gnädig
aus seinen Trübsalen erlöset, wohl mügen in Ver=
gleichung stellen, wenn nicht mein Töchterlein gewesen
wäre, so mir abereins viel Herzeleid bereitete.

Sie weinete schon, als der Junker nicht absteigen
wollte, und wurde letzlich, da er nicht wiederkam
immer unruhiger, von einem Tag in den andern.
Saß bald und las in der Bibel, bald in dem
Gesangbuch, item in der Historie von der Didone
bei dem Virgilio, oder lief auch auf den Berg und
hohlete sich Blümekens (hat alldorten auch der Birn=
steinader wieder nachgespüret, aber nichtes befunden,
daraus männiglich die List und Bosheit des leidigen
Satans abnehmen mag!) —

Solches sahe ich etzliche Zeit mit Seufzen an,
doch, ohne ein Wörtlein zu sagen (denn Lieber, was
kunnte ich sagen?), bis es immer ärger wurd, und
da sie jetzunder mehr, denn jemalen zu Hause und
im Felde ihre carmina recitirete, besorgete ich,
daß das Volk sie wiederumb in ein Geschrei
bringen würde, und ginge ihr eines Tages nach,

als sie wieder auf den Berg lief. Gott erbarms, sie saß auf ihrem Scheiterhaufen, so annoch da stunde, doch also, daß sie ihr Antlitz zur Sehe gekehret hatte und recitirete die Versus, wie Dido den Scheiterhaufen besteiget, umb sich aus Brunst zum Aeneae zu erstechen, nämlich:

At trepida et coeptis immanibus effera Dido
Sanguineam volvens aciem, maculisque trementes
Interfusa genas, et pallida morte futura
Interiora domus irrumpit limina, et altos
Conscendit furibunda rogos. — — —*)

Als ich solches sahe und hörete, wie weit es mit ihr kommen, entsatzte ich mich auf das Höchste und rief: „Maria, mein Töchterlein was machstu?"

Sie erschrak, als sie meine Stimme hörete, blieb aber auf ihrem Scheiterhaufen sitzen, und gab zur Antwort, indem sie das Gesicht mit ihrem Schurzfleck bedeckete: „Vater ich brenne mein Herze!" — Trat

---

*) Nach Schillers Uebersetzung:

Sie selbst zur Furie entstellt
Vom gräßlichen Entschluß, der ihren Busen schwellt,
Mit bluterhitztem Aug', gestachelt von Verlangen,
Der Farben wechselnd Spiel auf krampfhaft zuckenden Wangen,
Jetzt flammenroth und jetzt vom nahenden Geschick
Durchschauert, bleich, wie eine Büste,
Stürzt in den innern Hof, und Wahnsinn in dem Blick,
Besteigt sie das entsetzliche Gerüste.

also näher, zog ihr den Schurzfleck fort und sprach:
„Wiltu mich denn noch einmal zu Tode grämen?"
worauf sie ihre Augen mit den Händen bedeckete
und lamentirete: „ach Vater, warumb bin ich hier
nicht gebrennet? so hätte meine Pein doch nur eine
kurze Zeit gewähret, nun aber währet sie, so lange
ich lebe!" That noch immer, als merkete ich nichtes
und sprach: „Warumb leidest du denn so viel Pein
mein liebes Kind?" worauf sie zur Antwort gabe:
„ich habe mich so lange geschämet, es Ihme zu
sagen, umb den Junker, umb den Junker, mein
Vater, leide ich so viele Pein! Er gedenket mein nit
mehr und verachtet mich, obwohl er mich gerettet, denn
sonst wäre er wohl ein wenig vom Roß gestiegen
und hereinkommen, aber wir seind ihm viel zu schlecht!"

Und hube ich nun zwar an, sie zu trösten und
ihr die Gedanken auf den Junker auszureden, aber
je mehr ich tröstete, je ärger wurd es. Doch sahe
ich, daß sie noch heimblich eine steife Hoffnung hatte,
von wegen dem Adelsbrief, den ich ihme hatte thun
müssen. Solche Hoffnung wollte ich ihr auch nicht
benehmen, dieweil ich sie selbsten hatte, besondern,
umb sie nur zufrieden zu stellen, flattirete ich letzlich
ihrer Hoffnung, worauf sie auch etzliche Tage geruh=
samer wurde, und nicht wieder auf den Berg lief,
wie ich ihr verbotten. Nahm auch ihre kleine Päte,
die Paaßchin wieder im Katechismus für, angesehen

der leidige Satan sie mit des gerechten Gottes
Hülfe nunmehro wieder gänzlich verlassen. Doch
quinete*) sie noch und sahe also blaß aus, wie ein
Laken. Als aber bald hiernach das Geschreie kam:
Niemand in der Burg zu Mellenthin wisse, wo der
Junker verblieben, und vermeine man, daß er todt
geschlagen wäre, nahm ihr Jammer wieder überhand,
also daß ich meinen Ackersknecht zu reuten nacher
Mellenthin schicken mußte, umb Kundschaft von
wegen ihme einzuhohlen. Und hat sie wohl an die
zwanzig Malen nach seiner Wiederkunft aus der
Thüren und über das Hackelwerk geschauet, ist ihm
auch bis an die Ecke gegen Pagels entgegengelaufen,
als sie letzlich sahe, daß er wiederkam. Aber, du
lieber Gott, er brachte uns bösere Nachricht, denn
das Geschreie uns gebracht, sagende: die Burgleute
hätten ihm verzählet, daß ihr junger Herre gleich
noch selbigen Tages abgeritten, als er die Jungfer
gerettet. Und wär er zwar nach dreien Tagen zur
Begräbnüß seines Vaters retourniret, aber auch
gleich hierauf wieder abgeritten, und hätten sie nun=
mehro an die fünf Wochen weiter Nichts von ihme
gehöret, wüßten auch nicht, wohin er gefahren, und
vermeineten, daß ihn böse Lotterbuben wohl ge=
schlagen hätten.

---

*) plattdeutsch, für kränkeln, mit dem Nebenbegriff des
Stöhnens.

Und nunmehro hube mein Jammer größer an, denn er jemalen gewesen; denn so geduldig und gottergeben sie sich vorhero erwiesen, daß keine Märtyrin hat mügen stärker in Gott und Christo ihrem letzten Stündlein entgegen gehen, so ungeduldig und verzweifelt war sie anjetzo. Hatte alle Hoffnung aufgeben, und sich steif in den Kopf gesetzt, daß in dieser schweren Kriegszeit die Schnapphanichen den Junker geschlagen. Nichtes wollte davor helfen, auch das Beten nit, denn wenn ich mit ihr auf meinen Knieen den Herren anrief, fing sie letzlich immer an so erschröcklich zu lamentiren, daß sie der Herre verstoßen, und sie nur zum Ungelück auf Erden erwählet sei, daß es mir wie ein Messer mein Herze durchschnitt, und mir die Gedanken mit denen Worten vergingen. Lag auch des Nachts und winselte wie eine Schwalbe und ein Kranich und girrete wie eine Taube, und ihre Augen wollten ihr brechen*), dieweil sie keinen Schlaf darinnen bekam. Rief ich ihr dann aus meinem Bett zu: „mein liebes Töchterlein, willtu denn noch nit aufhören, so schlafe doch!" so gab sie zur Antwort: „schlaf Er nur mein Herzensvater, ich kann nit schlafen, ehe denn ich den ewigen Schlaf schlafe; ach mein Vater, warumb bin ich nicht gebrennet?" Aber wie hätte ich schlafen

---

*) Jesaias 38, 14.

mügen, da ſie nicht ſchlafen kunnte; ſagte zwar
alle Morgen, daß ich etwas geſchlafen, umb ſie
zufrieden zu ſtellen; aber es war nicht alſo, beſon=
dern wie David, ſchwemmete ich auch mein Bette
die ganze Nacht und netzete mit meinen Thränen
mein Lager*). Verfiel auch wieder in großen Un=
glauben, alſo daß ich nicht beten kunnte und mochte.
Doch der Herre handelte nicht mit mir nach meinen
Sünden und vergalt mir nicht nach meiner Miſſe=
that, beſondern ſeine Gnade ſollte auch über mir
elenden Knecht bald höher werden, denn der Himmel
über der Erden**).

Denn was geſchah am nächſten Samstag?
Siehe, unſere alte Magd kam außer Athem in die
Thüre gefahren: daß ein Reuter über den Herren=
berg käme, hätte einen großen Federbuſch an ſeinem
Hut wehende, und gläube ſie, es wäre der Junker.
Als mein Töchterlein, ſo auf der Bank ſaß, umb
ſich ihre Haare auszukämmen, ſolches hörete, thät
ſie einen Freudenſchrei, daß es einen Stein in der
Erden hätte erbarmen mügen, und rannte allſogleich
aus der Stuben, umb über das Hackelwerk zu
ſchauen. Währete auch nit lange, ſo kam ſie wieder
zurücke gelaufen, fiel mir umb meinen Hals und
ſchriee in einem wegk: „der Junker, der Junker!“

---

*) Pſalm 6, 7. **) Pſ. 103, 10.

wollte darauf abereins heraus ihme entgegen, was
ich ihr aber wehrete, und sölle sie sich lieber ihre
Haare wegkstecken, was sie auch einsah und lachende,
weinende und betende zugleich, sich ihre langen Haare
wieder aufbund. Nunmehro kam aber auch der
Junker schon umb die Ecken gegaloppiret, hatte ein
grün sammet Wammes an, mit rothen seidinen
Aermeln, und einen grauen Hut mit einer Reiher=
feder, summa war stattlich angethan, wie eim Bräu=
tigam gebühret. Und als wir nunmehro aus der
Thüren liefen, rief er meinem Töchterlein auf lateinisch
schon von ferne entgegen: quomodo stat dulcissima
virgo?*) worauf sie zur Antwort gabe: bene, te
aspecto**). Sprung also lächelnd vom Roß, und
gab solches meinem Ackersknecht, so mit der Magd
auch herbeikommen war, umb sein zu pflegen, ver=
schrak sich aber, als er mein Töchterlein also blaß
sahe, und sprach, sie bei ihrer Hand fassend, auf
teutsch: „mein Gott, was fehlet Ihr liebe Jungfer,
Sie sieht ja blasser aus, denn da Sie auf den
Scheiterhaufen sollte?" worauf sie zur Antwort gab:
„ich bin auch alle Tage zum Scheiterhaufen gefahren,
seitdem Er uns verlassen, lieber Herre, ohne bei uns
einzusprechen, oder uns kund zu thun, wo Er geblieben".

---

*) Wie steht es süßeste Jungfrau?
**) Gut, da ich dich erblickt habe.

Solches gefiel ihme und sprach: wir wöllten nur allererst in die Stube gehen, sie sölle Allens erfahren. Und nachdeme er sich alldorten den Schweiß abgewischet und auf die Bank bei mein Töchterlein niedergesetzet hatte, verzählete er, wie folget:

Er hätte ihr ja allsogleich versprochen, er wölle ihre Ehre erstlich vor aller Welt restituiren, und hätte ihm dannenhero noch am selbigen Tage, als er uns verlassen, Ein ehrsam Gericht ein kurz Gezeugnüß ausstellen müssen von Allem, was fürgefallen, insonderheit aber von dem Bekenntnüß des dreusten Büttels, item meines Ackerknechtes Claus Neels, womit er annoch in der Nacht, wie er versprochen, gen Anclam geritten und des nächsten Tages nacher Stettin zu unserm gnädigen Herrn, dem Herzogen Bogislaff. Selbiger hätte sich fast heftig verwundert, als er von der Bosheit seines Haubtmanns vernommen und wie ers mit meinem Töchterlein gemachet, auch gefraget, ob sie des Pastoren Tochter sei, so einstmalen in Wolgast im Schloßgarten den Siegelring Sr. fürstl. Gnaden, Philippi Julii, christmilden Gedächtnisses, gefunden, und da er solches nicht gewußt, ihn abereins gefraget: ob sie auch lateinisch verstünde? Und als er, der Junker, letztes bejahet und gesaget, sie könne besser lateinisch denn er, hätten S. f. G. geantwortet: so will sie es genugsam sein, und sich allsogleich die

Brille aufgesetzet und selbsten acta für sich genommen. Hierauf, und nachdeme S. f. G. das Gezeugnüß Eines ehrsamen Gerichtes kopfschüttelnd gelesen, hätte er demüthig umb eine Ehrenerklärung vor mein Töchterlein gebeten, auch S. f. G. imploriret, ihm literas commendatitias*) an unsern allergnädigsten Kaiser nacher Wien mitzugeben, umb meinen Adelsbrief zu renoviren, angesehen er gesonnen sei, kein ander Mädken in seinem Leben zu heurathen, denn mein Töchterlein.

Als sie solches hörete, that sie einen Freudenschrei und fiel in Unmacht mit dem Kopf an die Wand. Aber der Junker begriff sie in seine Arme, gab ihr an die drei Küßekens (so ich nunmehro auch ihme nicht wegern wollte, da ich mit Freuden sahe, wo es hinauslief) und als sie wieder bei sich kommen, fragete er: ob sie ihn nicht wölle, daß sie bei seinen Worten einen solchen Schrei gethan? worauf sie sprach: „ob ich Ihn nicht will mein Herre? Ach fast so lieb als meinen Gott und Erlöser will ich Ihne! Nunmehro hat Er mir erstlich mein Leben gerettet, und mein Herze vom Scheiterhaufen gerissen, auf dem es ohne Ihn gebrennet hätte sein Lebenlang!" Weinete hierauf für Freuden, als er sie auf seinen Schooß niederzog, und umbfing mit ihren Händekens seinen Nacken.

---

*) Empfehlungsschreiben.

Saßen auch also und caressireten eine ganze Zeit, bis der Junker wieder mein ansichtig wurde und sprach: „was sagt Er dazu, es ist doch auch Sein Wille Ehrn Abraham?" Ei Lieber, was hätte ich wohl dazu sagen können denn Alles Guts? Weinete ja selbsten für Freuden, wie mein Kind, und gab darumb zur Antwort: warumb es nicht mein Wille sein sollte, da es Gottes Willen wär? Aber ob der gute und rechtschaffene Junker auch bedacht hätte, daß er seinem adlichen Namen einen Abbruch thun würde, wenn er mein Töchterlein, so als eine Hexe im Geschreie, und nahe vor dem Scheiterhaufen gewest, sich zu seiner Frauen nähme?

Hierauf sprach er: mit nichten, diesem hätte er längstens präcaviret und fuhr nunmehro fort uns zu erzählen, wie er es angefangen:

Nämblich S. fürstl. G. hätten ihme versprochen, alle Scripta, so er begehret, inner vier Tagen fertig zu halten, wo er von der Begräbnüß seines Vaters heimbzukehren hoffe. Wäre derohalben auch gleich wieder nach Mellenthin abgeritten, und nachdem er seinem Herrn Vater die letzte Ehre erwiesen, hätte er sich auch allsogleich wieder ufgemacht, und befunden, daß S. f. G. unterdeß ihr Wort gehalten. Mit solchen Scriptis wäre er nacher Wien abgeritten und wiewohl er viel Leid, Mühe und Gefahr unterwegens ausgestanden (so er uns ein ander Mal erzählen wölle), wäre er doch glücklich in diese Stadt gelanget. Alldorten hätte er aber von ungefährlich einen Jesuiten getroffen, mit welchem er einstmalen als studiosus etzliche Tage sein Losament in Prag gehabt, und selbiger ihme auf sein Anliegen geantwortet: er sölle guten Muths sein, angesehen Seine Majestät in diesen schweren Kriegsläuften Geld gebrauche, und wölle er, der Jesuit, Allens machen. Solches wäre auch beschehen, und hätte die Kaiserliche Majestät nicht blos meinen Adelsbrief renoviret, besondern auch die Ehrenerklärung S. f. G. des Herzogen confirmiret, so daß er nunmehro männiglich Red und Antwort von wegen seiner Braut stehen könne, wie nachgehends von wegen seiner Frauen. Und als er nunmehro die Acta aus seinem Busen herfürzoge und mir selbige in die Hand gab, sprach er: aber jetzunder muß Er mir auch einen Gefallen thun Ehrn Abraham, nämblich mich morgen, wo ich mit meiner Braut zu Gottes Tisch zu gehen verhoffe, mit Seinem Töchterlein einmal für allemahlen abzukündigen, und nachgehends schon übermorgen zu trauen. Sage Er nit Nein hiezu, denn mein Pfarrer, Ehrn Philippus spricht, daß solches bei Adlichen in Pommern nicht ungebräuchlich, wannenhero ich auch zum Montage die Hochzeit in meiner Burg allbereits angesaget, als wohin wir fahren wollen und wo ich auch mein Beilager zu halten gedenke.

Gegen solches Ansuchen hätte nun mancherlei zu moniren gehabt, insonderheit, daß er zu Ehren der heiligen Dreieinigkeit sich wöllte dreimal kündigen lassen, wie es der Brauch ist, und mit seiner Hochzeit annoch warten; aber da ich mein Töchterlein ansah, daß sie auch gern recht bald Hochzeit hätt, inmaßen sie seufzete und so roth wie ein Scharlaken wurde, kunnt ich es ihnen nicht abschlagen, sondern versprach Allens, was sie wollten. Hierauf vermahnete sie Beide zum Gebet, und nachdem ich meine Hände auf ihr Haupt geleget, dankete ich dem Herrn so brünstiglich, wie ich ihm noch nimmer gedanket, also daß ich letzlich für meinen Thränen nicht weiter kommen kunnte, sondern sie mir meine Stimme ersäufeten.

Hierzwischen war aber des Junkers sein Wagen mit vielen Truhen und Koffers vor der Thüren angelanget, und sprach er: jetzo soll Sie auch sehen liebe Jungfer, was ich Ihr mitgebracht, und gab Befehlig Allens in das Zimmer zu tragen. Ei Lieber, welche schöne Sachen hatte es darinnen, so ich mein Lebtage nit gesehen! Allens was Weiber gebrauchen, war hier fürhanden, insonderheit an Kleidern, als Leibichen, gefaltete Höcke*), lange Mantel, zum Theil

____

*) Die Bedeutung dieses Kleidungsstückes ist mir unbekannt, wenn es nicht etwa ein Schreibfehler ist und Röcke heißen soll.

mit Futterfell verbremmet, Schleier, Schürzen, item
das Brauthemd, so mit güldenen Borten beseßet
war und worauf der kurzweilige Junker an die
sechs oder sieben Mirthenbüscher vor sie geleget hatte,
umb sich daraus selbsten einen Kranz zu machen.
Item nahm es kein Ende an Ringen, Halskettlein,
Ohrenperlein etc., so ich zum Theil vergessen hab.
Auch wollte der gute Junker mich nit unbescheert
hinterlassen, inmaßen er mir ein neu Meßgewand
(dieweil das alte die Feinde geraubet) auch Futter-
hembde, Hosen und Schuhe, summa Allens, was
zur Mannskleidung gehört, mitgebracht hatte, weshalben ich nur im Stillen den Herrn anrief, daß
er uns für solchen Staat und Hoffarth nit abermals
in seinem Zorn strafen wölle. Als mein Töchterlein
dieses Allens sahe, wurde sie betrübet, daß sie ihme
nichts mehr geben könne, denn ihr Herze allein,
und die Kettin von dem schwedischen König, so sie
ihme umb den Hals hing, und ihn weinende bate,
sie vor ein Brautgeschenke zu behalten. Solches
versprach er auch letzlich und daß er sie mit in
seinen Sarg nehmen wölle, doch zuvorab müsse
mein Töchterlein noch damit vertrauet werden, wie
mit dem blauen seidinen Kleid, denn dieses und
kein anderes sölle ihr Brautkleid sein, welches sie
ihme auch angeloben mußte.

Doch mit der Magd begab sich noch ein seltsamer

Fürfall, so ich allhier noch notiren will. Denn nachdeme das alte treue Mensch gehöret, was hieselbsten fürgefallen, war sie für Freuden außer sich, sprang und klatschete in ihre Hände, und sagete letzlich zu meim Töchterlein: nunmehro würde sie sicherlich nicht mehr weinen, wenn der Junker in ihr Bette liegen wölle, worüber selbige also erschaam=rothete, daß sie aus der Thüren lief. Und als der Junker nunmehro wissen wollte, was sie damit sagen wölle, verzählete sie ihme, daß er schon ein=mal, als wir von Gützkow kommen, in meines Töchterleins Bette geschlafen, worüber er den ganzen Abend seinen Kurzweil mit ihr hatte, als sie wieder=kam. Der Magd versprach er aber, da sie schon einmal meines Töchterleins Bette vor ihn gemacht, sölle sie es auch zum andern Mal machen, und übermorgen wie auch mein Ackersknecht, mit nacher Mellenthin fahren, damit Herrschaft und Gesinde sich nach so viel Trübsal zusammen freuen könnten.

Und da der liebe Junker bei uns die Nacht=herberge nehmen wollte, mußte er bei mir in der kleinen Achterstuben schlafen (denn ich kunnte doch nit wissen, was fürfallen würde). Schlief auch bald wie ein Dachs, aber in meine Augen kam kein Schlaf, für Freuden, sondern betete die ganze liebe Nacht, oder gedachte an meine Predigt. Erst umb die Morgenzeit drusete ich ein wenig ein, und als

ich aufstunde, saß der Junker schon in der Vorder=
stuben bei meim Töchterlein, welche allbereits das
schwarze seidine Kleid anhatte, so er ihr mitgebracht,
und wie durch ein Wunderwerk frischer aussahe,
denn da der schwedische König kam, so daß ich sie
mein Lebtage nit frischer und hübscher gesehen.
Item hatte der Junker schon sein schwarz Wammes
an und suchte ihr die besten Zweigleins zum Myrthen=
kranz aus, den sie sich wunde. Legte aber ihren
Kranz sogleich auf die Bank, faltete ihre Händeleins
und betete nach ihrer Gewohnheit den Morgenseegen,
als sie mich ankommen sahe; welche Demuth den
Junker sehr erfreuete, daß er sie bat, es in Zukunft
bei ihme auch also zu halten, was sie auch zu thun
versprach.

Bald hierauf gingen wir auch zur lieben Kirchen
in die Beicht und, dieweilen der Junker mein Töch=
terlein unter ihrem Arm gefasset, blieb alles Volk
für Verwunderung stehen und rißen den Hals auf,
so weit sie kunnten. Sollten sich aber annoch mehr
verwundern, als ich nach der Predigt erstlich die
Ehrenerklärung Sr. f. G. mit der Confirmation der
Kaiserlichen Majestät und nachgehends meinen Adels=
brief auf teutsch ihnen fürlas, und letzlich mein
Töchterlein mit dem Junker zu kündigen begunnte.
Lieber, da mürmelte es in der Kirchen nit anders
als wenn die Bienen summen. (NN. Diese Scripta

seind jedoch bei dem Feuer, so vor einem Jahr in der Burg auskam, wie ich nachgehends vermelden werde, verbrennet, wannenhero ich sie allhier nicht in origine allegiren kann.)

Darauf gingen meine lieben Kinder mit vielem Volk zu Gottes Tisch, und nach der Kirchen kamen sie fast alle umb sie und wünscheten ihnen Glück. Item kam der alte Paasch noch auf den Nachmittag zu mir ins Haus, und bat mein Töchterlein abereins umb Vergebung, daß er sie unwissend beleidiget; wöllte ihr gerne ein Hochzeitsgeschenke verehren, aber er hätte jetzunder Nichtes; doch sölle seine Frau ihr zum Frühjahr ein Huhn setzen und wölle er dann selbsten die Küken nacher Mellenthin bringen. Hierüber mußten wir allzumalen lachen, insonderheit der Junker, welcher letzlich sprach: so du mir ein Hochzeits=geschenke machest, mußtu auch zur Hochzeit geladen werden, darumb magstu wohl morgen mitkommen.

Worauf mein Töchterlein sprach: und Eure kleine Marie, meine Pätin soll auch mitkommen und soll meine Brautjungfer sein, wenn es mein Herre erlaubet. Hierauf hub sie an, dem Junker Allens zu ver=zählen, was mit selbiger durch die List des leidigen Satans fürgefallen und männiglich ihr zur Last geleget, bis der gerechte Gott ihre Unschuld gerettet, und bate, da der liebe Junker beföhle, daß sie dasselbige Kleid zu eim Traukleid haben sölle, worinnen sie den schwedischen König salutiret und nachgehends zum Scheiterhaufen gefahren sei, er ihr auch verstatten müge, ihre kleine Pätin, als indicium secundum*) ihrer Trübsal mit sich vor eine Braut=jungfer nehmen.

Und als er solches versprach, hieß sie den alten Paasch sein Mädken ihr anhero zu schicken, umb ihr ein neu Kleid anzupassen, so sie schon für 8 Tagen vor selbiges zugeschnitten, und die Magd heute noch fertig nähen sölle, welches Allens den alten guten Kerl so erbarmete, daß er laut zu weinen begunnte und letzlich sagte: sie sölle es nicht umbsonst gethan haben, denn vor das eine Huhn sölle seine Frau ihr nunmehro zum Frühjahr auch drei Hühner setzen.

Als er wegk war und der Junker nichts anders thäte, denn mit seiner Braut schwätzen, beides deutsch, wie lateinisch, macht ich es besser und ging auf den Berg zu beten, wobei ich ihr nach=folgete, und auf den Scheiterhaufen stieg, umb hier einsamlich dem Herrn mein ganzes Herze zu einem Dankopfer zu bringen, dieweil dieses sein liebstes Opfer ist. Pf. 51, v. 19.

Die Nacht nahm ich den Junker wieder bei mir, aber als am andern Morgen kaum die Sonne auf—

---

*) zweites Wahrzeichen.

Hiemit enden diese interessanten Mittheilungen, die ich nicht die Absicht habe, mit eigenen Zuthaten zu verwässern. Meine Leser, und insonderheit meine schönen Leserinnen mögen sich nun nach Gefallen das Glück dieses vortrefflichen Paares weiter ausmalen.

Alle weiteren historischen Spuren seines Daseins, wie des Daseins des Pfarrers sind verschwunden, und nur ein, in die Wand der Kirche zu Mellenthin gefügter Denkstein ist übrig geblieben, auf welchem der unvergleichliche Junker mit seinem noch unvergleichlicheren Weibe abgebildet ist, noch die „güldene Kettin mit dem Konterfett des schwedischen Königs" auf seiner treuen Brust. Beide scheinen kurz hinter einander gestorben und in Einem Sarge begraben zu sein. Denn im Kirchgewölbe sieht man einen großen Doppelsarg, in welchem, der Tradition zufolge, sich auch eine goldene Kette von unschätzbarem Werthe befinden soll. Vor einigen zwanzig Jahren wollte der Gutsbesitzer v. M., welcher durch seine unerhörte Verschwendung nahe an den Bettelstab gekommen war, diesen Sarg öffnen lassen, um daraus das kostbare Kleinod zu entwenden; aber er vermochte es nicht. Wie durch einen mächtigen Zauber wurde er in seinen Fugen festgehalten und ist bis auf den heutigen Tag noch uneröffnet geblieben.

Möge es auch bis auf jenen großen Tag, und nie die frevelnde Hand der Habsucht, oder der Neugier, diese heilige Asche heiliger Menschen entweihen!

Druck von J. J. Weber in Leipzig.

Maria Schweidler

die

Bernsteinhexe.

Novelle

in der

Sprache des siebenzehnten Jahrhunderts

von

Wilhelm Meinhold.

Dritte, verbesserte Auflage.

Leipzig

Verlagsbuchhandlung von J. J. Weber

1872